故园人不耕田

谈正衡 著

北京联合出版公司

有态度的阅读
小马过河(天津)文化传播有限公司

卖肉的胡屠夫

旧布料染色出新

农村唱大戏

打莲枪的刘玉英

蛐蛐圣手赵小秋

棋魁赵大头下棋

推独轮车的老傅

货郎老五不缺顾客

忙碌的白铁师傅老奎

儿时的欢乐

吴大郎的修伞店

婚丧嫁娶必定吹喇叭

旧时出殡

炸炒米的对对眼老叶

唱门歌的卫六货

根泰大爷拔火罐

"叫哥哥"玩蝈蝈

翻瓦和扫烟囱的侉三

刷马桶的老吴

昌保子踩菜

刮痧的余师母

锡匠余德宝

脚鱼阎王双九

剃头老宋

放风筝

吹糖人的高佬

儿时滚铁环

渡口

一身功夫的姚篾匠

穿粽棚

弹棉花

"鸡药刘"在配鸡药

烧水罐炉子的陶四九

"挑水老王"王大仁

往年的茶馆

走街串巷的磨刀老爹

张爷的桂花酒酿

下小馄饨的翟大贵

放蜂的驼叔

打烧饼的老瘪子

专治牙痛的牙医刘心文

牙医刘心文巧妙拔牙

舞板龙灯

目录

胡屠夫…………………… 1

父子染匠………………… 5

王连举…………………… 9

徐三瞎子………………… 14

刘玉英…………………… 19

红　姨…………………… 23

蛐蛐圣手………………… 27

赵大头…………………… 31

老　傅…………………… 35

智仁师父………………… 39

货郎老五………………… 43

杨开三…………………… 46

老　奎…………………… 51

杨皮匠…………………… 55

小　娥…………………… 59

吴大郎…………………… 63

守墓人姚明清…………… 67

崔大胡子………………… 71

刘寿才…………………… 75

辫子老爹………………… 79

对对眼老叶……………… 83

小喜子…………………… 87

卫六货…………………… 91

李梅村…………………… 96

劁　猪…………………… 99

石八斤子………………… 103

根泰大爷………………… 107

"叫哥哥"的蝈蝈………… 111

侉　三…………………… 115

老　吴…………………… 119

昌保子……124	王大仁……207
余师母……127	何先生……211
余德宝——扒灰佬……131	石裁缝……215
脚鱼阎王双九……134	磨刀老爹……219
苏大厨子……138	张　爷……222
罗老二……142	翟大贵……226
梅一枝……146	驼　叔……230
打铁两兄弟……151	老瘪子……235
老　宋……156	板二爷……239
高　佬……160	葛　华……242
袁桶匠……163	老　锁……245
老　歪……168	项　叔……249
姚篾匠……172	牙医刘心文……253
钟国琴……176	郑五八……257
张小生……179	乔达子……260
郎小马……183	老山根的沉默生涯……264
丁毛子……187	渡人渡己的丁三……268
鸡药刘……191	轧织轧织声如潮……272
伤科名医严名贵……195	牛贩子的江湖能耐……276
现代中医师余能高……199	用一生的光阴守候……281
陶四九……203	

胡屠夫

那时，上河街小高埂有个姓胡的杀猪佬，生得颇为异相：五短身材，一脸虬髯络腮胡子，厚嘴唇，蒜头鼻，两刷粗短眉下双目圆睁……初一照面，常叫人心头一凛。

人家杀猪都是有帮手，揪尾巴的，拽耳朵的，抓蹄子的，掀屁股的，一起把长声嚎叫的猪架到板凳上，然后白刀子捅进去红刀子拔出来……这胡屠夫杀猪却是独一无二，只一人就把猪搞掂。他把猪赶出来，用一把大锤子照头一家伙砸下，那猪就软软地晕倒，不会嚎叫挣扎，而猪血是一样可以放出来。然后就是在猪蹄上豁开个小口子，伸进长铁通条一阵捅咕，给猪吹气。抓起因鼓胀而撑起的猪腿轻松把猪拎进装满滚水的木桶里，拿瓢舀起开水往没有浸没的地方浇。氤氲的水汽弥散着，趁热先扯下猪脖子和背上一溜长鬃毛，放到篮子里，待日后卖到供销社供人做刷把。再用一个铁刮子将猪身上的毛刮掉，当毛刮得差不多了，无论黑猪花猪，都是白白净净的优越胴体。猪的胴体被搬到宽凳上，用铁刮子剔下蹄壳，从腿膝往上剁下四蹄，打垛捆在一起。再拿刀在猪头跟脖子交接的地方环切一圈，抓住两耳一拧就将猪头卸下来。顺手抄过一把斧头从下颌处劈开，将鼻腔中的部分壳状东西去掉，猪头就变成了扁平的一张嘴脸，眯细着眼睛，表情诡谲，仿佛在笑。

胡屠夫卖肉也卖得怪异，不像别人那样将剖腔对开的两扇肉摊放在肉案上，连皮带骨夹精捎肥斩给人家。他与众不同，卖肉不卖骨，从不使那斧头一样的刀劈肉片，而是执一把尺来长的小刀在手，游刃有余地剔割，是名副其实的小刀手。刮尽了毛的整猪，扒去内脏，囫囵着无头无脚的身子，或趴或卧在肉案上。那肉案更特别，因为从不挥刀使斧剁砍，案面竟然一丝斩痕也没有，平滑光净如桌面，浸透经年累月油脂而显黑红亮堂能照见人影。买肉的来了，按要求在指点处执刀剜肉，肥的、瘦的、槽颈肉、五花肉、腰眉肉、臀尖肉，指哪剔哪。有外地人专门跑来看稀奇，伸头瞧过，啧啧咂嘴。

肉扒光了，案板麻袋片上只剩一副无头的完整猪骨架，骨架缝里肉也剔净，就拉回家码放在后院里。天长日久，日晒雨淋，一堵长满苔藓的后院老墙下，层层叠叠堆满白森森猪骨架，伴着一株森然寂寞的枫杨老树，平添一股肃杀之戾气，连啼鸟从这院子上空飞过也仄翅禁声。

谁也搞不懂这胡屠夫为什么要将那么多猪骨头码在后院里……有人猜测，他住的那所屋宅是所谓孤宅，周围孤立无援，只有院子里那棵硕大的枫杨老树伸展着，遮天蔽日，几乎阻挡了整栋屋子的光线，白天开了窗也嫌暗，阴气重。而且，屋子太老，时间久远，过去必定承受过太多的人，由于各方面的人际关系也会在房子内部积攒很多的怨气。从前住过几户人家，皆接二连三遭遇不幸，据说一到夏季雷暴雨天，墙上就会渗出缕缕鲜血，时常有一些古怪的声音响起……只有这杀猪佬不信邪，搬过来住。但他还是做了点手脚，把猪骨头码在后院里，镇一镇邪气，不是有句话叫"小鬼也怕恶人"吗？

其实，据那时的老街邻说，姓胡的这人只是面相恶，人品却不赖。他收的生猪都是整齐划一的身架，毛重在120~150斤的一龄半猪，品相好，肉味鲜美。此范围以外的猪，或是过肥过瘦的一律不宰。更不在秤上短斤少两，一分钱一分货，卖的无骨净肉，价格比别处高一大截也是理所当然。来买肉的人，也都知晓这屠夫的禀性，只说要哪块肉，要多少，一刀剔下来，往秤钩上一搭，讲多少钱就给多少钱，绝无讨价还价的叽咕事。

往先，镇上一些讲究的大户及官职人家皆专食胡家猪肉。到了新社会，不少机关食堂也多采买胡家猪肉。医院食堂有个腰板直挺雄阔走路的姓刘的采购员，每天早上准时甩开大步来到胡屠夫肉摊上拿肉。这姓刘的性颇豪爽，爱结交人，开口闭口就是"格老子"和"啷个搞的"，一口浓重的川音，原是川军"锤子"144师张昌德手下一名团职官佐，属于起义投诚后留用人员。

大约是到了1957年春夏之交，县里公安局侦破一桩"反共地下救国军"大案。从那姓刘的旧军官家中搜出一部据说是能当电台使用的半导体收音机，接着又搜到一张发黄的照片，照片上的军人一身戎装，风光得很，背面还有一行小字：民国三十一年五月摄于重庆政训班……政训班，这不就是特务系统的吗？一个特务不是贼眉鼠眼却敢如此挺括，于是连夜审讯。由此入手，把胡屠夫也给抓起来，判了10年，送进白茅岭劳改农场。好在有杀猪手艺，在那个铁丝高墙大围子里仍操刀放血，起码保证了小食堂的内部猪肉供应。

待到10年期满释放回家，正是"文化大革命"年代，又给捉进专政队。游行批斗时，矮壮的屠夫当胸挂一个龇着獠牙的猪头骷髅，外加一个铁丝吊坠的石锁，还常给兜头泼一身臭烘烘的猪血，脚下稍有迟滞，便是红白棍子侍候。不晓得为何有那么多人那么忌恨他？送至农场干活，都是拣最重的往他身上码，推拉挑扛，夏顶烈日冬卧冰……闹到最后，竟把个原本十分剽悍的大活人生生给整治死了。

又过去若干年，那桩子虚乌有的"反共地下救国军"涉案人物尽皆平反；其中，就包括那位当年出事时在师范学校任教、后来名动海内的平民画家黄叶村。无后又无单位的胡屠夫，自是无人料理。空缺无文的档案，连同他的那些白森森的猪骨架……都成为不再有的旧事奇闻，供人茶余饭后闲谈追忆了。

又是若干年过去，小高埂那里已全部夷平，做了码头上的堆货场。

这年夏天一场暴雨，乌云黑透，雨声呼呼。一个当头炸裂的惊雷响过后，咦，空旷的场地上怎么突然多了一棵枝柯交错的巨大枫杨老树呢……许多人都觑得真真切切！

父子染匠

李家染坊主要以染"毛蓝""头蓝"和"月色"为主。两个染匠，一对父子，这父子俩除了双手都是蓝黑色的（特别是手指头），身形面相却没有一点相似处。老染匠五十来岁，高高大大，眉毛胡子都很浓，唯有光葫芦头上寸毛不生；小染匠瘦瘦小小，尖下巴，声音也细细的，像个还未长成的娃子，其实他自己的娃子都满地乱跑了。染匠一家是从外地搬来的，他们说话带江浙口音，总是把"染衣"说成"撵衣"，把"吃饭"说成"压饭"。

很少看到父子俩染匠搭手干活，留在家里的，多半是小染匠。小染匠爱追新潮，常见他拿起一个个方扁的铁盒往那口大铁锅的沸水里倒染料，弄好了那些赤橙黄绿青蓝紫的配方，然后，戴上黑色长袖橡胶手套，系起同样深黑的橡胶围裙，脚上是高筒胶鞋，站在大铁锅前，两手握住一根木棍不断地搅动翻滚衣服或布料。这染衣的过程中，织物泡在染剂水中加热熬煮的味道极其难闻，有股恶臭味，路人无不掩鼻匆匆而过。

小染匠在家忙碌时，老染匠就去"走街"。老染匠循旧制，挑着一只大铁桶，一只红泥的柴火炉，边走边放开嗓子用一种奇特的腔调吆喝:"撆(染)——衣呵!""撆"字拉得很长,一波三折,极具韵味;"衣"和那个"呵"却收得极为急促,仿佛乐器上的切音。待放了担子在某处停下来,便换上一种低了许多的舒缓声音押腔押韵地喊:"撆(染)衣啰撆衣!白撆(染)蓝,蓝撆(染)黑,祖传秘方,永不褪色——!"老染匠只染黑、蓝、灰和土黄的有限几种颜色。有人招手,从家中拿来褪了色的旧衣。老染匠就在巷口支起柴火炉,上面放置铁桶,炉膛里火生起来,往桶里加水,倒染料,搅拌后,投入衣物,用一双长竹筷夹住领口或臂袖处扯拉浸泡。炉火正旺,水汽蒸腾,在这难闻的气味里,衣裳很快染好了。主人拿起刚染过的衣物对着阳光检查,看色泽是不是均匀,色彩是不是鲜艳,色调是不是纯正?一旁,婶子婆婆们七嘴八舌,指指画画,场面煞是热闹。

夏天的时候,乡下人家家要染葛衣。那时候,农村妇女都喜欢穿麻线或者葛线纺成的葛衣,通透凉爽。老染匠到了一个村口,寻棵大树,在下面支起炉子,开始吆喝,来染衣的人就陆续出现了。起火烧水煮靛蓝,几种植物和一些树枝搅和一起,有靛蓝草、三叶草,还有一种堤埂上长的石决明的种子,以及柿子树带叶的枝杈。柴火烟袅袅地升起,水开始翻滚,老染匠将那些染料倒进去,煮上一小会子,水就变成黑乎乎的,一股刺鼻的气味升腾起来朝四处扑开。树上吱啦吱啦叫着的蝉也给呛哑了声,拉下一泡尿来,就像在空中下了一小片细毛毛雨。老染匠把要染的葛衣放进锅里,随后就用那双长竹筷子左拨右弄,待衣裳吃透染料后,再捞出来,放进一只盛满清水的大木盆中漂浸。过了三遍水,衣服就算是染好了。其实,这还只是"半成品",这些衣裳拿回家后,还要放水浸泡过夜,隔天再一遍遍用大量的清水漂洗,冲净染色污水。葛衣新染,鲜亮不少,那靛蓝在阳光下闪烁着一种古老的光泽。到了冬天,染家纺老布的就多了,这种粗糙而结实的老布,染成后再用米汤浆出来,如果不怕饿皮肤可以做内衣,也可以做被褥里子,极耐污。

关于这父子俩染匠,流传着一个笑话。说是有一年的大热天里,父子俩在一起染衣,中午时老染匠多吃了几杯酒,酒劲上来,又困又乏就扯起了呼噜。这时候,来了不速之客,是一只蚊子,见老染匠无遮无掩的秃头,立马就叮上去。小染匠看到蚊子在饱吸老染匠的血,就大骂道:"你这狗日的蚊子,竟敢吃我父亲的血!"于是挥起手中搅衣的木棍,朝那蚊子打去……结果,蚊子当然被打死,但老染匠也被打得头破血流。

许多人家总是到快要过年的时候,才翻拣出那些旧衣拿去李家染坊交给小染匠染一染。十天半月后取回来,一件件原本黯然失色的旧衣裳,都变得焕然一新。也有人买来颜料自己在家中染,许多盆和桶最后都给弄得黑不溜秋的,染出的衣物还要用大量的清水漂洗,真是兴师动众搞得家里变成水牢了,得不偿失!另外,因为是自家染,技术不过关,衣服上的油渍污迹处理不好,染出来后颜色轻重不一,极不均匀。

"文化大革命"中,李家染坊很是热火了一阵,不论男女老少都时兴穿黄军装,但哪来那么多真军装供应?于是就把一些五颜六色的布料拿到染坊里进行"蝶变",可惜再怎么变也变不出正宗的草绿色,大都是一种屎黄色,如果是省钱自己买染料染的,还会深一块浅一块像斑秃一样难看。但不管怎么说,那些日子里李家染坊人来人往真是生意兴隆呵！

　　再后来，大约是在20世纪70年代早中期，李家染坊又迎来了一次兴盛。那时，国家为了提升农业，从日本进口了一大批尿素。这小日本存心和咱中国过不去，你知道那包装袋是什么做的？是手感极其柔软的白颜色化纤尼龙布呀，真是暴殄天物！于是基层的领导干部们眼红了，纷纷通过各种门路到供销社搞到这种包装袋做衣服穿。供销社拆整卖零，将尿素倒在地上，让社员用箩筐装了一担担过磅挑回去，留下每条袋卖给关系人收4角钱。

　　因为每条袋子上下两面都印了"尿素"和"日本"等字样，做成裤子后，这些字前后出现在裤腰部位，很显眼。社会上便流行一首嘲讽民谣："干部干部，8毛钱一条裤；前面是'日本'，后面是'尿素'！"后来，这些大小干部们就把弄到手的化肥袋子送进李家染坊，将白的染成黑的，"日本"和"尿素"才统统没有了。

王连举

"王连举"早先是被喊作小汪的。其真实姓名叫汪连喜,江北人,因为会教戏,当作人才收留了下来。

小汪脸型饱满,眼睛特别明亮,说话和紧抿嘴巴时,能现出两个浅浅酒窝来。"文化大革命"中,有人顺藤摸瓜找到徽州山区某县剧团调查档案。看了详细材料,才知他是省艺校65届毕业生,被分配到那里唱了一年戏,拐带人家一个大姑娘私奔出逃……后来那姑娘被父母寻回,小汪就流落社会上了。

我们那地头上江北移民多,有一句调侃语"江北人没出息,出门就唱倒倒戏",小汪最初教的就是"倒倒戏"。"倒倒戏"即庐剧,起源于合肥、庐江、巢湖一带,底层手艺人和小商贩等引车卖浆者流最喜欢看。因其唱词后一句常是七个字,俗呼"倒七戏",喊讹了便成"倒倒戏""小倒戏"。小汪应邀教一些诸如《老先生讨学钱》《秦雪梅观画》《蔡鸣凤辞店》等小戏。演员们行头简单,生角穿大褂,旦角(男扮)穿裙袄,头扎两片船形帽,走来唱去。所谓"江北腔、江北调,重唱不重做",演员上得戏台,也不过是转转身、抬抬手、扭几扭,张嘴唱几串俚词而已……形式简单，轻松活泼，唱词诙谐，通俗易懂，最为小镇及周边的乡民所喜爱。

有一句歇后语，叫"搭戏台卖豆腐——好大的架子"。其实，这些戏台都非常简单，栽几棵木柱，扎几根横担，再搭上几块跳板或者门板，中间竖两块摊垫或是大晒箕隔开，两边留有空隙供演员出入。后面是化妆室，前面是戏台，锣鼓班子就在台口一侧。乡村草台班子多，加上小汪教戏普及，男女老少人人都会哼唱几句戏文，没有不会的，只是水平高低而已。有人能整本地唱"为救李郎离家园，未料皇榜中状元"，有人只能荒腔哼两句"忙中未问名和姓"……

不知为什么，那些年戏台不是在镇上，而是搭在四五里路外的保大圩。晚上我们赶去，路上来来往往的人特别多，从圩堤大路上望去，远处的戏台已是一片灯火通明，连同台下黑压压的人群，像是浮在半空里。走下圩堤后，路两边暖亮的马灯光影里，都是卖小吃的，下馄饨、下汤圆、炸腰子饼的，卖麻饼、杠子糖、麻花馓子的，也有卖荸荠的，卖甘蔗的，卖那种黑乎乎用细绳串着的柿砣。那些化了妆的演员，上下戏台得爬梯子，在台下，他们和平常人一样买东西吃，喝水，说话。他们大都是村头街尾的，不过化了妆脸上涂满油彩，还真难辨认出来。

时间一到，锣鼓喧天，这时，必是束发武生装扮的小汪一连串空心筋斗翻出场。他的跟头翻得又高又快，在空中翻转一圈才落地，尘土扬起，众人一片喝彩……翻到台口，站定，双手抱拳向台下作揖，说上几句话，再纵身一串后仰翻进了后台。紧接着，锣鼓声里出来一群拿着刀拿着枪的人，在台上绕行一圈，先是刀枪对峙，接着互抛刀枪，打白手……之后，大幕落下，再拉起时，正戏就开唱了。这期间，台前台后地跑来跑去、又是喊叫又是打手势指挥调度的那个人，就是小汪。因为小汪戏路好，在教戏中创造性地增添了一些武术花样，使得我们那一方地面上的庐剧变得好看多了！有一年，河湾村竟然把戏台搭在水里，听说就是小汪的创意。看戏的先是站河滩上看，累了，就退后坐在埂坡上看。到了晚上，台上亮灯，水面上也有灯，戏台上人物就像在仙境里飘来飘去。

但是许多剧情却无甚趣味，无非是公子落难，小姐讨饭，或者夫妻离散，幸遇贵人搭救，最后金榜题名，破镜重圆。也有公子忘恩负义，攀附权贵，到后来身败名裂……咿咿呀呀唱个没完没了，任你望巴了眼，那些开场亮相时的枪呀棒的却很少再使。小姐讨饭时，就跪在台前，手执一根长竹竿，前头挑一个竹篮或笞箕，伸到台下讨钱，观众们纷纷把纸票或者硬币朝篮子里丢。

后来"文化大革命"来了，宣传封资修的小汪被批斗了几回，差一点遣送回原籍。再以后，大唱样板戏，小汪又吃香起来。不仅教戏，自己更担纲演主角。小汪演郭建光，嗒嗒嗒——嗒，跨步出场，亮相，郭建光左臂平端，右手按于腰间匣子枪上，颈脖朝一侧猛一拧，下巴微抬，剑眉之下，两只星目炯炯扫向全场……一句起腔"朝霞——映在阳澄湖上——"，豪情无限，真是帅呆了酷毙了，看得那些大姑娘小媳妇如醉如痴！

可惜好风光不能长留，小汪在《红灯记》上栽了。那天真是不顺，先是小汪演的李玉和接北满来的同志打信号灯时，那个硬壳纸糊的信号灯的把柄突然断了，信号灯骨碌碌从前台一路滚落下去，引得轰然大笑。接着，是叛徒王连举朝自己胳膊开枪，小汪在幕后砸火药配合，但那天火药不知是被谁洒了水还是怎搞的，连砸了5下都没响，害得王连举把头偏向一边，痛苦万分地朝自己胳膊打了5次哑枪，最后开第6枪时，小汪抄起脚边两块石头猛然一击，算是响了……但戏台底下早笑翻了天！

"破坏革命样板戏"的小汪，第二天就胸前挂了牌站台上接受严批狠斗。小汪不能演李玉和了，那就改演叛徒王连举，并被勒令正式姓名也改作"王连举"，但暗里导演还得让他兼着，这叫"监督使用"。换上来的李玉和是革委会主任的小舅子花狗，虽头上斑秃，嗓子倒也还说得过去，但不识字，全赖小汪一句一句地死教。饶是如此，有一次同姐夫喝酒时，花狗还是忍不住吐槽告了密，说小汪这狗日的王连举，弄不好是日本鬼子留在中国的种。吓了主任一大跳，问此话怎讲？花狗就讲王连举老是教他唱"鸠山四爷和我交朋友"，嗐，竟敢喊鸠山是"四爷"，你说，这王连举还是中国人吗？

……啊哈哈，啊哈哈哈……主任笑得把嘴里正嚼着的几粒花生米连渣子全喷了出来，说那是"鸠山设宴和我交朋友"……接着，把筷子一画，设宴吗，就是摆桌子喝酒，喏，就像你、我这般好吃好喝……搞懂了噢？你个死不开窍的杂毛癞痢壳！

再后来，王连举干的一件轰动事，是把演铁梅的全镇最漂亮姑娘张红霞弄到手做了老婆，并替他畅快淋漓地一连生下三个眉眼神气一模一样的小王连举。张红霞先前尚可将头生娃子带到戏台边，喊人帮忙照看，唱一会子戏就过来掀衣喂奶，也不避人。后来到第二个娃子，那胸部便如吹气般鼓胀起来，扣子扣不上，束也束不住，戏是不能再演了。

　　改革开放后，文艺复兴，"王连举"早不再被人喊了，都喊汪老师。汪老师重出江湖，因一时找不到唱本，凭记忆教了一出黄梅戏《雪地仇》，至于《闹花灯》《打猪草》那更是小菜一碟了。一次被人撺掇，兴致突来，又自导自演了一回《沙家浜》。只是那郭建光呵，容颜沧桑，身形委顿，嗓子也漏了气一般……当年的风采，竟是一点也不复再现了。

徐三瞎子

早先中山公园北边是个不小的荷花塘，正对面有几棵弯腰佝背的老柳树，树下有一段未坍塌的围墙，围墙边搭了一排披厦屋，里面放着一张书桌，十几条长凳，这就是徐三瞎子的书场。

那个年代里说大鼓书的多是盲人，因此，至多算是弱视的徐三瞎子以歪就歪不瞎也瞎了。

徐三瞎子书到底说得怎么样？没法定论。听人说，他师祖杨鑫楼倒是赫赫有名的人物。杨鑫楼学艺金陵，驰名皖江，人称江东书王。杨鑫楼代师收李小林为徒，专授《大红袍》《小红袍》说唱技艺。李氏深得玄妙，又加发扬，遂使原有的"二袍"书艺焕然一新，从而以《大红袍》书目说唱于南京、上海、芜湖、合肥各地，达十数年之久而不衰。李小林晚年收的关门弟子就是徐三瞎子。"不是吹牛，我平时说书的时候，要是不卖个关子，歇歇气喝口水，听的人全都要把尿泡憋炸了……我师祖是第一把鼓条子，我师傅是第二把鼓条子，我就是第三把鼓条子！"常听徐三瞎子这样对别人说。"说书要在紧要处套住人，这叫'小绳子'，书末还要抖包袱，叫'帽头'……我们老话讲得好，叫先下通天柱，后定八根桩,还要摆起八卦龙门阵,绕上九连环,把人都拴住,这才叫功夫!"

徐三瞎子腰背挺直,穿件深蓝中山装,头扣一顶软塌塌的旧呢子帽,有时戴一副那时候颇为流行的圆片墨镜。一只扁扁的鼓,只有一般鼓的一半厚,比大号的搪瓷盆大不了多少。鼓架子是用三根小棍支叉起来,像个叉马,可以收起来随手拎走。鼓条子黑红发亮,是竹根兜子做的,笃悠笃悠的,敲在鼓上,声音特别响。有人称他三鼓先生,先以为就是打鼓的鼓,后来才知道,下面还应该要加上个"目"字底。瞽、瞍、眇、盲都是一个瞎,但瞽者却是有眼珠的,说书盲人多半为后天失明,又呼为"瞽目先生"。

徐三瞎子另外还有一块惊堂木也是黑红的,一只记时用的马蹄钟,还有一只紫砂壶,壶嘴被茶叶水浸得发黑。他还有一只竹板,有时候不敲鼓了,把鼓条子放下,就打它,打起来咔咔地响。说大鼓书的人,声音都沙哑,好像天生的一副老公鸭嗓子。其实徐三瞎子平常说话并不是那样,只有说书时才憋着嗓子轧出那么沙哑的声音。说到了关键的时候,惊堂木"啪"的一拍,嗓子立即亮了起来……我们有时听得正投入,被他吓得一跳。

徐三瞎子只在每天下午说书,进了书场,坐到小桌前,就开始清嗓子、喝水,先敲一通乱鼓,待客入场。说书正式开场前,会打起竹板说上一段顺口溜,临场发挥,七扯八拉,常常引得全场哄堂大笑:"女人想老公,想得人发疯。东家小叔子好,西家大伯凶。秃儿哭又号,叼到奶头不放松。急着往外跑,撒尿浇到脚后跟……忽闻胡琴响,小鼓声咚咚。鼓书现开始,开头说一通——我这嘛,叫化子唱戏,张罗一遭,两个卵蛋还露在外头。"

接着,再来一些黄段子,什么《十八摸》《小寡妇上坟》,这以后才开始入正题。

"适才听得座间有个大哥问:今晚说什么?我徐三瞎子这就报上来——"跟着"咚咚咚"三声鼓响,呷一口茶水,右手一扬,左手操起鼓条子再度"咚咚!咚咚!咚咚——咚!"敲出一气急促的鼓点:"各位乡亲,各位老少爷,大人小娃,听鼓说书,意在其中!会听的听门道,不会听的夹热闹,要让我徐三瞎子说,这都是鸡巴卵子熬汤,一个屁味。人是钱架的,书是鼓架的,玩笑归玩笑,今天我要说的书,就是……穆桂英挂帅。这叫一堂威烈天波府,铁血忠魂杨家将,三关兵马,五代英烈,七郎八虎,横勇无敌血洒疆场!"

场内一片肃静,昏暗的光线里,徐三瞎子又"咚咚咚"敲了几通鼓,说到天波杨府男人几乎全部洒血战死,这西夏将领王文领着人马又来犯边,连杨宗保也战死沙场,佘太君只得百岁挂帅率十二寡妇出征,派穆桂英为先锋,岂知王文设下诱兵计……哒哒哒一阵马蹄声,哗啦啦一片厮杀声,天昏地暗,日月变色……徐三瞎子早已改说为唱,尾音轧长,唱到最后拖腔,手、脚、嘴、脸一起配合出效果。那节奏那动作,说一阵唱一阵,说到带劲处,他不是击鼓就是打板子,台下静得掉根针都能听见。众人随穆桂英一同在疆场纵横厮杀,心都悬了起来,突突地在那里跳……

"要知后事如何?等我喝口茶水再分解——"每到节骨眼上,徐三瞎子肯定是要停下来的,捧起那个黑乎乎的茶壶,一口一口呷着茶水,把你的胃口吊得足足的。

其实这里面还有一层讲究,徐三瞎子说书时间大约每十分钟为一关,到了关点,就加重语气,暗示别人帮他收钱。往往说到最为精彩处,便戛然而止,小歇上一会子。这时,便会有人手中端只小瓷盆,捋着座位挨个地收钱。坐在板凳上的听众分为两个档次,听全关(一下午)收一毛五,听段关者,每关收五分钱,小孩子则不收钱。我们那时已是半大小子了,在可收可不收之间。

"文化大革命"来了,《岳飞传》《洪武传》《黑虎岗》《封神榜》《王虎平西》《罗通扫北》《樊梨花征西》等封资修和帝王将相的内容统统不给说了,徐三瞎子就改说《林海雪原》。虎不辞山,人不辞路,"智取威虎山"不是《林海雪原》大树上长的枝丫吗?有时也将鸠山、王连举、胡传魁、刁德一、胡汉三等人拎出来一锅搅了,胡编乱造添油加醋瞎说一气,说是配合宣传革命样板戏。只是开场白也改了:"说书不说书,先说一段毛主席语录,伟大领袖毛主席教导我们——"一段毛主席语录说完,徐三瞎子定了定神,左手握着竹板不紧不慢地打着,右手拿起鼓条子一阵猛敲,"咚咚!咚咚!咚咚——咚!"嘶声哑嗓开了腔:"闲言碎语先不讲,今天我来表一表'杨子荣活捉小炉匠',还有'少剑波军中定情小白茹'……"

一时间,全场寂然,只有他那抑扬顿挫的嗓音在书场上空盘旋、回荡,听众的情绪也随着故事里的情节起伏跌宕。你不得不承认,徐三瞎子满嘴俚词粗话,但刻画人物形象生动,语言通俗易懂。他时而挥扇子,时而伸出鼓条子,作枪当炮指东打西,讲到激烈处,好似自己就是少剑波就是郭建光。有一次,我们来了十多个同学,大家没别的玩,就一齐涌到中山公园蹭书听。那一回,徐三瞎子说的是"杨子荣孤胆独闯奶头山"。危难之际,英雄自会转危为安，说到紧要处，众人随徐三瞎子一起沉浸到了英雄的世界里。徐三瞎子时说时唱，时唱时说，合辙押韵，辅之以动作，绘声绘色，使人真如身临其境。

正当关键处，徐三瞎子噌地站起来："——好一个杨子荣！就见他哗地抽出大肚匣子枪，抬腿一脚，踢开大门，对着一帮呆鸡巴匪徒大喝一声：一个都不要跑……"说罢，"叭"！左手重重一拍惊堂木，右手食指拇指大张，仿佛那就是一把随时能哒哒哒扫射的大肚匣子枪，口里却是噤声不再说话了。全场听众正沉浸他所渲染的情节中，此时却给吓了一大跳，包括专职收关钱的人也忘记收钱的暗示。

片刻过去，徐三瞎子伸手一指："你狗日的发什么呆！收他们钱呵！"顿时，书场里听众醒悟过来，眼光一齐朝站在板凳后面的我们投过来……接着，就是"哄"的一声全场大笑！

刘玉英

刘玉英在县中念书时就是校花。夏季里，一件掐腰的素花小褂穿在身上，走起路来身姿特软，风摆柳一样。一双月牙似的眼睛，笑起来一眨一闪的，特别幽韵撩人。她不单人长得美，唱歌跳舞也是出了名。刘玉英喜欢在说话的中间发一声"哎哟——我的妈"，以致许多小姑娘都不知不觉模仿她微蹙眉头的样子，"哎哟——我的妈"作姿作态。

那时流行打莲枪，吃过晚饭，大家都爱跑到万年台看大姑娘小媳妇打莲枪。每年春节还有劳动节和国庆节，万年台绝对是最热闹的地方，人们整天沉浸在欢乐之中。耍龙灯、舞狮子、跑旱船、打腰鼓，也有唱黄梅戏唱倒倒戏的，再后来，又加进来打军乐鼓的学生队和共青团拉出的庞大管乐队，还有排练队列操的。开群众大会时，工农兵学商组成一个个专门方块队形，手举开国领袖的巨幅画像、彩旗、各种款式和颜色的标语牌。唱着"解放区的天，是明朗的天""嗨啦啦啦啦——嗨啦啦啦啦……"但是，这些都比不上刘玉英打莲枪吸引人。

打莲枪也叫打莲湘，本是一种卖艺乞讨手段。逢上婚嫁喜事或起屋上梁等热闹场面，总是少不了有人闻讯赶来耍艺唱莲花落，演后收钱。正月过年，更有着戏装或乞丐装的人手持莲枪沿街逐店上门表演，会唱的人则如唱门歌、春歌那般唱一些吉利好听的词，边打边唱，婆娑起舞，主人也愿意打赏给点钱或食品等。后来街道上团员青年和文艺积极分子出来组织大家，将打莲枪变成一种极具观赏性的群众自娱自乐活动。在广场上组成十字、井字队形，数十数百人同进同退，起步、转棒、敲肩、敲地、转身，男女交错对击，动作整齐划一。场面宏大，气势磅礴。一套莲枪有50余个动作，光是腿下，就有蹲步、马步和弓步等各式套路，还要配合手部架式。最难的动作，要属让莲枪在五个手指间仿如有神灵附体一般灵活流转。

刘玉英那时已在工农旅社上班了，她走到哪里都是最有吸引力的，身边围绕着一批追慕者。线条优美的刘玉英打莲枪的样子也是最美的，垫步、跨步、弓步……一对大眼里流波闪闪。舞、打、跳、跃，一起一落间，节奏鲜明，动作活泼，丰沛的双乳在胸衣里面鲜活地跳跃着，一耸一耸的，看得人心头别别直跳，许多人像是都变傻呆了。

刘玉英手里的莲枪约有三四尺长，是用盈手一握的竹竿做成。竹竿两头挖有七八寸长空洞，只留两边的竹片连成整体，其间有一根铁丝直通上下，穿着十几个铜钱，轻轻挥动，就会哗啦哗啦发出声响。刘玉英葱白一样的手指掂着竹竿中间，腕间一抖，莲枪摇打起来。从头打到脚，从前打到后……哗啦哗啦的铜钱，便随动作缓急发出各种清脆悦耳的声音。因为她的莲枪做得十分精致，两端饰有花穗彩绸，吊着一个鲜红绣球，打将起来，红绣球起伏跳跃，充盈着飞舞之美，很是吸睛抢眼！

刘玉英总是边走边打，边唱边舞，只见莲枪在她的身上上下翻滚，左右开弓，前拍后打，有板有眼，十分精彩好看。以致有人心生暗恨，恨自己为啥成不了那杆能抚遍她周身的幸福莲枪？

身姿高高、脸蛋妩媚的刘玉英一袭红衣，窄窄的腰间扎一条黑丝绒挑花小围兜，领着一队人边舞边唱："同志哥呀喂，你听我唱……荷花一朵喂呀一朵海棠花……"或者是："春天里来百花开……郎格郎里郎格郎里……"众人的莲枪，时而在双手间旋转，时而在脚下穿梭，通过走位变换出各式各样的队形。她们脚下踩着《四季调》或是《八月桂花遍地开》曲调，排成直线与圆圈队形，左脚上前垫一步，右手拿的莲枪往左半身上打，右脚上前垫一步，左手拿的莲枪往右半身上打，从脚踝到腿膝到肩膀各关节上各敲一下。然后将莲枪在手指上旋转四圈，依次连续敲打，循环而成莲枪舞。莲枪发出整齐划一的"呛啷、呛啷""呛啷啷——呛啷啷——"响声，音清质脆，爽朗悦耳，有一种挑逗跳跃的感觉，特别能激起人们欢快的情绪。

可惜好景不常在，好花不常开。刘玉英的父亲好好在乡下供销社当着主任，突然被逮捕，原来他在外面养了不止一个女人，还把一个军婚对象肚子搞大了。因要退赔公款，镇上的家也给抄了……自那以后，再也看不到刘玉英出来打莲枪了。妈妈领着她跟两个年幼的妹妹被赶到蔬菜队旁边一处老屋的阁楼上住，木楼梯一踩上去直晃，发出吱吱咯咯呻吟，让人心惊肉跳的。屋脊上有个老虎窗，就是加层阁楼开出的气窗，邻居家的猫和鸽子常常轻踩着瓦片跑到窗前来探望，晚上推开窗，仰头能看到天上星星。

一天傍晚，刘玉英在阁楼下披厦屋里洗澡，突然发觉墙上似乎多了个洞眼。遂装作取衣，悄悄闪往一边，拿起靠在门后的莲枪，对直捅进那个洞眼……随着一声负痛惨叫，外面有脚步声咚咚跑远。那杆精致无比的莲枪已然折断，上面铜钱散落一地。还有一次睡到半夜，忽觉身上有异，是压着一个人，想要叫喊，嘴巴却被另一张嘴堵住……情急之下，狠命咬住伸进嘴中的舌头。一条黑影跳起，抱头呜呜有声，从那个老虎窗里蹿出逃走了。

不久，名声已是不好的刘玉英就经人介绍嫁到邻县，把妈妈和两个妹妹也带了过去。听说丈夫是个在朝鲜战场上失去了两条腿的荣军，比她大出将近二十岁。荣军是国家功臣，娶了刘玉英，什么也不在乎。

晚上，万年台虽还有人打莲枪，却是清冷多了。

红　姨

"小伢嘞，出来玩灯呵！不要你红，不要你绿，只要你出根红蜡烛……"

从正月初一上灯，到十八落灯，每日天擦黑后，"年饱"的我们便草草划拉两口饭，或牵着兔子灯，或举着狮子灯，或提一个红灯笼，在灯里插根点燃的红蜡烛，叫着唱着蹿出家门。会齐后，几十个灯笼排成队，穿行在各条街巷里。突然，有人脚下绊倒，手里灯笼呼啦啦滚了出去，蜡烛将糊在外面的油纸点燃……众人七手八脚一阵猛吹猛拍，火熄了，烟还在冒，篾扎纸糊的彩灯，只剩下一副残缺框架。被烧了灯的，垂头丧气一会子，只有跑到西街红姨家再买一只来。

红姨家是开扎纸店的，扎制各类彩灯、风筝，有时也为办丧事人家扎金童玉女、纸人纸马。白净清爽有着一张瓜子脸的红姨，年龄不算太大，却已经扎了十多年的灯笼，一家老少都给她打下手。要是在过年前的腊月里走进她家后院，那才好看哩，一大片夺目的红色，每个人都在忙碌着，削竹篾、开尺寸、扎竹架、蒙纱纸、画图案，从喷颜色到扫金油，没有一个闲着的。那红彤彤圆滚滚或长条条的蛤蟆灯、兔子灯、荷花灯、菠萝灯还有脸谱灯到处堆积着，鲜艳花哨得让人睁不开眼。

红姨从来不赶我们走开，有时还把我们喊到身边，扔给一些下脚料让我们自己动手过把瘾。扎灯的主要材料，就是一些竹和纸，费料不多，制作工艺却复杂。一只灯做得漂不漂亮，关键就是看架子搭得好不好，骨架撑开时，与上下灯底距离是不是没走形？我们老是把蛤蟆或是兔子的某个部位做得太丑太夸张缺心眼了，红姨瞅见就要笑，放下画笔，一手握拳伸到后面轻敲着自己掐腰水红小袄紧裹的身子："哎呀呀……你这是兔子还是虾子呀……哎哟哟，笑死人了！"我们都喜欢看腰间系着蓝底白花围裙的红姨笑，红姨的牙又白又细，眼角已漾起几道浅浅的鱼尾纹，但一笑起来仍然是波光闪动。她就那样笑着走过来，从身后搭着我们肩头，教我们如何插篾和接篾，如何收束或是放宽骨架。红姨说话时呼出的气流就喷在我们耳郭后，痒痒的，温温软软的。

到后来，我们就略知一些扎灯的诀窍。如四面伯公灯，要用四根竹片垂直扎成两个十字，再用四根长竹片把两个十字架固定在两头，一个四面体的基本框架就弄好了，再用黄篾环扎，黄篾性脆，易折断，必须在水里泡软才行。接下来，便是在上面画图了，这都是红姨的事。红姨画公鸡，画鲤鱼，画凤凰，画牡丹花，画秀才骑马、八仙过海、童子献寿桃……末了还要题上诸如"春风新长紫兰芽，秋日晚生丹桂宝"，"月中丹桂又生桂，海上蟠桃重结子"，以及"五谷丰登""百子千孙""花开富贵""福如东海，寿比南山"等吉祥辞句，贴在灯角上垂下来的灯线上。红姨画画写字，拿笔的手指显得特别细长、苍白，连隐隐细细的青筋都能看出。最后一道工序，便是将图案从内到外一一糊裱好，至此，一只有形有画、色彩鲜艳的花灯便扎出来了。

　　我们最喜欢做的是一种五角星灯，挑好篾料，用笔在上面作记号，将其均分，再拿细麻线将五根细竹扎成五角星形状，两个相同的五角星叠合在一起，用撑子固定成立体的骨架。将彩纸剪出数片三角形，一一粘在骨架上，稍加装饰，拿支蜡烛插在骨架中间的小钉子上，一只五角星灯就做好了。无论做出什么样的灯，红姨都让我们拿走。红姨还利用下脚料教会我们做成荷花灯，拿到东门大河里去放。荷花灯里面用的是水蜡烛，下面垫块牙膏皮，即使蜡烛烧完了也不会烧着灯。

　　但红姨从来不准我们扎纸人和碰纸人，说凡是人形的东西都容易有灵性，阴气也重。她给了我们一人一个布缝的小红包，说是护身的。红姨真是天下最好的人，似乎只同我们小孩子交往，她的烫成小卷的乌发夹于耳后，像有着无限缥缈而又难成的心事。大人总是指着红姨刚刚走过的身影说三道四，无非是说红姨风骚，说红姨害了多少多少男人……甚至连红姨没有孩子也拿来说事。我们学校的美术老师汪静波，那个身高形瘦眼神飘忽的男人，据说就是为了红姨才神经错乱的。还有粮站陈站长的小儿子陈德友，据说也是因为没能把红姨追上手，负气参了军，最后牺牲在朝鲜战场。红姨现在的丈夫叫王长生，年龄比红姨大得多，黑黑矬矬的，一天到晚领着前妻生的两个儿子埋头剖篾，很少听到他说话。红姨还有个半瘫的小姑子，也是木木的，能帮着做些蒙纱纸、粘贴流苏和盖模具印的事。

　　就在我十二岁那年的元宵节前一天，红姨出事了。红姨在汪静波的房间里那晚，不知被什么人从外面用一把锁反锁了。天大亮后，有人叫来了黑着脸的王长生。王长生只看了一下，没说话就走了。到了中午，外面围的人越来越多，屋里却静悄无声，只有那把锁还纹丝不动地挂在门上。再后来，终于有人发现不对劲了，朝屋里喊话，也没反应……校长来了，做了个手势，有人抬脚踹开房门，发现一对男女相拥着倒在床上已是一动不动了。

吸引了众人的目光的，还有摆放在床头地上一只刚刚扎好有一人多高的《嫦娥奔月》花灯。嫦娥身材婀娜多姿，轻袖曼舞，绶带旁逸，飘然欲飞。她脚边玉兔前跃，灵动可爱，一轮夸张的满月在头顶辉映，祥云阵阵……仿佛是欢度人间元宵的嫦娥真的在和大家告别。

蛐蛐圣手

蛐蛐就是蟋蟀，我们喜欢缀上一个"子"，叫成"蛐蛐子"，也有人喊"叫蛐子"。

我上小学时，赵小秋已是60多岁的老头了。赵小秋中等身材，微驼，鹰钩鼻，无须。平时醉眼多蒙眬，一旦玩起蛐蛐，就目射精光。赵小秋一只左手自小得痹症落下残疾，比那只正常的右手小了许多，平时就端在怀里或藏于袖筒里，因此得下了一个"圣手"的绰号。

听人说，赵小秋早年的谋生之道，是整天孵茶馆，称之为"上茶会"，即专门当掮客寻机谈生意。做生意嘛，既有买方当然就有卖方，彼此互不相识或者信息不通时，便极需有个中间人两边扒拉沟通，这掮客的行当便应运而生。当掮客，也就是现在说的中介，无需本钱，纳税当然也搞不到头上来，主要靠消息灵通，人头熟悉，嘴巴活络。做米生意的就带上米样；做茶叶干货生意的自然带上样品山货；若是个专做布生意的掮客，腋下夹的破皮包里就带着像杂志那样大的簿本好几册，翻开来，里面贴满了一块块的各色布样。茶馆里人进人出，掮客的眼睛扫向所有的茶客，有时，眼睛一亮，皱着的眉头松开，站起身来向某张桌子走去，双手捧出货样涎着笑脸找人洽谈。如果生意顺利，回到桌子旁，便眼睛亮亮脸现欣喜之状；若生意无望，便闷闷不乐地回来，颓然落座。那时候专做房产生意的掮客，有个专门名称叫"蚂蚁"，为什么？有点费解……或许就是到处爬吧。

后来，公私合营，国家实行统购统销政策，赵小秋掮客做不成了，便在自家祖屋里一门心思养起了蛐蛐。他积存下不少字画和玉器，还有两间祖屋出租，一人吃饱全家不愁。赵小秋除了自己养蛐蛐，也代人鉴定和交易蛐蛐。我们要是有人捉到上品相的蛐蛐，像"棺材头""大将军""青麻头"之类，就喜滋滋送到他那儿换几个买麻饼和冰棍的钱。我们买不起工具和瓦盆，用手捉，往往腿折尾断，把蛐蛐弄残，或放进竹筒里最后却给逃走。后来我们弄来铜丝罩和空罐头瓶子，还有手电筒，终于也捕获了不少"钢牙将军""铜头元帅""红头金翅"等。

赵小秋的蛐蛐都是养在宜兴紫砂老罐里。据说，老罐每年启用前都要用上等龙井茶浸泡多日，去火燥之气，以免炕伤蛐蛐爪牙。蛐蛐的主食，是蛋黄或虾仁拌研碎的青豆，制成糊状食物，一天一换。初秋用绿豆芽、冬瓜瓤，辅以各色谷物增加食欲；中秋前后，则以蟹肉、鳝血、龟壳粉加蛇骨粉滋补气血，甚至饮以参汤。中午时分，要将蛐蛐罐捧出来"阴太阳"，用竹帘子遮着，漏下花花的光斑，并将罐中的水和食物清除干净，以免热气蒸腾，熏坏蛐蛐……所有这些，我们都是亲眼看着老头拙端着那只左手一桩桩做下来。

平时，一旦小镇上传出消息，说某天某时要在万年台斗蛐蛐，大家就心痒难熬地等着那个时辰到来。斗蛐蛐很讲规矩，无规矩不成方圆。双方选出的蛐蛐，经过鉴定，种类、颜色、大小都得相仿者，才能开斗。遇上两边都是有来头的，开斗前，还要用药店里白杆小戥子称好蛐蛐的分量。蛐蛐被放到高约一尺的由硬纸制成的斗盆中，赵小秋以唱诵一般的声调报出双方蛐蛐的颜色、种类名称，以免混淆。围观者须息气安静，倘喧哗惊动蛐蛐跳出盆外，谓之"惊盆"，肇事者弄不好要吃一顿老拳。

两只蛐蛐对阵，要用"引草"撩于双方的颔下，使之激怒，振翅大鸣，并亮牙开战。开牙后，几个回合往返，双方缠做一处。蛐蛐打斗先用牙力，俗称"咬花嘴"；接着互用头顶腰力，谓之"咬抵扁担嘴"；再用腿力站咬，是"咬架牌坊嘴"……最后"咬滚球子嘴"，即合抱后将一方甩到一边或甩出盆外。败者犹似羞愧难当，深缄其口，两须亦直竖不动；而胜者则振翅舞须，鸣声洪亮。倘双方都未曾伤筋动骨，可用硬纸片"下闸"拦于其间，让败者休息三五分钟，"起闸"以"引草"撩之，令其再战。直到败虫不咬而逃或折足歪牙，就算输了……倘初败蛐蛐后来发力反败为胜，谓之"反闸"。通常，这些事都是由沉着面色的赵小秋照着规矩来做，而输者付出的钱或实物，也由赵小秋留下一定抽头后再转交赢家。据说，有人会在蛐蛐开斗前数日，悄悄找上赵小秋，喂其一种特别配方的饵料，令猛性大发。现在看来，这种饵料很可能含有性激素类的成分。

赵小秋无儿无女，早年有妻，只怪他疼蛐蛐不疼人，妻子先后跟几个人好过，养了个儿子和赵小秋没有一点相似的地方，也不知道生父到底是哪个，有人说是日杂商店的秦主任，也有人说是中心小学的何校长……再后来，这母子俩竟跟着一个推销药材的江西人跑了。

赵小秋玩了一辈子蛐蛐，"文化大革命"来了，给他戴了顶"坏分子"帽子，天天捧着个蛐蛐罐随"走资派"巡回批斗。到"文化大革命"结束，赵小秋已是快80岁的步履跟跄的老人了。他死在一个异常寒冷的冬天里。身后别无长物，唯留下十几个蛐蛐罐，和别的几样物件一起收拾了，被一个远房侄子一担筐挑走。再后来，一个收古董的南方人，在他那侄子家墙根下不经意发现了一个蛐蛐罐，浑圆浅黑，重如铁锭，竟然是宋代老货，当场出价10000元收购。可惜找来找去，就剩下这一个罐子。

他那侄子呀，把脚都跺肿了。

赵大头

赵大头是赵小秋的一个远房侄子,县农具厂的工人,聪明潇洒,眉宇轩昂,脑袋虽有点大,气质倒是出众地清奇。女孩子初见他,都会有几分动心的。

赵大头白天在车间里做些煅铆焊的活计,下了晚班后,脱下油腻腻的劳保服,换上干净衣服就去找人下棋。赵大头什么时候学会纹枰论道,无人说得清。只晓得他念中学时,曾拿小刀在课桌上刻下一个围棋盘,纵横各19条线,除掉两条边线,18乘18,得了324个小格……气得班主任勒令他将课桌背回家找木匠刨平。

那时能看得懂黑白棋的人不多,下得好一点的,数数也只有中学里的邵胡子、中医师刘延庆、镇上办公室的晋秘书那么几个人。让人作气的是,这些心性高雅的文化人偏偏就是下不赢赵大头,有时大伙一齐上,三英战吕布,也不行。赵大头悟性高,棋路子野,看看他下的多是无理棋,就知道他根本不把这帮人当回事,他只是想赢他们一顿饭吃或赢包大前门香烟抽。

有一回赵大头一气赢下十多瓶汽水在桌上排开,正杀得豪气大发,随手抄过一瓶,看也不看就用嘴咬开,却不料将瓶嘴咬碎,搞得满嘴鲜血淋漓。赵大头最长于中盘掌控,指东打西神出鬼没,官子功夫也好生了得,尤其是死活和手筋,谁见谁头痛。一本邵胡子借给他的古棋谱,半年下来背得滚瓜烂熟,什么"倒垂莲""倒脱靴""猴子捞月"等手段全部了然于胸,使得他的野战棋风里又多出几分飘逸和诡异。

在小镇上做惯了常胜将军,赵大头对外面世界竟也生出几分野心。那一年秋天,他跑到了省城,想找高人练手。公园里正好有一对下棋的,一白发老者在给一个十二三岁的小女孩下指导棋。赵大头在一旁看了一会,终究是耐不住心痒,请求与老者对阵一局。老者呵呵一笑,看着小女孩说,敢向这位叔叔讨教吗?小女孩轻轻一点头。经猜子,赵大头执黑先行。几手棋走过,双方也都知道了对方的分量,不由得认真了起来。眼看快行至中盘,局面却还是呈胶着状态。赵大头本性显露,不相信连一个小女娃也拿不下来……黑棋满盘追杀,却被白棋神乎其神地一一脱逃,犹如伏虎拳对拈花指。见自己几次发力都被对手利用弃子成功转身,没能取得预想中的战果,赵大头心中颇为不快,于是决定布局强杀对方大龙。他先在外围连续作了几个先手交换,把自己的棋走厚,然后围拢对方进行攻杀,一扑一点一挤,干净利落地破掉了大龙眼位,逼其向外逃逸。让人大感意外的是,对手逃了两手后,竟然脱先到左上边行棋来了。赵大头仔细一看,脸色就变了……原来,自己看漏了一个一路立的手段。对方走出这一手后,接下来既可以做眼求活,又可彼此联络呼应。眼见破眼和切断联络无法两全,这棋怎么也杀不死了。杀不了大龙,自己盘面实地就损多了。

自那次输棋后,赵大头棋风大变,不再下早先那种没有布局和官子全凭中盘闷着眉头狂算的棋了。他试着让邵胡子两子,没有太多的纠缠就拿了下来。换了晋秘书上,还是让两粒子。下到盘面无子可落,赵大头说,我赢了你半目……晋秘书呆呆地盯着棋盘看了许久,突然朗声大笑说:"呵呵,你这个大头,棋力又长了呀……我中盘明明领先,后面也没走出什么明显的错着,怎么就弄输了半目呢?"

邵胡子、晋秘书他们几个人也是被欺侮得狠了,那一次不知道通过什么路子,请来了一个戴"四块瓦"帽讲满口普通话的中年人,据说曾在天津和保定等地教过棋,是个正经六段。一场龙虎恶斗,在华清池的雅座间展开,有香茗、臭干子和花生米相佐,外加一干围观的好事者,倒是满当当一堆人。

那外地人压根没想到这江南小城竟藏龙卧虎,大咧咧让了赵大头先。赵大头凭着天赋高,撒惯了野,好像也不知道天外有天。双方都是大步流星布局,一捞实地,一取厚势,只听得棋子噼啪有声,走过百余手,耗时不到一小时,可见都极是自信。那外地人棋风全面,也是偏喜战斗。恶战是从赵大头的黑子当头镇开始,白子扳,黑子强扭,双方缠作一团,天昏地暗地杀将起来。无影腿、铁山靠、一拳爆星、双拍银河,你一招暗香疏影,他一曲明月羌笛……赵大头功力终是不及,被人步步进逼,渐渐赶至绝境,频频长考,额上青筋暴绽。哪知,这却是深谋远虑诱敌做的计,但见他瞅准时机,先是弃子反打,抢到了一个先手断,接着拈起黑子往一个间隙里重重一拍,凌空一挖,再一个倒虎,生生给做出一个生死劫……那拉紧的嘴角立时拧出了一丝残忍的笑意。因是蓄意而谋，黑棋劫材多。眼见那外地人抓下"四块瓦"帽，头上热气腾腾，像是顶着个蒸笼，持子的手指不听使唤地兀自抖个不停……最终，是赵大头擒住白棋一条超级大龙中盘胜出。

谁也没想到，仅仅才半个月后，赵大头就死于一场工伤事故。

据说那天赵大头是替人代班，冲床出了故障，赵大头本可等机修工来处理，但他仗着自己机修技艺同侍弄围棋一样精湛，正将半个身子伸进排除故障时，外面进来一个愣头青工，问也不问，一按电钮，冲床砸下，将一颗装满黑白棋子和算计路数的大脑袋砸烂了，现场惨不忍睹……

老　傅

　　往年过日子，哪怕再穷，家里也少不了大到水缸小到坛坛罐罐这样一些窑货。

　　窑货易碎，用着再仔细，三五年也得贴补着更换，所以在乡下有很大市场。但窑货太沉，若是用肩膀挑，一担挑不了几个，特别是那些大缸大钵，不说挑，你两个人抬都没法子抬……于是在江南乡间的狭窄田埂上，便出现了推独轮车卖窑货的人。老傅就是这类人，每年秋冬农闲，就推着车子去窑上装货。远远地，一辆木质的独轮车嘎吱嘎吱而来，瓦缸堆得好高，几乎看不清后面推车的人。

　　独轮车，有的地方喊作鸡公车，也有喊作狗头车。切莫小看这仅有一个轮子的车，几百斤货物还是载运得起的。独轮车不择路，田间小径，羊肠小道，独木小桥，都照行不误。不过，独轮车对街道路面造成的损坏，也是个令人头疼的问题，所以有些地方不准乡民推独轮车上街，或是收过街钱作为补偿。至今，在我们那个古镇街心青石板路面上，还能看到一道深深的石槽，下雨时便汪着一槽浅浅的水，就是独轮车留在沧桑岁月里的印痕。

家住镇郊柿树园的老傅，亦农亦商，头脑挺活络。老傅中等偏上的个头，白净面皮，身子看上去甚至有点单薄，但他肩上搭着麻绳"车绊"，两手持把，推起码得满满的独轮车走在村野田埂上，却是异常驾轻就熟，看起来有点儿像是玩杂耍似的。独轮车通常就是一个很大的外包铁皮或橡胶圈的木头轮子窨在中间，轮上部和两侧装有凸形护栏，后面还有一个下坠的篾笼，用于装小东西。我们这里的独轮车跟外面的不同，像老傅的车实际上有两个轮子，最前端伸出的前突部位，还装有一个菜碟子大的小轮，遇到不大的沟壑或是坎坎洼洼的，稍稍调整一下身姿，手里掂着劲，臂上提点力，车头一沉，借着前轮就过去了。外地的车，前端都是光秃秃的，就没这牛气了。

若是行进在平坦道路上，你会看到老傅双手紧握摩得锃亮、汗渍斑斑的燕尾形车把，下肩沉腰，身子前倾，两只胯骨大幅度扭动着，那种吱吱扭扭的轮轴声如歌吟一般，响得异常欢畅而悦耳。老傅说，车上载货越多越能得势，便于把握平衡。窍门全在于前后和左右分量码置得当，端在手里的车把就觉不出有多吃重。他曾编有口诀流传："推车本不难，只要用点心。一要眼睛灵，二要手撑平，三要脚排开，四要腰打伸。上坡腰躬下，下坡向后拧。背带要绷紧，平路稳当行，转弯悠点劲……"

老傅每次从窑上盘下一堆货，自装上车后，就餐风宿露行进在乡路上。身边带一个装水的竹筒，渴了，就拔去木塞子仰起脖子咕噜咕噜灌上几口。有一次，停车夜宿一旧祠堂。坍塌了半边墙的大屋中，只有一口破棺材，棺盖掀向一边。知道棺内没有尸体，于是就把棺盖复回原位，抱了点稻草铺在上面，和衣睡倒下来。

到了半夜，棺内忽然动弹敲击起来，传出人语，吵嚷着要出来。老傅问是人还是鬼？答说是人。问是什么人？说是讨饭的。老傅就起身挪开棺盖让他出来。一轮微红下沉的月，从豁塌的墙头照过来，照见其人发长面黑，二目星闪，状丑如鬼。问老傅是什么人？老傅说是推车卖窑货的。讨饭的大怒，厉声说一个推车的竟敢压在老子头上，太不像话！说着就要动手。老傅后撤一步抢了个黑乎乎的火罐在手，说，我坐在棺盖上，你动都不能动。我要是不让你出来，你还讲打吗……你倒是过来试试看？那讨饭的气焰立时矮下去，翻眼瞅了几瞅，口里嘟囔几句什么，自往墙角处嘘哦撒了泡长尿，仍回棺内躺倒睡下。

老傅码一车货，通常约需三五天、十来天才能卖完回家。回到了家，卸空的独轮车就掀翻车架，倚上屋墙，和那些农具一起贴墙根靠着。老傅休整上数日，将家中事地头上事稍料理一番，便又把那个齐大胯根高的车轮从屋里推着滚出来，放上车架，挂上干粮袋和装水的竹筒，推去窑上再装一趟货，直卖到腊月年关。一个季节下来，要盘上七八趟货。老傅卖窑货，照例也是要做宣传的。比如那种冬天烘手取暖的火罐，形同半个排球，上面有个半环的提柄，为了显示自己的货硬，老傅会两只脚一边一个踏上两只火罐在村头走上一遭，引人围观。必要时，就一手抓一只腌菜坛高高举起，令人心惊地相互砰砰撞击。见有这般硬的窑货，自然就有人来买。有时人家手头一时没得钱，老傅就记个账，到次年午季作物上来了再来收取。常有人拿来家中的米或鸡蛋易物，所以老傅回程的独轮车上就载着一个半满将满的米袋，至于那些鸡蛋，早给顺道卖到供销社去了。

　　老傅还有一项副业，就是组织车队帮粮库运粮。倘若你在那个年头的运送夏粮的长长一溜独轮车队列中见到老傅，那才好看哩……招摇过市的推车汉子们全都打着赤膊，头上扎着电影中武工队员那样的白毛巾，光屁股裹着一种蓝青色奇特的超短布裙。布裙左开衩，点缀着一排横式布质纽扣，下摆以简洁的白线条镶出波浪纹或"卍"字形花边，随着臀部摆动，舒展而飘逸招风。那时粮库设在镇尾那边五六里远的老河口，老傅是小车队领头。那些清一色的光屁股蓝布裙车手，由老傅指挥喊着号子，大队行进，气势排山倒海。

智仁师父

法仁寺做了供销社库房后,智仁师父便自己动手在箍桶巷边搭建了一个小小的庵堂栖身。

庵堂里已没菩萨可供奉了,只用砖块砌了一截半人高佛龛,上面放个无字牌位,日夜一灯黯然,算是替代香烛。墙上有勉强可辨的两行墨字对联:佛法兴衰听时节,入林入草不曾停。庵堂原是有门,但门被放下搭成地铺。一件平时不大穿的补了又补的长衫百衲衣挂墙上,挪开来,差可代替门帘。地面有一蒲团,有数块土坯码的一灶,架口小锅,若干茅草于旁。

智仁师父脸形清瘦,半寸长的灰白头发刚好把戒疤遮盖了,平日里很少言语,站立时双手下垂,颈靠衣领,走路则敛着目光笔直地前行。箍桶巷外有一条泥巴路,下了雨,一般人走一趟回来,鞋子会沾上好多泥巴。可是这老和尚明明见到他踩在烂泥上,但看他的鞋子,就是不沾半点泥巴。

智仁师父持戒甚严,只在日中一食。每天除了在小庵堂里趺坐礼佛,就是不分春夏秋冬,趁天还未亮透之时,从河沿码头边开始,将二道桥下面的一条东西街道清扫一遍。一边扫,一边口中念念有词。早起的人听了，都当老和尚是在念的什么经文。有好事者留意细听，方知老和尚每天翻来覆去念的就只一句话："阿弥陀佛，好人好自己……阿弥陀佛，扫地扫人心……"于是向前请教：你扫地便扫地，为何却念叨不歇"好自己"和"扫人心"？

智仁师父仿佛没听见一般，仍是口里嗫嚅自话。要是有人一心要问出个结果，他就停下来，反问："你真想知道？"

"嗯……想知道呀。"

智仁师父便说："阿弥陀佛……跟我一起扫街吧。一年后，我便告诉你……"人家摇头笑笑，笑过之后，便走了。

智仁师父继续扫他的街，不避寒暑风雪，天天如此。以致在东西大街两旁，居民每天都是听着这老和尚的扫帚声才起床开门的。有人看他年纪也不小了，要替他扫一会子。不允。说：阿弥陀佛，每人修行是每人的，岂可替代？时间一长，所有人也就习以为常了。

智仁师父每天要做的另一件功课，是修理牙刷。这事有点奇怪，和尚用不用牙刷，佛家洁不洁口？先不予以考虑。据说，这事还是供销社主任老王帮着找来的。供销社强占了人家房子，怕是心里多少有点愧疚。而修牙刷也是一门手艺，智仁师父则必须凭此养活自己，更不能让佛龛前的油灯熄了。

那时，牙刷毛都是用猪鬃做的，不太坚硬，用不久便要趴倒，不舍得丢掉，就请人穿了毛再用。也有人贴点钱，用旧牙刷柄换把新牙刷，价钱比买把新的便宜得多。智仁师父把旧牙刷上的残毛铲除，在牙刷柄背用多刺的钩刀开槽，再在槽内用尖锥打小孔。要是碰到牙刷柄是骨头做的，智仁师父口里就不住地念南无阿弥陀佛。打好槽后，就用一根长弦线，像纳鞋底似的，依次穿过一个个小孔。每穿一个孔，插入一小撮尼龙丝做的刷毛，将弦线勒紧，毛就对折种在孔中了……最后，用剪刀把刷毛剪齐，一把牙刷就修理成功了。智仁师父同时亦以此法修理鞋刷。他的那些备用的刷毛用细麻线捆成一个个水瓶塞那样圆柱体，整整齐齐排列着，颜色有红有绿有白，任顾客挑选。修一把牙刷，收八分钱，有时你给个五六分钱二三分钱，也行。老和尚说这叫外无物累，内无妄念，是"勤修戒定慧，息灭贪嗔痴"。其实，老和尚修理牙刷还有一层心思，就是他见不得人家把猪鬃毛在嘴里捣来拉去，要全部换成尼龙丝的才好。

一个暮春的清晨，码头边跪着一个脸色蜡黄的中年人。"师父，原谅我吧，师父……"那人对正在扫地的智仁师父喊道。二十年前，他是法仁寺里的一个沙弥，后来偷了寺里香火钱跑到了红尘世界，眼下已是重病在身，终于心有所悔。智仁师父却仿佛没有看见他一般，仍挥帚扫他的地，任凭怎么恳求也是无声无息。中年人只好绝望地踽踽离去。

智仁师父扫街扫到河滩边的时候，却惊呆了：一夜间，河滩开满了紫红的二月兰……可昨天这里只有满眼的碧草呵。四下里一丝风也没有，那些盛开的花朵却飒飒摇动，仿佛是在急切呼应着什么……再一细看，那每一朵小花的花心里都藏着一张有目有口的观世音的脸。智仁师父一瞬间大悟，口诵南无阿弥陀佛，连忙去寻找那个病重的中年人。但一直到晚，终是遍找无着。时二月十五夜，月明如昼。再来河滩，那些神奇开放的紫格英英花儿，已在短短一天内就凋落尽败了！

半年后，又发生了一件事。那天，智仁师父扫完了街，正待回去时，看到了一个蜷缩在墙角处睡觉的人。原来这是个小贩，从乡下贩了一堆西瓜用船装了来，谁知一夜秋雨，气温陡降，西瓜喊破了嗓也没人要。智仁师父问那个不断唉声叹气的人，这一堆西瓜值多少钱？那人说他花了三十块钱进的货，现在哪怕只卖回十五元钱也认了。智仁师父就回屋里取来了三十元钱，是一堆零碎的票子，有一元的，也有一角和五分、二分、一分的，都是平日里穿牙刷得来的。他把钱交给那人，说这些西瓜归我了，但你得帮我把它们全部送出去，我另外加付你五角钱辛苦费。那人愣了一会，看看智仁师父，也不像是头脑有病的样子呵……渐渐地，码头边的人多了起来，那小贩大声叫喊：快来搬西瓜，西瓜免费相送，不要一分钱呵！可是没有人相信他的话。小贩搬起一个瓜塞给一老头，老头像被火烫了样闪身躲开。再拉住一位老太，老太一听是白送的瓜，连连摆手说不要不要。最后，还是智仁师父和小贩站在一起叫喊，有老和尚在，人家才相信这些瓜确实是不要钱白送的。不一会，一堆瓜搬完了。

智仁师父养过一只有金眼圈的八哥，能清楚吐说人语，不食荤虫，非常驯良，自知出入，日常随主人同上蒲团，结跏趺坐，念佛及观音菩萨圣号，不曾间断。那只八哥后来遭老鹰打食，有目睹者称，被老鹰掳走的八哥，口中竟然是南无阿弥陀佛、南无阿弥陀佛地一连串叫着。

"文化大革命"开始前一个楝花簌簌飘落的午后，智仁师父背个铺盖卷去了九华山。或许是躲过了一劫。

货郎老五

老五肩挑货郎担走村串乡,总是摇着一只小小的拨浪鼓,"卟隆咚""卟隆咚"。有时,吹着一只毛笔杆长的四眼小竹笛,"323211322——"音调里有着永远的简单明快。

挑货郎担,又称"挑高脚篮子的"。货郎担一般是由两个半人高的箩筐组成,箩筐一头摆放一个方扁的木箱子,上面镶一块带拉环的透明玻璃,里面陈列着针头线脑、纽扣发夹、松紧带、牛皮筋、小镜子、小木梳、火柴、火辣子、蛤蜊油,更有小饼干、彩糖丸等零食,以及五颜六色的《三国演义》和《水浒》画片,外加铅笔小刀、橡皮擦、练习簿、笔等……两只大竹箩,就是放商品的临时仓库,收来的一些鸡毛鸭毛、破铜烂铁当然也是存放在这大竹箩里。一副货郎担,就是一个流动的小杂货铺。

"货郎本姓张,住在大街上,挑着担担下四乡……"这是《货郎担》里唱的。黑瘦且有点龅牙的老五,到底姓不姓张?我们不知道。反正大家都叫他"老五",他总是笑容可掬地应答,笑容可掬地做他的生意,没见同谁生过气。常听他对人说:"莫道双肩难负重,乾坤尽在一担中——别看我一根扁担,肩上挑着一个百货公司哩!"看得出来,老五有点文化,是念过一些书的人。倘是问他,老五你这回货郎担里有些什么?他会用押韵合辙的顺口溜告诉你:"头绳发卡雪花膏,牙刷木梳香肥皂,橡皮铅笔小剪刀,毛巾手帕鞋袜帽,围裙围巾袖子套,还有针头线脑不用挑……"做买卖的方式,多数是货币流通,也用大米或鸡蛋等实物兑换,差额再用货币找零。每天早上,见他挑着一副货郎担子往乡下去;傍晚时,又见他挑着更沉的担子回来。

"春天生意不好做,一头行李一头货",由于终日在乡村行走,常遇气候冷热变化和落雨的烦恼,所以老五在出门时必须随带干粮和防雨的油布以及胶鞋等。特别是春天时节,冷暖无常,所带行李用品更多。但这并不影响老五的心情,他的快乐,仿佛就是那只四眼小竹笛给吹出来的。老五的那只玻璃木箱边沿刻好了尺寸,大姑娘小媳妇要买的红头绳、松紧带,还有我们要买缠铁丝枪的红胶线绿胶线,都是在那上面量的。每当这个时候,他总是在女人们嘻嘻哈哈的拉扯推搡中,一边嘴里不住声喊"蚀本了""蚀不起了",一边把手中的线绳又往外放出几寸来,交货时总要顺便往人家胸前揩把油。当所有人脸上都洋溢着满足的笑容,老五那龅着牙明显讨好的微笑,就显得特别狡黠动人。

只要老五货郎担一歇肩,生意就做开了,就连我们这些集镇上孩子,也喜欢听他那张龅牙的嘴里传出来一声声韵调悠长的"鸡毛鸭毛拿来换糖——"的叫喊。所以,老五和我们很亲近。凡是我们有能力搜罗来的东西,鸡肫皮、牙膏皮、猪鬃毛、乌蛇皮和布满灰尘的破胶鞋还有臭烘烘的牲畜骨头,他都要。最值钱的,是女孩子剪下来的大辫子,一条要卖两三块钱。一些上年纪的女人们梳完头后,都把那些掉下来的头发再团一团,塞到某处墙壁缝里,到时抠出来拿到老五那里,也能换来少量想要的东西。

我练甩飞镖的搭档小七子,看中了一把带扳机能打火辣子的小手枪。这把小手枪是电木做的,枪柄上包着亮光光铁皮,非常逼真。为了能得到这把小手枪,他从七姑八姨家搜罗来了三只旧力士鞋底,还不够。小七子就趁他爸午睡时,悄悄偷出了一只破凉鞋,小手枪外加一纸版的火辣子终于到手了。他爸却一直就找不到那只配对的破凉鞋,只好吹胡子瞪眼打了一个夏天的赤脚,我们都不敢说破真相。

又一次,老五的货郎担上挂出几张色彩鲜艳形态夸张的孙悟空和猪八戒脸谱,我们喊作"鬼脸壳子",一毛钱一张。小七子不知打哪搞来一毛钱,递了过去,正给许多人围着的老五竟然忙中出错,当成两毛钱,随手又找回一毛钱。小七子暗喜,接过钱掉头就快步走开。却被老五在后面喊住,吓得心头直跳,以为被识破……只听得老五喊道:"回来,回来,不要鬼脸壳子啦?"

后来,我们都笑小七子是要钱不要脸。也有人责怪他,说老五人不错,不该捡他的便宜占。

杨开三

从二道桥下来是大胜门,往西去,有米市、柴弄,青石板和鹅卵石交替的路面,在每一处街口或者岔道延伸着江南古镇的喧闹与繁华。不远处便是码头,上游下游的船只来来往往,顺流而下的山里竹木茶炭以及山珍,与下游来的日杂百货,每天在这里交汇,擦身而过。

大胜门自古就是热闹的处所,一律的粉墙黛瓦,彼此勾连,高低错落着。布店、染坊、酱园店、杂货店、南货店、剃头店、箍桶店,依次拉开,两边是清一色的槽门,连着排下去。一清早,乓哩乒啷响着,排门纷纷卸下,街上人声活泼,主妇蹲在路口生起小火炉,扇出滚滚的白烟。

与四季春一墙之隔,是同仁堂药店,药店再过去,隔着巷子口,即有一家门脸高大的老字号茶叶店,名叫"绿杨春"。店堂面阔三间,整洁明亮的柜台围成了一个L形的空间。北墙和东墙,从地板到天棚,全是货架,上面整齐排列着清一色的锡制茶叶罐,贴着扑克牌大的纸片,分别标着毛峰、龙井、碧螺春。店堂后面,是一个二进的天井院落,两厢里全做了存贮茶叶的库房。凡开茶叶店的，祖上都是徽州人，"绿杨春"也不例外，最早老主人叫杨友梅，正是从歙县汀潭出来的。店堂挂有一块已经传了几代人的匾额，上面"陆卢遗风"四个绿色草书字，便是老主人的手体遗迹。据说是为纪念陆羽、卢仝的，此二人一生爱茶如命，走访了许多名山大川，品鉴了许多好茶名茶，被奉为茶圣。柜台上方墙壁上，悬有八字店规：货真价实，诚信为本。其后人在经营中也始终秉承着这个理念，所以在地方上做出了口碑。以致有的老人哪怕拄着拐杖也一定要到"绿杨春"买茶叶，不是"绿杨春"的茶叶，他们不喝。

20世纪50年代初的冬天，一场大火把"绿杨春"连店堂带院子几乎烧光了，若不是封火墙起了作用，加上镇上救火会拼死相救，整条街肯定都要烧成一条火龙。事后人们说起那场蹊跷的大火，都是摇头连叹可惜了可惜了……有人说亲眼看见一只白头黄鼬甩尾巴炸出火星，引燃了烘茶叶的木炭，万事都有报应呵——因为十多天前有个店员在一只废弃茶叶桶里打死一窝黄鼬崽。总之，那以后，急剧衰落的杨家，由长子杨开三接手家业，离开大胜门，往码头那边挪了挪，租下两间门脸继续撑持着"绿杨春"。其余几个儿子各散桃园，另谋生路。

好在杨开三这人性情旷达，没有隔夜愁，只要有一碗饭吃，肉团团的脸上，就天天挂着笑。公私合营之后，国家对茶叶也是实行统购统销政策，杨开三凭着祖上影响，进了新成立的土产公司，他的"绿杨春"成了一个茶叶代销点。杨开三因为不掌握资金，只能做零售，一杆小秤，几两几钱都称得出来。那时候的人买茶叶，也就是一两二两地买，称好后用黄裱纸包了，拿回家拆开装到茶叶罐里去。因为卖的都是原产地茶叶，产品正宗，价格也便宜。溽夏长天，顾客稀少时，杨开三过足茶瘾，就缠着在码头上配钥匙的"老锁"杀棋，以互喂"马屎"取乐。但这"老锁"是色盲，有一回竟抄起人家的红车杀吃一匹红马，搞得杨开三哭笑不得，从他手里抠出自己红马说，你这要卖茶叶岂不砸了锅，红茶绿茶都分不清爽！

茶叶店不开早市，这是老规距。所以尽管自己开着茶叶店，但一年四季，每天早上杨开三都要抓一撮茶叶放入自备的宜兴壶内，早早坐入四季春茶馆的楼上，泡上一壶酽茶，燃上香烟，边品茗边看窗外的风景。船夫旅客匆匆忙碌，街上行人摩肩接踵，附近的几家食店食摊人声嘈杂。码头的近水条石上，有人蹲着在淘米汰菜，一群白鹅凫水啄食漂流的菜叶，往下游远处，妇女拎着马桶在那里洗洗刷刷。炊烟袅袅，远山静止，下行的排筏和上行的帆船依次而过，蔚为壮观……于是，埋在杨开三心底深处的那些念想，便水一样从眼前淌过去了。

原先的"绿杨春"老屋后院里有个地窖，三四口大缸窨着雪水，专作煮茶用的。搬到码头这边后，杨开三仍旧秉承前人遗风，每年搜集一些冬雪，用一个大肚坛子装了埋入地下。盛夏的夜晚，舀了雪水烹茗，一盏一盏细细啜饮。那份从容与沁凉，无法与人言说。

每年过了清明，谷雨前后，就要代表土产公司进山收购新茶了。选茶不是易事，诸多讲究，嫩度是决定品质的基本要点。杨开三抓一把新茶摊手心里，用另一只手的食指横着一抹，眼光扫过，了无遗漏。所谓"干看白毫，湿看叶底"，白毫显露，表示嫩度好，做工也好。芽叶嫩度，以多茸毛为判断依据，但是这也只适合于毛峰、毛尖、银针等"茸毛类"茶。不论哪类茶，都是以条索作为外形规格，如炒青条形白毫显露，猴魁扁平色如墨玉，火青珠粒如鼠粪落杯有声等。长条形茶要看松紧、弯直、壮瘦、圆扁、轻重，圆形茶看颗粒的松紧、匀正、轻重、空实，扁形茶则是看平整光滑程度是否符合规格……凡是好茶，均要求色泽一致，光泽明亮，油润鲜活。如果深浅有异，色泽不一，暗而无光，说明原料老嫩不一，做工较差。

杨开三有时抄起一捧茶叶放在一个木盘中，端手里旋，越旋越快，茶叶在旋转力的作用下，依形状大小、轻重、粗细、整碎形成有次序的分层。粗壮的在最上层，紧细重实的集中于中层，断碎细小的沉积在最下层……各茶类，都以中层茶为好；上层一般是粗老叶子多，滋味淡，水色浅；下层碎茶多，不仅看相差，冲泡后往往滋味过浓，汤色较深。杨开三主要看分层的比例，净度好的茶，不含任何夹杂物。他每次选购茶，将上中下三层各冲泡一杯，不管汤色清纯或杏黄，都要分头汤、二汤慢慢观色和品咂。

是木炭着火烧光了"绿杨春"，但杨开三贮存茶叶仍离不了木炭。他从山里购来整篓的木炭，先将木炭烧燃，立即用火盆或铁锅覆盖，使其阴灭。待凉后，将黑亮木炭用干净白布包裹了，埋于盛茶叶的瓦缸中间。而在瓦缸的底部，早已垫上一层用黄裱纸包好的石灰包。每隔一段时间，检查一下石灰包是否潮解，如已潮解，便立即换掉。为了保持贮藏室内的干燥和避免走窜气味，平时进出，都要及时关闭门窗。

大商店高轩阔门，尽显豪上。小小的茶叶代销点，挂着"陆卢遗风"的匾额，背街傍水，却也不卑不亢。每当杨开三抬起头来，墙上的画框里，戴着瓜皮小帽的老主人杨友梅总是慈眉善目地望着自己。

老　奎

从前的人，把那种镀了锌看上去亮晃晃的铁皮叫作白铁皮，也有人喊"铅皮"。敲白铁皮，虽然声响吵人，却是个不新不旧的行当，比起木匠、泥水匠、打箍的、刷油漆的等粗陋营生，敲白铁皮还算比较靠近现代新兴工业化的。

白铁皮做的东西牢固，且不易生锈，匀净光亮，坏了拿来补，长的能截短，短的能接长，换个底什么的也花不了几个钱。所以，几乎家家都有白铁皮制作的水壶、水舀、簸箕，包括烧煤炉的铁皮烟囱通道，还有理发店里少不了的挂墙上那种洗头用的半扁漏桶。有的水壶或是漏桶换底次数太多，每换一次底，就增加一道接口，深度也增加一截，换到后来，壶身臃肿走形，容量倍增，变得怪模怪样，拎去水罐炉子上打开水却能占尽便宜。

丁字街白铁师傅老奎那间"反帝白铁铺"，门里门外摆满和挂满各式各样白铁皮制作的物件，锃亮耀眼，个性鲜明，型款不凡，比我们课本上所有的几何图案都真实漂亮。老奎的全部工具，也就是些炭精笔、小钉锤、木榔头、火烙铁、卡钳和剪铁皮的大剪刀……加上大半辈子的经验，甚至还加上一点平面几何的知识，这就已经够用了。你不能不吃惊他那么早就知道利用圆周率，譬如有人要做个提水的铁桶，老奎问清大小，嗓眼里咕哝一句"中"。若是立等，就将手头正做着的活先搁一搁，转身哗啷啷挪来一个白铁皮卷筒打开，用脚踩着摊平，蹲在白铁皮上估算剪裁，然后手里捏一支炭笔，在白铁皮上流利画出一个桶底和桶身，标明直径和高度……当然，还得预留出用来卷边的部分，这叫"放样"。

接着，就用上他的铁皮剪刀了，像裁缝师傅裁剪布料似的，先弄一个圆粑粑桶底，再搞出一块折扇形铁皮，这里剪剪那里修修，虚虚卷起来围成一个桶状。最需要耐心和手艺的，是卷边的活。将围起的铁皮放在铁砧或黑铁底座上用木榔头反复地敲，敲打很有节奏，速度很快，将铁皮的边缘一点一点地翻卷上去，最终让桶身和桶底牢牢咬合成一体。因为水桶使用起来是很吃重的，光这样敲接还不行，还得用焊锡焊死接缝处才牢固。老奎仍在用很原始的火烙铁，一定要在炉火中烧得通红才能用。虽说比不上电烙铁方便，可温度更高，做锡焊更管用。

看他做淘米箩很有趣。这照例先是一番剪裁和敲打，之后，老奎理一理系在身上的围裙，坐到小椅子上，用有点罗圈的两腿夹着那只成形的淘米箩固定于裆部，左手持一枚亮钉，右手挥小锤轻敲，按一定的间距，在淘米箩的底部和周边逐一扎出密麻麻的小洞眼。最后，将那些小洞眼的反面打磨平，不扎手就行了。还有水舀、漏斗、勺子、油壶、浇花的喷壶等，也都用这般工艺"生产"出来。老奎特别喜欢用"生产"这个词，就像他总爱强调"我们工人阶级"并把这几个字说得语气凝重激昂一样。

老奎其实也是有单位的，不过单位名字很怪，叫"向阳白铁合作社第三生产组"，大致能看出是个松散结构的街道工厂或作坊。有时人家索要发票，老奎就递过一张两联的收据，上面是盖有"生产组"的公章。

老奎面白，眼神有力，或者叫犀利，不敲白铁皮时，便将头发梳成二分，穿一身整洁的蓝卡其布中山装，左胸前荷包插一支"英雄"牌子的钢笔，下面口袋里装一个露一半在外的硬面抄笔记本，走路时，一双满是硬茧和疤痕的大手自然就扎实地背到了身后。直到碰上他看不顺眼的事，背在后面的两只手才解散开，并有一只手定是要配合着语气声调上下左右地挥动。这种气度作派，加上"学毛选积极分子"身份，使得他在"文化大革命"中一度戴上"工宣队"胸章进驻我们中学，领导了一年左右的"上层建筑领域内"的革命斗争。

我们那时几乎每隔十天半个月就要宣布一批积极分子名单，像"活学活用""斗私批修"甚至做"军体操"都要评出积极分子和标兵。老奎就要常常站在大操场上宣读名单，遇到难认姓名以及尚未改成"卫东""卫红"而念不出口的，就有意漏掉，至结束，再转脸向事先已获通知早已列队站于一旁的那些积极分子，问刚才还有谁漏掉了……唵？漏掉了就自己报一下名字！

大约是那年初夏，上面又给学校派来了一位军代表，叫田岚淼。"向解放军同志学习""向解放军同志致敬""热烈欢迎田岚淼同志进驻我校"的大标语贴了满墙。因那名字里有两个特别眼生碍事的字，所以许多人事先都考查和交流了这两字的读音，唯独把老奎蒙在鼓里。当全体师生列队站在大操场上，本由革委会王主任致欢迎词，但王主任一大早就被通知上省里开观摩会去了，讲话稿顺理成章就交到了老奎手中。老奎带领大家一番"敬祝"过后，便展开稿子，念到"让我们以无限饱满的战斗激情热烈欢迎亲人解放军派来的田，田，风……水同志"时，下面有数人没憋住笑出声来，稍静片刻，全操场起了海啸一般，轰的一下笑翻了天！

一位军代表，一位工代表，闹了两张大红脸。

杨皮匠

在所有手艺里，皮匠这个行当最容易和姓氏黏附一起，"刘皮匠""朱皮匠""马皮匠""杨皮匠"……要么，就是"老皮匠"和"小皮匠"。外地人不知，我们那里是把绱鞋、修鞋的鞋匠也喊作皮匠，比如住堂子巷口的杨皮匠就是。皮匠分两种，一种是行脚，一种坐店面。坐店面的皮匠不少人腿脚有残疾，但杨皮匠不是。

早年，女人们做了鞋帮，纳了鞋底，都送杨皮匠那里绱。虽然有人能自己绱，但没有楦头，绱得不成形，所以还是交给杨皮匠收拾出来才好看，穿着伸朗，不窝脚、夹脚。那时，为了耐穿，鞋底必须纳得厚实，叫"千层底"。绱鞋时针不易扎透，得拿锥子先在鞋底上用力转动扎眼，然后两手使两根针，顺着洞眼里外同时对穿而过，拉出线，手上一使劲，勒紧。再将两根扎底麻线抿嘴里，扎第二锥……动作流利合拍，节奏匀称有美感，针脚疏密得当，不消半个钟头就能绱好一双鞋。

大冬天里，我们上学路过杨皮匠家屋门，看到他裹着厚厚的蓝棉大衣，坐在包着麻袋片的小椅子上，膝盖上也垫着一块脏兮兮的麻袋片，整天都埋着头在做这事。杨皮匠身后一方墙上挂满了大大小小的鞋，下边有一只侧歪的放满各式楦头的箩筐——只有皮匠们才有满箩筐的楦头。楦头木质，是做鞋定型用的，很重，坚硬而光滑。由前、中、后三部分楦头拼成一只完整的"脚"，用木榔头叮叮咚咚逐一敲进新鞋里，然后在鞋后跟各钉上一根鞋钉，用鞋底线一拴，朝墙壁上一挂，要过好几天方能把里面楦头取出来。经楦头定型后，才算是一双真正意义上的很挺括的鞋。

除了针线和楦头外，杨皮匠的工具很简单，一把皮匠刀，一把锥子，一把锤子，一只用来作支架用的齐膝盖高的"铁脚"。皮匠刀是曲柄的，"乙"字形，刀口锋利无比，半寸厚的鞋底，一刀一刀贴紧鞋边划下，切得整整齐齐。又因锥子的铁柄是"甲"字形，故常听老中医刘延庆调侃杨皮匠为"甲乙先生"。逢年过节或季节转换时，是杨皮匠的生意旺季，送鞋来绱的人很多，往往要排队等候十天半个月。

那时，杨皮匠专门制作一种钉鞋卖给乡下人。钉鞋与老式棉鞋相似，俗称"两片瓦"，高高的鞋鼻，厚实的细白布作鞋帮，打蜡的麻线纳的"千层底"，鞋衬里是细软布。为了防潮，防渗水，夏天，杨皮匠要给鞋帮和鞋底涂抹三次以上桐油。每涂一次，必须经过自然风晾干，然后再上一层桐油。鞋底缀上乳头状铁泡钉，起防滑作用。这样的鞋在泥地上留下的印迹也是很有特征的，过去麻子脸常遭讥讽为"钉鞋踩烂泥，鸡啄西瓜皮"。乡人大多买不起胶鞋，雨雪天都穿自编草鞋，但是既不耐穿又不耐寒还不能防水，而钉鞋的结实耐用是草鞋不能比的，却又没有胶鞋昂贵。钉鞋忒重，穿脚上是跑不起来的，所以你看穿钉鞋的人都是硬着腿胯一抻一抻地走路。

尽管生意如此之好,但杨皮匠还是常于酒后自我调侃:"皮匠一扎一个洞,只能够吃不够用。"别的皮匠会搞多种经营,有时收来生皮子硝成熟皮子给人加工皮袄、皮背心;夏天没有鞋绱,就领着老婆和子女瞒着工商税务的人在家偷偷做皮鞋。杨皮匠胆小,一开始这些事他是不敢干的,他只顺带用烧红的钢锯条给人烫补塑料凉鞋,或是用一种"马头"牌胶水粘补雨鞋……所以日子过得上不来下不去。他一直买不起电烙铁,后来请陈打铁两兄弟给打了几把土烙铁,焊头是紫铜的,放在煤炉上烧红,赶紧按在塑料凉鞋断裂处,一阵难闻的青烟冒起后,塑料鞋居然给焊得天衣无缝,明显比锯条好使唤多了。

天热的时候,杨皮匠的小屋没有树荫遮罩,整日在毒辣辣的太阳下暴晒,热气蒸人,几乎没有什么人光顾。但我们却跑得很勤,因为他那里碎皮子、烂套鞋和旧内胎较多,都是我们做弹弓做铁丝枪时要搜罗的材料。夏天的中午,鸟都是倦意深沉,歇在枝上特别好打,弹弓的使用率高。一把好弹弓,尽管你木把是枇杷树或楝树杈做成,黄亮亮的,还必得要有夹石子用的好底皮,而最好的底皮是羊皮,薄软且韧性好,皮筋的两个孔不至于被轻易拉裂。只有杨皮匠那里有羊皮——为求得一块小小的羊皮,我们就把家里的旧胶鞋拿去换。他收下旧胶鞋,把鞋帮子剪掉,只留下胶底子。要是有什么人鞋底磨薄了,他就用这胶鞋底给打上掌,可以再穿很长一段时间。

那时流行一种颜色土黄的高帮翻毛皮鞋,这种鞋能护住足踝,不易崴脚,防砸防穿刺,有的鞋底还绝缘,透气性也好。只是因其劳保性质，故易脏污，且多数人穿脚上时颜色陈旧，磨损剐破，失去原来风采。但翻毛皮鞋沉重结实，踢出去极具杀伤力，配着柳条帽，是武斗时最常态着装，更是工人阶级专政队至高无上身份的标志。"翻毛皮鞋咔嚓响，街上来了李队长……"人人皆以穿翻毛皮鞋为荣，这就给杨皮匠带来了难得商机。鞋底脱线了，鞋帮绽裂或是炸口了，都拿到他那里修理。杨皮匠似乎闻不见这些破翻毛皮鞋的恶臭味，每次拿起一只鞋，不论是补洞还是掌底，都会翻过来掉过去地埋头仔细察看。找出该修理的地方，拿来一块皮子比来比去，然后才用一把硕大的剪刀将皮子剪成合适的形状，用针线缝上去……直到最终把底也换了，鞋帮上的破洞、裂口全给缝补好，连脏污也刷净。

杨皮匠家屋子里堆满了送来修理的破翻毛皮鞋，他用小铁夹子在每只鞋帮上夹一片纸头，注上主人姓名及取回日期，生意真是好极了，没想到一场大祸便由此埋下。千不该万不该，杨皮匠不该在门前放了那块写有"专修、翻新反毛皮鞋"的马粪纸牌子，更不该图省事将"翻毛"写成"反毛"。"反毛"，反对伟大领袖毛主席？这还得了……一起"性质极为恶劣的重大现行反革命事件"很快被人告发了。

可怜的杨皮匠，先给捉进专政队，白天批斗，夜晚吊打，再送到军天湖劳改农场。两年后的夏天，"双抢"时跪在田里割稻中暑而亡。

小　娥

"圣姑娘"是小娥的妈，四十来岁，细长眼睛白净脸，斜绾着一个俊俏的巴巴髻，腰身像个大姑娘一点没走形。不同于常人的"圣姑娘"，虽然看上去没有半点巫气，却可以勘破阴阳两界，为人消灾弭难。

那时候常有许多惊悚的事情流传，撩拨着人们的神经。做豆腐的大老王家二女儿一次昏迷后，再醒过来，突然变成另外一个人，不但连自己的亲生父母、同学老师还有周围的环境都不认得了，而且张嘴说出的是一口流利的普通话，搞得众人大眼瞪小眼面面相觑。还有一件事，有一个郑老太太，过去做过帮人哭丧的事，喜欢喝两口酒。突然有一天，家里人怎么找也找不着老太太……最后只好去求"圣姑娘"。"圣姑娘"给算出来了，说：出你家门向东北方向走十步远是不是有一个草堆？人就在那里。家人找到那个草堆，先看到一只黄鼠狼，周围一股浓烈的酒气，再往里面，终于找到了老太太……老太太抱着个酒瓶子，仰天躺着，四肢向上蜷曲起来。老太太醒了，还问别人我身上哪来这么大酒气？

所以，我们那时对"圣姑娘"总是有点似信非信的。小娥带我们去过她家，一进屋，正对面有个很大的佛龛，供奉着各种佛像，还有各路神仙，墙上对联写着"暮鼓晨钟惊醒世间名利客，轻声佛号唤回苦海梦迷人"，横批"佛仙圣殿"。一扇红漆剥落的木门前放着一个大香炉，里面积着很厚的香灰。外面的人要见"圣姑娘"，得提上半斤米、一束香、一叠纸钱，外加一个红包什么的，这是规距。

我们见过"圣姑娘"给人看病。一个小老头称肚子里老是隐隐作痛，像钻进了一个老鼠在啃咬。报上年龄及生辰八字后，"圣姑娘"眼睛闭着，一只手的拇指挨个在指间上下掐捻，像是在数什么。掐算了一会子，睁开眼，说："你八字里有五个字是属土的，是一个专招老鼠打洞的土命……不过不要担心，我给你吃点药，过了今年五月端午节就好了。"随后，就用黄裱纸包了一把药，嘱咐回去用18粒黑豆烧成炭做药引，煮成汤喝。来人连声道谢，从口袋里掏出两张钞票放在菩萨像下，说是香火钱。"哦，我以后念经时，会让菩萨保佑你的。""圣姑娘"在一旁笑眯眯地说。接下来，是一个满脸雀斑挺着大肚子的小妇人，"圣姑娘"照例问过生辰八字，然后，伸出手上下掐算。小妇人挺着大肚子默默地等着，大气不敢出，唯恐惊动了仙家一样。好一会儿，"圣姑娘"发话了：最近家里是不是又动什么地方了？比如院子里、靠北边的墙角里有些东西不能乱放的……你再好好想想。小妇人拧紧眉头想了一会，小心翼翼地问：难道是个旧粪桶……靠西北边墙角里有个没用的旧粪桶。"圣姑娘"点点头，说，那儿是百神聚齐开会的地方，哪能放粪桶呀！这样吧，你回去把粪桶拿到水边烧掉，到七月初十早上给离你家最近的土地公公、土地婆婆送一对拐杖，然后对着东西南北磕几个头，就好了。

有一天放学后，小娥悄悄告诉我们，晚上她妈要替人请七仙姑。我们问她，你妈不是"圣姑娘"吗，干吗还要再去请什么七仙姑？小娥说是人家要请，已经送来了干果六样，神米一碗，香烛元宝之外，还有活公鸡一只，因为事关重大，只有七仙姑才能指点迷津。说完，小娥就跑到一边跟人跳橡皮筋去了。小娥跳橡皮筋跳得好，从远处看去，两腿一掀一掀的，像一只小花鹿。

夜晚，天上一轮满月，我们赶去时，屋里屋外已站了不少人。大门外点着香，堂屋的正中摆放着一张八仙桌，桌上撒了厚厚的一层米。朝外的两个桌角处，点着两支红蜡烛，烛光摇曳着，一只大红公鸡如同被施了法术一动不动伏卧在桌中间。一只有小号抽屉大的竹篾畚箕放在桌上，上面插着两根钉成丁字形的小木棒。一张骨牌凳放在香火旁，上面摆了四只装有水果、糕点的盘子。请七仙姑的是一对满脸悲苦的中年夫妇，他们一连生了四个子女，其中两个儿子，却都没能留下来。

只见小娥和她妈"圣姑娘"走了出来，小娥穿了件素花小褂，脑后梳了一对丫丫辫，显得很灵巧。有人打来一盆水，拿来一条毛巾，让两人洗脸、洗手。然后母女俩每人手里握着一炷点燃的香火，从八仙桌的两侧一起向门外走去。步调一致，"圣姑娘"口中还念念有词："仙姑大慈大悲，恳请您慈悲为怀，恭迎您仙驾下临，为我们指点迷津，解脱苦难……"她们将各自手中的香火插在一个米碗里。双手合十，朝天作揖三下。

接下来就是等待七仙姑的下凡。用时约莫一刻钟。如果烛影陡然一阵猛烈地摇动,就说明仙姑来了……否则就是没请到,或者仙姑去了别处。大家屏气凝神,眼睛一动不动地盯着那两支蜡烛。

过了一会儿,那烛光果然剧烈摇曳了几下……所有的人都欢呼起来。"圣姑娘"突然浑身一颤,打了个长长的哈欠,以手在嘴上拍了拍后,与小娥一起拿起畚箕,一人执住一端,把它口朝下,让丁字形小木棒垂直于铺了一层米的桌面。请七仙姑的那个男人就跪到了地上,口里喏喏着问起自己的子息来,问命中有没有儿子,有几个?只见母女俩扶畚箕的手前后左右抖动,那小木棒也就随之在大米上写出了两个字,一个是近似草书的"有",一个是上下两横的"二"。说像便像的笔迹,就是答案了。又问如何才能留住?小木棒一阵随意游走后,大米上又现出一个三横一竖的"王"字。"王"乃中年男人妻家的姓,变了声调的"圣姑娘"解释说,就是以后的娃子要随外公姓。围观的人群发出一阵欢呼。

那以后,我们见到小娥就嘲笑她。我们说小娥你别上学了,干脆接你妈班,做小"圣姑娘",和你妈一起搞封建迷信活动。小娥呀你给毛伢算算有没有老婆,他老婆脸上有几颗麻点子……在追打中我们一哄而散。

知了叫,夏天到,学校放暑假了。就在那个绿荫翁深的夏天里,花苞一样的小娥,却飘蓬般无声无息地给一阵风刮走了……她被人发现倒在自家后院里,嘴角挂着血迹,颈子上有扼痕,院墙上有扒塌的砖块,显然是糟人祸害了。公安局来查了好长时日,也没逮住谁。很快就是"文化大革命",案情更是没了下落。

那些日子里,"圣姑娘"哭得死去活来。

吴大郎

镇东李家巷旁边，吴大郎的修伞店里生意一年到头都不错。吴大郎脑袋奇大，像一个大冬瓜顶在细脖子上，当胸系着的围裙下面罩一副罗圈腿，他站着并不比坐着高多少。这吴大郎还有一难言之隐，有疝气，就是俗称的"小肠气"，也喊作"气卵泡"，卵蛋袋子大如皮球，鼓鼓囊囊的，冬天里让围裙遮着，到了夏天要是不干活躺在靠椅上时，就有意无意拿个大芭蕉扇拦在腿裆前。

那时，都是油纸做伞面。竹制的细伞骨一根根的用了好多，在伞面上排列很密，收起来这伞就是很粗的一把，或者快要算得上一捆了。油纸做伞面处处软肋，易被戳洞。相比之下，油布伞就结实多了，伞骨硬朗，挺撑，且不必排列很多。但也有弊端，因为油布会老化，收缩绷紧后力道太足，七八根竹制的粗伞骨撑不住，越发被拗弯，容易折断。

开修伞的铺子，要会干各行各业的手工活，才好对付这样那样的毛病。油纸伞戳破洞，吴大郎就剪块桃花纸贴上去，再刷上一种既当胶水又当隔雨油膜的涂料，颜色还得和原来的一样。要是人家让他打补丁的是把布伞，就得捏针穿线了，依着那洞的大小，用剪刀剪出同颜面的布，再细针密线缝好。到了另一些时候，又成了篾匠，得对付竹制的伞撑和伞骨，剖篾，起簧；还要拿一把皮钻在那上边钻上细细的洞眼，穿铁丝；最后还得对付跳子，跳子不灵便，会碍着撑收……

　　吴大郎技术全面，手艺自是没的说的，再破旧的伞，到了他手中，三两下一收拾，就给整治得有模有样。收费时，两眼看向你，脸上会显出一副老练圆滑的认真表情，说本当应收多少多少，看在街坊的面子上，就只收点工夫钱。当然，年头实在久了，坏到不值得修的程度，或者是脱胎换骨地整修还不如新买一把划算，吴大郎会劝你，不如就把破伞折一两角钱卖给他算了。他会拆卸下还能用的零碎东西，日后修补安装到另一把旧伞上。

　　吴大郎做过一柄极精致的小伞，没有纸，没有伞布，光剩伞骨，这伞撑开来也就有小号洗脸盆大。他干活累了，要休息一下，就把这柄小伞插在一个固定的石头洞眼里，给每根伞骨系上各种小玩艺，如小关刀、小水桶、小镜子等。然后，从一只木箱子里取出一只训练有素的小老鼠放在伞顶上，嗫嘴发出只有老鼠能听懂的话语信号。如要老鼠玩刀，老鼠便会爬到系着小关刀的伞骨子处，用爪子玩起小刀来；要老鼠提水，老鼠又会利索地跑到伞骨子尖处，扯起系桶的绳子玩起来……小东西两粒豆眼贼亮，很是神奇精灵。

　　吴大郎貌陋，心里却极灵慧，还无师自通学会画画。有秀丽的女孩或多情的少妇袅娜走来，请夹紧着腿裆的吴大郎用鲜艳的红绿色彩在自己的阳伞上添几笔山水或花鸟。那伞打出去，自然就是一道纵目好风景！其实，补伞吴大郎和卖烧饼的武大郎一样，也有个漂亮惹眼的妻子。那个小他十多岁的女人叫香香，据说是跑鬼子反时从南京跑过来的，一家人跑散了，也不知死光没有？是吴大郎救了一条小命，收留下她，因将口粮多半省给她吃而自己差点没给饿死……小姑娘长大后也就铁了心要一世报答恩人。正是有了一个好帮衬，吴大郎才将街头的小摊子发展成了眼下的店铺，免去了风吹日晒。

铺子共有两进，是他五年前从一个裁缝手里顶下的。前面是店堂后面住家，一道篾笆墙隔开前后，篾笆墙上贴了数张胖娃娃年画。店堂正中，有把竹躺椅，吴大郎累了，就靠倒着躺下来养养神。一张小方竹桌上摆满修伞的工具：尖嘴钳、铁锤、剪刀、钢锉、螺丝刀、成卷的铁丝，还有一个装了针线、顶针箍等小件的铁盒子。墙角处的箩筐里，插满了各式各样的伞骨架，几捆伞纸、伞布和一大桶桐油也搁在旁边，还有那个装着能玩刀提水神奇小老鼠的木箱，则搁在窗下桌档里。

夏天的傍晚，香香洗了澡出来，湿漉漉的乌黑头发用一根竹筷盘了绾在脑后，走路一颠一颠的，凸着丰满的圆臀，步子很有弹性，浑身上下散发出熟透果子的醇香，真是要脸蛋有脸蛋，要胸脯有胸脯。有那骚公狗一样的男人不怀好意，借着修伞的由头找香香调笑，想学西门庆讨点软豆腐吃。

"哟，香香呀，真漂亮！洗过澡了，用的什么香肥皂……喷喷香！昨晚拍皮球了吧？""香香呀，你家后园里这么肥的地抛了荒，不撒上种子，多可惜的呵……"香香施施然一笑，说："荒不荒，与你又不相干！你还是把自家的事多操心点。""香香……你家大郎弄的那一大捆伞骨子,还不如我这光棍一条枪哩!"听了这话,香香就把脸色收起,掉头朝屋里喊:"大郎,大郎,你要歇会子啦,别太累了……把我给你煨的红枣桂圆汤喝了吧。"她的口音里,带着消不掉的外地腔尾子,听起来更显韵味。这个要脸蛋有脸蛋、要屁股有屁股的女人,总是不卑不亢,应对得体,将门户守得牢牢的。

他们家住室的窗户不高,但焊着一排结实的铁条。窗台上也有个木箱子,里面种着几棵小葱,旁边还开了些五颜六色的太阳花。

有时,一帮淘气的孩子在街上唱:大头大头,下雨不愁,人家打伞,我能打头!吴大郎听了,笑笑,再摇一摇头……继续干他的活。

守墓人姚明清

倘溯回到五六十年前,街头出殡的场景很有看头。

随着爆竹的炸响,远远地看到一路人吹吹打打地过来了。排在最前头的,是一对用彩纸扎成的戴着高帽的无常鬼,站在一辆平板车上,比真人还高,身披阴森森的黑袍与白袍,俗称"黑老爷"和"白老爷"。紧跟其后的是热热闹闹的西洋服饰的铜管军乐队,吹奏着哀乐。接着是充满乡土风味的唢呐调,吹鼓手、和尚道士,还有手举招魂幡和孝幛的各色人众,井然有序地行进着。孝子则披麻戴孝,腰束草绳,低着头把一个小罐捧在胸前,领着亲朋缓随在灵柩后面。队列中有人一路抛散纸钱,而且总是少不了呼天抢地哀哀号哭的女人。碰上亲戚朋友路祭,则要停下跪谢,并回赠一条白毛巾。棺材抬运到墓地,哭声又起高潮……最后,在事先挖好的坑里葬下。

更早的时候,大户人家的坟场祖茔都雇有专人看护。姚明清就是一个职业守墓人,看护着一大片坟茔。一旦墓主在此附近选好场地,姚明清就负责棺木下葬如挖坑、垒土以及日后管理诸项事务,且要防止盗墓贼和野兽来打扰。能想象到守墓人都是胆量特别大的人，墓场四周野草丰茂，只有一条小路能进来。

姚明清面容黢黑，身材短悍，对襟袄子，皂色带子束腰，粗布织的山袜几近膝盖。他独自用石块砌了两间小屋，养了十多只鸡，还有一只狗和两只羊，种了菜，而将妻儿留在镇上，十天半月送点鸡蛋和蔬菜回家，只在这时我们才能见到他。由于长年待在荒郊野外，衣着褴褛，格外显得胡子拉碴，头发也长，目光看似漠然，细究却自有一番亮沉。夏天的夜晚，一弯幽月升起，周遭一带除了坟头还是坟头。雷雨前夜闷热天气里，会有一团一团的鬼火飘来飘去。要是从旁边走过，有风给带起，鬼火会随着人跑。千万不能抬脚去踢，你一踢，鬼火就会很响炸裂开，散成无数的小火花把你包裹起来。你撒腿跑吧，那些随风起伏的野草长藤，恰如看不见的手在扯你的腿脚……一声惊雷炸响，骤雨倾盆而下！闪电中，青暗的四野里，怪树奇石，森然列布，似有数不清的幽灵鬼魅都从坟墓里跑了出来。

听人说，清明或者是阴历七月半的晚上，在坟场能看到很多古怪的东西，能清晰地听到这个墓穴与那个墓穴中的人在对话。那次，正是七月初的傍晚，太阳刚下山，姚明清在回坟场的路上遇见一个年轻女人，说是就住山那边，刚把脚给扭了……恳求姚明清背她一下。姚明清无话可说，只得背起就走，却是越走背上越轻，禁不住回头去看……背的竟是一块已经朽烂得没有分量的棺材板！

山上的蚊子多，着实令人讨厌。夜晚，那一团一团密密麻麻的蚊子，肆无忌惮撞在脸上，让人来不及躲避，有时还会钻到眼睛里，耳朵里，嘴巴里。姚明清不怕鬼魂，只怕雷暴雨，雷暴雨之后,他的事就来了。一夜雨水冲刷,坟冢不是这里坍下就是那里塌豁一块,露出内里棺木,姚明清得赶快从小屋里取来锹锄和担筐,挑土加固坟头。野地里多野兔、黄鼠狼、老鼠等穴居动物,它们往往会打洞毁坏坟墓;还有不知从什么地方跑过来的牛羊牲畜啃食青草时也易踩塌坟头,引起雨水渗透冲刷坟冢里头棺木。姚明清一旦发现这些现象,也得及时处理,这里修那里补。如果野草棘刺疯长,还须及时删刈,别让墓地太显荒芜了。遇上诸如树木死亡、墓碑断裂的事,则要迅速报经主家,然后进行妥善处理。

每当清明、冬至时节,墓主前来祭奠,一番洒扫跪拜焚烧香烛,他们走后,带来的鱼肉糕点等祭品,通常都留给姚明清享用,同时,照契约付给一定养护酬金。倘若墓主及一干亲属远道而来,姚明清会事先叫来老婆,自己也是尽量收拾得清清爽爽,时辰一到,将茶水、擦脸毛巾和桌椅等一应物件摆放在墓地近旁,以供休息,有时还会备下简单饭菜作招待。这通常是双方已结下一定情谊了。

姚明清做过最出名的一件事,是从坟墓里救出一对母子。听人说,那还是日本人占领时期,上街头开布店的王金标儿媳生产时遇上最凶险的横胎,三天三夜都没产下来,终是回天无力,没能闯过鬼门关,一双母子丧命两条。出殡下葬后的夜晚,姚明清从镇上归来,走过新坟旁,隐约听得一阵呻吟之声……要是别人,早给吓得跑都跑不及了,也是他胆量特别大,就停下脚步仔细再一听,果真是从新坟里传出来呻吟,并且还夹有婴儿的啼哭之声。他没再犹豫,飞奔到小屋取来锹锄,刨下坟头,撬开棺材,见那产妇不仅自己活转过来,并且还产下了婴孩!

后来这婴孩就取名叫官生,乃谐音"棺生"也。官生约比我大十来岁,一直在外面念书,到我上小学时,他已留在北方一个大城市工作了。

崔大胡子

崔大胡子人高马大看起来很横豪，其实就是个吹鼓手，说好听点叫乐手……大概是因为吹奏时，腮鼓起来的缘故而被称为"吹鼓手"。说白了，就是个吹喇叭的。

喇叭又叫唢呐，由铜碗配上一截木管制成，装上由芦苇制成的哨子，吹起来音色高亢明亮。戏曲《抬花轿》中的吹鼓手，一颠一拐走在花轿前面，脖子伸得长长的，嘴腮吹得鼓胀，像只啼叫的大公鸡，还做出各种逗乐的滑稽动作，让人捧腹大笑，特具民俗风味。那时候，凡有婚嫁寿辰等喜庆事，为了烘托气氛，形成热闹场面，都要请吹鼓手组成的乐队来演奏助兴。

原东门澡堂子荷花塘斜对面有一条两米宽的窄巷，巷口有"吹鼓队"横匾招牌，两边写着"承接喜庆婚丧""敬请接洽预约"等字样。踏着青石路面往里去，右手边有一进大院，后面是一较宽的天井，再往后是正房了。有时此门中飘出几缕曲声，是崔大胡子他们乐队在练习或调试。

崔大胡子他们的服饰着装，颇似古时衙门里的差役皂吏，戴一顶皂白色毡帽，身穿藏青短衫，外套红边黄布对襟马甲背心，下着黑红灯笼裤,脚穿黑色平口布鞋。乐队配备很齐,有大锣、小锣、铜钹、大鼓、笛子、唢呐等,还有号筒,红事用小筒,白事用大筒。吹奏的曲目,分为喜庆类、丧悲类、通用类,喜庆有《高阳台》《大开门》,丧事有《山坡羊》等。婚丧两类,泾渭分明,不可错用。

由于唢呐吹奏的频率较高,所以崔大胡子算得上是乐队的核心成员。崔大胡子一双牛眼,兜腮一转的胡茬又浓又密,很卖力地吹着唢呐时,一张脸鼓成一个大刺球……所以有人编了句歇后语,叫"崔大胡子吹喇叭——毛鼓(估)着"。据说,崔大胡子的唢呐调吹起来两天两夜不重样,曲子如水一般淌出来,无止无尽。他曾领着自己的唢呐班在外县同人吹"对台",连着将三支唢呐队吹下了台,令观众大开眼界!

街上,远远地看到一支迎婚队伍过来了。高高挑起的大红双喜灯笼为前导,锣鼓随后,接着是铙钹号筒,崔大胡子同另几人吹着唢呐殿后,最后才是抬着的衣箱嫁妆和花轿。快到新郎家那条巷子了,行进的速度放慢下来,从巷子里涌出的看热闹的男女老少将两边围得水泄不通。花轿不走了,吹鼓手班里的所有乐器齐鸣,但只抬脚不前行,抬轿的也是这样,这叫颠轿。有的抬轿的干脆拿出棍子顶着轿杆,两只胳膊扶着轿杆随着吹鼓的节奏晃……下轿的时间不到,崔大胡子他们就得一个劲地吹,也不向前走。新郎家人就得赶快过来撒喜糖喜烟,包赏钱,有时要包上好几次。其实,新郎家里的人也是愿意在大街上这样热闹一番的。如果有两家喜主在同一天撞婚,两乘花轿狭路相逢,两边的吹鼓手也格外卖力,唢呐吹得格外响亮,暗里较劲。花轿进了家,每当宾客临门,便由唢呐单独吹奏一阵迎宾曲。新郎新娘拜堂时,则是鼓乐齐奏,崔大胡子更要毛鼓起脸大吹特吹狠吹。

崔大胡子有时也会成为"打坐堂"的吹鼓手。所谓"打坐堂",就是坐在堂屋外面的一侧,一般是左侧,对着一张八仙桌,冬天时下面还要烧上炭火。不管是红喜,还是白喜,凡是来客人了,都吹上一段。尤其是吊丧的客人来了,更要吹得哀伤凄恻,并在唢呐上系块白布,视同孝子。有时道士做法事,则要见机行事配合着,呜里哇啦吹个不歇气。出殡了,炮竹烟花齐鸣的哭丧中,崔大胡子腮帮子一鼓,那手中竖起的唢呐响起来,震人耳膜,揪人心肠。民俗活动最大的特点是热闹,特别是长寿的老人去世,功德圆满,寿终正寝,子女脸上有光,这丧事叫"白喜事",吃过丧宴的碗也往往被人全部带走,认为可以沾点长寿者的福气。至于演奏的乐曲,一般并不在乎,丧而不悲,只要图个热闹就行。故丧礼曲调好吹,新手皆能蒙混过关,大都是热烈、欢快,尽力渲染喜庆的气氛就行。仿佛要告诉人们,去世就像迁个户口一样,灵魂依然不灭,不过是换个地头生活……让逝去的人在乐曲声中上路,轻松洒脱地前行。吹奏的主要是传统曲牌,如《浪淘沙》《小开门》《朝天子》等,大多十分高雅,庄重而祥和。

丧事喜吹不要紧,要是喜事上吹出丧调,就是闯大祸了。

那一回为人接亲,清早即起身去了一个大镇。听说镇上也有一支吹鼓乐队,崔大胡子他们想露一手,新娘出门的时候,特意吹上一段《妈妈娘》的调子,其内容是:女儿哟,你莫哭,你莫闹,过年过节来接你!女儿哟,你走好,别回头,哥哥嫂嫂去送你……硬是把新娘一家女眷又给吹哭了,哽咽着再一次唱起了哭嫁歌。这一路吹吹打打，到了新郎家，已是日落西山的下晚时分。可能是太过疲劳，注意力分散，阴错阳差，不知谁起的头，崔大胡子他们竟吹响了一支丧曲，众人懵懵懂懂，全然不知，唯独新娘听出了。她不动声色，着人把崔大胡子叫到跟前，问吹这曲是什么意思？崔大胡子当即吓出一身冷汗，筋骨稀软，无言以对……最后连打自己几个嘴巴，只骂昏头该死，表示任凭处罚。

原来新娘的娘家也是吹鼓手，她自小耳濡目染，当然知晓乐曲的婚丧之别。按照规矩，这些吹鼓手被收缴了全部乐器。崔大胡子回家，大睡三天不起。

自此之后，崔大胡子为了避免再出差错，便干出了最了不起的一件事，以《魂断蓝桥》(现名《友谊地久天长》)为基调，吸收了苏格兰民歌的旋律，改编创作出一支类似《柳摇金》这样婚丧通用的乐曲。

刘寿才

柴市场尽头，有一家隶属于木器社的棺材店，店主叫刘寿才。而棺材在民间的别称恰好就是"寿材"，人家说什么样的名字不叫怎么就叫了"刘寿才"？也有人说他正因为有了这名字，索性就开了这寿材铺子。

我们那时胆子特别大，不论有事没事从柴市场尽头那里路过，都要好奇地跑到店门边瞅一瞅，不像有些女孩子，到了那里，绕不开道就把眼闭上一气跑过。棺材店外面挂了个"殡葬生产组"的牌子，店堂里面光线不是太好，正对着大门的一口口棺材，整整齐齐架在板凳上，漆得油光锃亮照得见人影子，样式一律前大后小，前高后低，成梯形状。店铺里面，是个披厦院子，几个人在那里又锯又刨叮当哐啷地干着活，地上横七竖八堆满木料和半成品的棺身和棺盖。

刘寿才是一级木工，先前给活人造房子，后来做棺材，是给死人造房子。他是在上了点年纪后，才带了木器社里三个人，成立了这个"殡葬生产组"的。都说人死如灯灭，可人死了事情并没有完，要进棺材，要入土为安。刘寿才正是看到这个市场前景，才专项经营棺材店。其实刘寿才是不经手钱的,顾客来店里看中了哪口棺材,用粉笔标上一个数字记号,开票去木器社交了钱,再过来提货。千百年来,棺材一直都是世人离不开的东西,不论是谁,早晚都得死了埋,都要睡到棺材里去。

刘寿才店里,常见有人叉开拇指和中指一五一十地将棺材量着,规格一般是整长八尺许,内腔长七尺、宽一尺五寸至二尺甚至二尺以上,反正也就是一个正常的人躺进去手脚能伸放得开。棺材头大尾小,将二尺围以上原木一割两半,就是两"页",做成两边侧墙和上盖下底。分大、中、小三种型号,统称作"十页瓦",即十页木料做成,盖三页、底三页,两厢各二页,有超大的则称作"十二元"。上等棺材为香气缭绕的柏木制作。最常见乃杉木,也有松木的,而忌用桑、枣、槐等,因为民间有"桑枣杜梨槐,不进阴阳宅"之说,认为这几种木材不吉利,会给家人带来灾难。做棺材的规矩是不见钉子,钉属大凶之物,一根都不能用。板与板之间,全用一种上宽下窄的榫头敲进衔接,这是"斜木行"的一个绝活。

棺材一般都是预售预购,将行前就得安排好要"就"的"木"。民间有谚"师傅不做倒地木",死去为倒地,意思是好的师傅不为死去的人做棺材。人死了才急着赶工做棺材,表明缺少计划,忽视天道人伦,是为大不孝。"人生在世,生有处好宅,死有口好材",所以许多人事先做好或买好棺材停放家中,以宽慰老人心。如果老人一直活着,棺材便老是派不上用场。每年必得选一个秋燥天架板凳上油漆,一次次油漆,一次次加厚,颜色一般是里红外黑,讲究的要油十三道漆,以强化防腐和防水性能。老人年岁既高,这样的高龄棺材才是名副其实的"寿材",也有称"老屋"的。如果是未到天年而突然夭亡,或是家中条件稍差准备不及,这就得临时去刘寿才店里买。就算实在无钱,也得买回一副四块的"火板"薄棺料理丧事。

什么行当都能有招揽顾客的幌子,唯独棺材铺不行,甚至连个像样的牌匾也不能挂。有买棺材的进了门,即使身穿重孝而来,刘寿才也不会主动迎上去,问是不是要买棺材……而是不露声色地冲人家点一点头,算是打过招呼。他要做到的是眼随人动,步随人移,跟在后面暗暗观察,仔细揣摩,来的人不语,绝不先开口。直到人家说明了来意,刘寿才方才略一欠身,从种类、成色上开始介绍起来,甚至讲一些丁兰尺的吉数。人家选好了,仍然不问空棺材往哪里送,因为,多是给活着的老人备下的寿材,有的是家里病人还没断气,问得早了,就好比咒人快死。不是有句歇后语叫"棺材店老板——恨人不死"吗,所以刘寿才必得察言观色,处处留心才好。

遇上一把鼻涕一把泪哭得一塌糊涂的,也绝对不说"节哀"之类劝告话。越是哭号得厉害,悲上心来,悲情难抑,越可能出手掏钱购买上等好棺材……实在哭得上气不接下气的,表情木木的刘寿才多是悄然低语道上一句"不要哭坏了身子",以免连交易也做不成。有时,逝者是个大胖子或是个头特别长大的,更有那种因刑事侦查而停丧过长鼓胀起来的尸身,普通棺材根本睡不进去,只能加班特制了。刘寿才会临时再找来几个帮忙的,六七个或七八个人,绝对没有用九个人、十个人或者五个人的。为什么?不得而知。而且一天之内,或一夜之间必须完工,只要开了工就得把活干完，中间不能停，这也是规矩。那一回，对河村子里一个姑娘和男友交往怀了孕，又不敢向人说，肚子一天天变大，最后双双相拥跳了河。两天后，尸身打捞上来已是鼓胀得不行，刘寿才亲自动手带人干了个通宵，做出了两口超大的"十二元"棺材，装了三个人，埋进一个墓穴。

所谓世事难料，谁又能想到，一辈子做了无数棺材的刘寿才，自己最终却没能留得一口像样的"寿材"睡。"文化大革命"来了，棺材铺理所当然给扫入"四旧"行列，刘寿才还挨了批斗。祸不单行的是，柴市场某日突然发现了一条"反标"，是用红色油漆写在电线杆子上，性质特别恶劣。"专案组"查来查去无所获，后来有人说，这油漆很像是棺材店里用的那种土漆……刘寿才立刻被抓起来，不久，就死了。

"专案组"让家属把人拉回去，用四块"火板"装了埋到指定的一个叫萝卜滩的地方。

辫子老爹

夏天,一到傍晚,人们就把家里的竹凉床、躺椅、小凳连同席子搬出户外来,吃过晚饭,洗了澡,大家便聚在一起乘凉。小巷子里和街道两边,到处都是乘凉的。人们摇着芭蕉叶扇子,谈天说地,下棋打牌,看书读报,闭目养神……有人在不远的地方吹着蹩脚的口琴,呜呜的声音,把一些曲子弄得断断续续,而且音调总是不准。

我们猛劲长个头那时,正是多子女一代成长的高峰期,抬头碰面都是毛头小子。路边凉床一张连接一张,那些小子便在上面"走天桥",从西关这头"走"到堂子街那头,里把里路长可以脚不着地。还有站在自家凉床上"扇飞机"的,把芭蕉叶的扇子柄当机头,扇叶当机翼,两手端着用力朝前上方一推,"扇飞机"可以飞出去好远。有某个倒霉蛋扇子被抢走,在街巷两边的凉床之间抛来掠去,嬉谑吵闹着。这里大的把小的弄哭了,那边厢有人失足踢翻旁边正酣斗着的一盘棋,立刻招来一顿臭骂甚至吃顿凿栗子。

"卖——蛮炒蚕豆——沙蚕豆哟——"通常在这时,一阵叫卖声由远而近传过来。不一会,辫子老爹的清瘦身影便出现了。老人身着蓝布襟褂,肩上搭一条揩汗的旧毛巾,紫红的脸庞,额际皱纹很深,脑勺后拖条尺来长的白发小辫。每当这位胳膊弯里扤一只元宝腰篮的老人一出现,街道两边的孩子们就歇下吵闹,雀跃着高喊:"买铁蚕豆哇买铁蚕豆……过来哟,辫子老爹!"铁蚕豆亦即蛮炒蚕豆,就是将蚕豆放在铁锅里炒,不放沙子,干炒,也可在炒时泼点盐或糖水。铁蚕豆的诱惑,恰在它不甜不咸的豆香,愈是铁硬,愈嘎崩酥香,尤其合着夏日暮天纳凉的悠悠风情,更让人回味无穷。

"莫慌莫慌……一个个来,都有,都有呵。"老人说话操一口侉音,下巴上一绺稀疏的山羊胡子一撅一翘的,系在银白细辫根梢上的红头绳,也在暮色中微微颤瑟着。他卖豆子不用秤,拿一个小竹筒子舀,两分钱一竹筒,包成尖角小纸包递过来。白天,他在茶馆、书场、小戏园子里叫卖,傍晚便到乘凉的人群里来卖。铁蚕豆的特点是硬,耐嚼,越嚼越香。那些缺牙少齿的老头老太,是不敢问津的,刘宝瑞的单口相声《化蜡扦》里,就说过一个不孝之子给没牙的老娘吃铁蚕豆的缺德事。但也确有牙口好的上年纪人常以能嚼动铁蚕豆自夸,一些乘凉的老头老太相与炫耀:"我牙好着呢,铁蚕豆也吃得动。你那牙咋样……"

铁蚕豆主要还是哄小孩子的,小小一包,可以嚼,可以放在桌上弹着玩。几人趴在竹凉床上围成一圈,抓一把豆放中间,挑起小指头在两粒豆之间快速划过去,然后环起大拇指和食指,再猛然张开,弹动一粒去撞另外一粒,不许碰到别的豆。射中目标,叫"开花",可将那粒豆作为战利品收为己有;没射中就是"没开花"，得让给下一位接着弹，直到一把豆弹光。大家一边弹一边唱着："铁豆子开花，笑煞老娘家；铁豆子不开花，气煞老娘家……"为什么要自称"老娘家"？搞不懂。

我那时候略微有虫牙，所以更中意辫子老爹元宝腰篮里的沙蚕豆。蛮炒蚕豆是干炒，沙蚕豆则是在锅里用沙子烫出来的，沙子起烟了，埋在沙里的蚕豆"噼里啪啦"一阵炸响，欢快地蹦跳着开出"花"来。我们自己在家中炒出的沙蚕豆，总是沾着黑沙，吃起来牙碜。而辫子老爹的沙蚕豆，听说是以磨细的盐代替黑沙，吃时才不用担心牙齿磨着沙。那一颗颗饱满的开着口的沙蚕豆，颜色是老成的深褐，抓一把在手里，还略微有些温温的，轻轻一嗑，吐出薄薄的外壳，咬上去，松松的，脆脆的，沙沙的……真是其妙无穷！

一粒粒地吃着蚕豆，夜便黑透了，星星就像无数璀璨晶莹的钻石镶嵌在浩渺的夜幕上。有许多流萤从黑黢黢河面那边飞来，尾部熠熠闪亮飘忽不定地从眼前飞过，我们总是忍不住要挥动手中的芭蕉叶扇去拍打。倘是一击未中，自然是起身跟在后面追赶。那时的流萤真多，这个去了，那个又来，忽高忽低，忽前忽后，忽左忽右。无数曳着绿光闪烁的萤火虫，把夏天的夜晚点缀得异常美丽而神秘。因为都是被扇子带起的气流击落的，并未怎么受伤，它们被捉起来集中装入小玻璃瓶里，放出的绿莹莹光亮能照亮一大圈子人。当我们追赶着流萤时，偶一回头，发现辫子老爹就坐在某一个空的椅凳上，一颗拖着长长尾巴的流星划过漆黑的夜空，会在刹那间照出他脸上髑髅一样两个深黑眼眶……

冬天里，辫子老爹的身影常常出现在华清池和荷花塘。那些洗完澡的浴客，回到自己的座间，用热毛巾擦过周身，惬意地躺倒在长椅上休息，服务员给他们的杯子里倒上热水，再来几块茶干或一包五香花生米品哑，便是最惬意的享受了。蛮炒蚕豆和沙蚕豆，因为便宜，耐嚼，照例是跟着大人来洗澡的小孩子要的多。凭着人头熟，也因为这些提篮小贩确实可以为浴客提供更周到的服务，澡堂的工作人员才默许他们在各个座间自由进出。有时，隔壁女宾部如果有人要蚕豆，则有服务员或某一个在那边卖东西的小姑娘拿了钞票过来，辫子老爹包好豆子转交过去就行。

躺着休息期间，服务员照例是要飞几次热毛巾的。便有浴客一边品茗一边同老人交谈："辫子老爹，听说老家是凤阳呵……那是朱皇帝的老家，好地方呵！"

"好地方是好地方，好啥哩，不听花鼓戏里唱，说凤阳道凤阳，凤阳是个好地方……十年倒有九年荒呵！"辫子老爹摸着他下颏上那稀疏的山羊胡子说。

"老家还有什么人哩？"

"没啦。早先出来打鬼子，离家时，娘在咱衣兜里装满炒蚕豆，特意关照脑勺后不能剃尽了。中条山一战，咱一个师全打光了……后来鬼子投降，老蒋又把咱们空运到东北葫芦岛打解放军，咱战场上起义。后来参加打济南，打上海，打海南岛，那么多枪林弹雨都过来了，全国解放，咱自己要求解甲归家……可咱娘那时就已不在了。咱虽是一个四处漂流的命，却总觉得这脑勺后面有咱娘在看着……半夜醒来，摸摸脑勺，根还在哩……"

对对眼老叶

　　幸福巷底的避风处,靠着供销社院子那堵高墙外搭了个人字架小棚。冬天里,头戴一顶看不出颜色的旧绒帽、黑色破袄腰间用一根带子系着的对对眼老叶就在那里炸炒米。

　　小棚无门,老叶每天早上过来,架起小炉子,连上风箱,点火烧煤拉风箱,炉子烧好,生意就来了。老叶对对着眼,将米装进黑葫芦一样的铁罐子里,然后就戴上那双遮不住指头的破手套,抓起一根铁管把炉盖旋紧防止漏气。铁罐子架在火炉两头丫形的架子上,罐子前面是一个用细钢筋焊接的像汽车方向盘一样的铁圈,铁圈上连着把手,方便用手握着转动。铁圈中间,有一个连着炉体的多功能表盘,上面可以显示时间与炉内气压。只是,那个伤痕累累的压力表早已污黑不堪,表盘上没了玻璃,整个表盘都用细铁丝捆绑着,才没有散架。坐在小板凳上的老叶,低着头有条不紊地一手推拉风箱,一手摇动黑葫芦铁罐子。风箱拉动时,后面的风门发出"呱嗒、呱嗒"的声响,极富节奏感。舐着铁罐的炉火也随着韵律舞动,发出呼呼的声响,不时有一两颗火星欢快飞起……老叶就这么从容地不停地摇着,一会儿正向转几圈，一会儿反向转几圈，以保证炉体各部分受热均匀。米粒在黑葫芦铁罐子里翻滚，膨大，铁罐子旋盖四周滋滋地冒出丝丝白烟，不断地向外散发出炒米的浓香。

摇着摇着，速度就慢了下来。老叶是有经验的师傅，根本不必对着眼睛细瞅摇把中心处那只破表盘，完全凭感觉就行。老叶起身将铁罐子拧转过来，塞进一只由几条麻袋接起来的两三米长大口袋里……旁边有人高喊一声："炸——了！"女孩子捂着耳朵逃得远远的，吓得连眼睛都闭上了；男孩大多一边退着，一边逞能犟颈死死盯着老叶的每一个动作。此时的老叶，挺直了身子，一脚踏在机子上，一手用套筒套住炉盖上的"耳朵"，把白多黑少的眼睛瞅向天空，一声吆喝，手脚一用劲，压舌滑落……"嘭！"一声巨响，升起一股白烟，随着炉盖打开，一股浓浓的炒米香气四散开来。先前倒进去的米，都变成白花花的胖米粒了。

老叶炸炒米带有一个磨得红亮的小竹筒，量一竹筒米，平着手掌抹去上面堆尖，正好是半斤，收费五分钱。一次最多只能量四筒子——也就是二毛钱的米放入铁罐子。要是加糖精，另收三分钱。

到了年底，炸炒米的生意最好。不用吆喝，开炉一声炮响，就表示老叶那里炒米已经炸起来了。小孩子心急难耐，缠着大人哼哼唧唧，终于得到批准，立刻端着个装了米的笪箩屁颠屁颠跑过来排队，胳肢窝里还夹着一个袋子，有时把米弄撒了，一群眼尖的鸡立刻跑过来，一会就啄个精光。很快，由淘箩、筲箕、脸盆等各种容器组成的队伍就排了长长的一串。以物代人，不必一直守着，只要时不时把自己物件往前挪挪就行，没有人插队也就没有了吵架。炒米是家家必备之物，经济好一点的，则增加一点花样，炸上一点黄豆、玉米、年糕什么的。黄豆炸出来酥酥的，非常好吃，可惜就是量太少，所以也比较精贵，毕竟在更多情况下它是被拿去做豆腐，过年才能上桌的。有农村亲戚接济，还会在过年时炸一些山芋干。炸过的山芋干，酥脆酥脆，甜津津的，越吃越想吃。

每炸好一炉，老叶就支起了炉子，拿抹布把炉膛内腔擦拭一下，进行下一锅准备。只有不断地擦拭，才能除去炉膛内壁上的焦灰，使得每一炉炒米炸出来都白花花动人。老叶自己却总是弄得满脸满嘴的黑灰，鼻沟两边也乌黑发亮。

"呱嗒、呱嗒"的风箱声里，炉火起伏跳跃，映得老叶黑黝黝的布满皱纹的脸庞时明时暗地变幻着。老叶总是很专注的样子，盯着炉子里的火头时，两颗眼仁老是要往一块凑，偶尔伸一下手把破表盘扶正。他很少说话，别人在一旁说笑，他也不答腔接句，一脸的严肃。我们有时趁老叶起身给炉子添煤时，就会冷不丁地猛拉几下他的风箱，炉子里的火便一下子蹿了起来。老叶也不发火，只是用那对白多黑少的眼睛瞪我们一下，以示一种无声的训斥。

一天中午，老叶炸完炒米，拿出自带的午餐正要吃时，来了一个跛腿老丐站在面前，眼巴巴地朝他望着。老叶看他眼里露出饥饿的神色，遂把那顿午餐让给了老丐。老丐也不客气，伸手接过，一气吃完，用破衣袖抹了抹嘴就走了。走出十来步远，又回来将手中一颗核桃给了老叶，说是能讨吉利。这个核桃用一条红线穿着，黄褐的表面被摩得光滑油润，放出一丝诡异的幽光。

下午，刮起了风，没有什么人来炸炒米，只有三两只寒鸦奋力从头顶飞过。无聊至极的时候，坐在避风墙下的老叶从口袋里摸出那个核桃，把玩着。拴核桃的红线突然断掉了，核桃掉在地上，骨碌碌滚到了坡沟那一边，老叶起身就去捡。弯身拾起核桃时，身后传来轰隆一声巨响……刚刚坐那里的一堵墙倒了。灰尘起处，他的转炉连同坐的小椅全被埋在一大堆砖头下……老叶看呆了，要不是捡核桃，不死也是重伤啊！

小喜子

秋天深了,小喜子和她爸就挑着担子出来卖炒白果了。

小喜子瘦瘦的,眼睛大大的。因为右太阳穴边有一块铜钱大朱红胎记,所以小喜子总是将右边一侧头发养得长一点。小喜子爸很苍老,满脸伤悲,像电影里那个杨白劳,而且一只腿还是瘸的。他们的担子不大,设备也很简单,一头是一只分两层的小柜,下面装生白果,炒好了的白果则放在上面一层,用一块蓝花棉布捂着保温。担子另一头,是一只黄泥抹的炉子,架着一口小铁锅,锅里面有一小堆破碗的瓷片,那是专门用来当传热介质的,用碎碗片而不用通常炒货用的黑沙,是让炒出的白果显得更为洁白。同时,一柄锅铲在里面不断地炒作翻腾,哗啦哗啦地响,人们听到这带有节奏的干炒瓷片的声音,就知道是卖炒白果的来了。

除了和碎碗片在一起炒,白果还可以现烤现卖。担子上带有一个烧木炭的小炉子,白果放进一个水舀子一样带把子的铁网兜里,搁在炭火上烘烤。不停地抖动网兜,白果在里面滚动着,听到噼噼啪啪炸响,就熟了。小喜子爸专在铁锅里炒碎碗片的白果,抓着铁网兜的把柄在炭火上烤白果,是小喜子的事。

"现炒的大白果,热乎乎来烫手,香喷喷来好口味……买一包来包你好吃……"冷风里,小喜子扬开尖细的嗓子喊着,还跟着一点拖长的吐气声,听得人心发软。无论是炒的还是烤的,价钱都不贵,五分钱一小竹筒,一毛钱能买一大纸包。在电影院门口,总是有很多人围在四周,买包白果边吃边等着里面电影开映。白果味道很香浓,软软的糯糯的,吃到嘴里,那股热乎乎的甘甜,让人久久回味。

据说炒白果系由上海传入的,但上海人是否也是像这般卖炒白果?不知道。白果树生长缓慢,过去爷爷种树到孙子才能收获,所以又被老人们叫成公孙树。那时候我们学校旁边就有一棵高大的白果树,曾遭过严重的雷击,半边树干被劈掉了,另一半边仍长得枝繁叶茂,梢头有三四层楼高。每到秋天,枝丫间挂满果实,一串串的,淡黄或橙黄的颜色发散出成熟的光芒。爬到横枝上,抓住上面树枝死劲一摇,那些果实就噼里啪啦落下来了,滚得满地皆是。我们许多人在下面捡拾,这其中自然就有小喜子,她拖了个口袋,那些天里,每天都要把口袋装满才能回家。

小喜子家住一幢大屋子里靠边的两间,房子破败不堪,好多地方用厚纸壳和发黑的木板条子钉着,光线差,潮气重,散发着一股子呛人的霉味,即使大白天也给人一种阴暗压抑的感觉。我们都知道小喜子家日子过得苦,她除了下面有好几个弟妹,还有一个疯子娘,有时犯病了,小喜子爸就得在家照管,不能出来干活。所以我们都愿意帮小喜子到处采摘白果。这些白果味道很臭,小喜子弄回家,倒入一只木桶里,盖上口,沤个十天半月,再套上橡胶手套,一遍遍攥捏,或者是放石臼里拿榔棒使劲捣,去掉外面那些皮肉。剩下的便是果核，先是青青的，晒干后就变白，难闻的气味也没有了，所以叫白果。又因为其果仁似杏仁，故书上的名字叫银杏。有一次我问小喜子，为什么攥捏沤泡过的白果要戴橡皮手套？小喜子说，因为白果外面一层皮有毒，那汁液能烂掉皮肤，如果身体差的，很有可能会烂到肉里直到烂出骨头为止……所以还挂在树上的白果，最好不要拿手去碰。

没事时，小喜子会和我们玩"蹦白果"。就是并拢两脚，夹住一颗白果，身体微倾向前，两脚再用力一蹦，白果便随之被抛向前方，看谁的白果抛得最远，最远的就可以将别人的白果赢了去。下雪的时候，学校放假了，我们在家里，找出秋天留下来的白果放在脚炉余烬中焐熟了吃。其实白果留到那时早就干瘪得不好吃了，根本没有小喜子烤的那么香糯。

有一回，我捧了一堆白果放锅里炒。知道白果坚硬厚实，难熟，就用小火慢慢地炒。我炒过花生、南瓜籽，炒一会儿就能听到叭叭炸裂的声响。这回炒了好几分钟，已闻到一阵阵的香味，且白果的颜色已变得焦黄了，但就是听不到炸裂声。是不是壳太厚炒不透呢？正在我着急的时候，"啪"的一声，一枚白果飞起老高差点炸到我的眼睛……接着"啪！啪！啪！"的响声不断，白果蹦得满锅台都是！正在我手忙脚乱的时候，刚好小喜子来了，她先把灶膛里的火扒出来熄掉，再抓起锅盖往锅上一盖。满锅的白果就"嘭！嘭！嘭！"地炸着锅盖发出沉闷声响，像有许多小棍棒在乱敲，我们一齐笑弯了腰。小喜子从地上拾起一枚炸裂的白果剥开递给我，黄色的果仁，油润润、亮晶晶的，我放进嘴里，牙齿轻轻一嗑，甜糯中，有一股苦苦的香，有一种特别的风味。

深秋里，小喜子和她爸也炒栗子卖，同样是一口小铁锅搁在小火炉子上，锅里是黑油油的小石子和炸开了口子的板栗。她爸在那默默地翻炒着，炒好的板栗油光水滑呈深红色，香味四溢。就听小喜子在那边唱边卖："炒板栗，真香来，大姑娘吃了二姑娘香，大哥哥吃了小哥哥香，城里头吃了城外头香……好香的炒板栗，快来买哟！"

到了冬天，小喜子会到女澡堂子里卖炒花生、炒葵花子、炒蚕豆，一直卖到麦黄杏子熟澡堂关门歇夏。然后，就在码头往下的渡口旁卖凉开水。那里有一棵浓荫匝地的大槐树，下面放了一张桌子，还有几条凳子。小喜子在玻璃杯子里倒好各种饮水，有糖水、白开水，还有凉茶和一种小孩子喜欢喝的有色的糖精水，都用方玻璃片盖住杯口，以示卫生。等候过渡的和刚从船上下来的人，热得头上冒汗，都会走到树荫下来喝杯凉茶。凉茶不是普通茶叶，而是晒干的山楂红叶子和嫩梢头，有时还连带着未长成的小果子和刺杈，很粗糙，煮沸后，茶汁变成了红褐色，极能生津解渴。一杯凉茶大解暑，只收一分钱。

卫六货

正月头上,唱春歌、唱门歌的人肩挂布袋,手拎锣鼓或胡琴,从初一到十六走村串乡,挨家挨户上门唱。"春锣一打喂,响呵——呛那么呛呵,我来送春上你嘎门……"他们通常衣着稍讲究,肚里装着几十段现成唱词,每唱皆有"春",春锣一打不是"响玲玲"就是"响堂堂",故又称"送春人"。

"要饭的见不得拎锣的",唱门歌的则低了一个档次,多是一些外地乞讨者,有老有少,有男有女。他们衣衫褴褛,手里拎把胡琴或者捏两片竹板,走到人家门口,竹板一打,胡琴一拉,就开始唱起门歌来了。歌词一般是"望风采柳",又称"见之歌",通常是见到人家门口长了一棵柳树,就唱:"老板门前一棵柳,放倒柳树打笆斗,打了笆斗量大麦,量了大麦酿烧酒,五湖四海结朋友……"

唱门歌和唱春歌一样,都是要唱喜庆的歌,唱发财的歌,唱祝福的歌,主人家高兴了,自然就给得多些。往往也有人促狭使坏,故意捉弄,让你急,一首唱完了,不给,于是再唱。两首唱完了,依旧不给,唱歌的人就要用眼神或是言语哀求了。这时,主人家才哈哈笑着，或者拿出一点钱，或者搣半碗米拿出几个年糕……乞者喜笑颜开，一躬腰接了，连声称谢而去。

卫六货从来不唱春歌，他唱门歌声名远扬。卫六货乃土生土长的本地人，比一个半大小儿高不了多少，头小额窄呈猴相，虽只上到小学六年级，却灵思敏捷，自小显出即兴歌唱天才。上下古今，天文地理，八九七十二行，见人唱人，见狗唱狗，见人狗打架唱人狗打架，行云流水，生动押韵，这才是唱门歌的真神！要说这也有遗传，那就是他老子过去是唱估衣调的。所谓唱估衣调，就是帮一些店堂或是当铺推销旧衣服，站在店堂前拿一件就叫唱一件，边唱边将衣服翻来抖去，向顾客展示，有时搁自己身上比试："哎……噢……这件衣服真好看啦！穿在身上好看又大方，便宜又漂亮！哪位要买嘞，只值四角钱，请外面看看，里面看看，上下看看……要买赶快买哟！"这件成交后，再拿出另一件衣服照老调调又唱起来。这种估衣调子，拉腔拖声，清脆悦耳，很是吸引人。卫六货自小耳闻目睹，深受熏陶。

传说卫六货十二岁齐桌子高时，适逢大老表娶亲讨新娘子，涎皮赖脸拱进洞房，听人唱罢他接着唱，居然一点不怯场，赢得满屋喝彩。十六岁时姑爷爷下世，竟敢头戴重孝手拎一面小锣在棺材头前唱丧歌。借着长篇叙事曲《八仙过海》和《洛阳桥》的调门，遍述姑爷爷在世时千般万般好处，其词凄惶动心，其调哀婉感人，亲友无不潸然泪下，老姑奶竟一声号啕晕倒过去。

卫六货独行侠，唱门歌不要搭档，只一人一锣，来到你门上，开口一句"铜锣一打响玲玲，六货门歌唱你听"……便是其招牌唱句。脑子转得快，能看着主人家的陈设即景生情现编词句，套用现成的曲调演唱,其含意亦多明亮,深浅不同,别致有趣。

比如,新春正月,主人家高朋满座,就唱:"名点香茶待众宾,东家府上八仙临;六货无钱送厚礼,唱句门歌贵人听。""金色鲤鱼跃龙门,东家贵客喜盈盈;天地群龙风云会,六货敲锣唱太平。""乾坤扭转玉浆开,金堆玉积列筵台;六货门歌高声唱,高唱东家大发财!""双双狮滚红绣球,东家圆席客难留;六货唱罢喜庆酒,明年祝寿来磕头!"若是见人家屋里贴着未褪色的红喜字,他就唱:"正月里来正月正,媳妇过门家业兴,家业兴啊,家业兴……又旺财来又旺丁!"

这样唱门歌最是讨人欢喜,得到的东西也就相对多些。富足的人家常常会大方地递上一元钱,便是穷人家也要给个五分一毛的。卫六货唱门歌只收钱,从来不要米和年糕炒米糖什么的。

我们那里将讨不起老婆的寡汉条子一律赐名"和尚",所以,丑丑的卫六货又被喊作"卫六和尚"。"文化大革命"前一年,我正在上小学五年级,县里开民歌大会,头扎白毛巾身着黑马甲的卫六货与一俊俏红衣女子上台献艺。卫六货潇洒地唱:"高高的山头踏平路,小埂草面踩成坑……"红衣女深情应唱:"为郎我站着怕人见,蹲着又挨蚊虫叮;手拍蚊虫有四两,脚踩蚂蚁有半斤!"卫六货对睃一眼,接唱:"为妹走了多少黑夜路,摸了多少冷墙根;头碰多少蜘蛛网,脚踩多少牛屎墩……"知道是名不副实,卫六货根本叼不着红衣女奶头子,台下观众一起大笑,气氛火爆。

卫六货嗓音亮堂,一开腔若行云流水,故常被人请到红白喜事上唱堂会。白喜事唱"闹夜歌",前半夜阴锣鼓,唱得众亲友对死者无限怀念；后半夜阳锣鼓，则唱得守灵的人油然生出欣慰之情。红喜事唱"闹房歌"，骚话撩人，妙语连珠，惹得众人笑翻，新娘绕桌追打，含羞嗔骂其摊炮籽籽的三寸丁矮东西！

"文化大革命"来了，卫六货这样的人自然没有好果子吃，先是挨批斗，后又给发配到蔬菜队劳动改造。可叹卫六货除了空有一副嗓门，肩不能担，手不能提，于地头上事几乎一点益处也没有。队长为生产计，决定给他"触及灵魂"一下。高音喇叭一响，众人都给召去开现场批斗会。

卫六货穿件破黑袄，站在一处高地上。不远处有一块棉田，棉田里尚有些迟吐絮的棉花，零零碎碎地开着，一朵一朵的白，点缀在一片褐色之上。队长主持批斗会，周边有红白水火棍把守，气氛极肃穆。队长好似个演武功的，绕场一圈，将许多脚尖朝后踢退，刹在场心，蓦然一声断喝："卫六货，你狗日的东西，是怎么在田里搞破坏的……如实交代！"

卫六货一张丑脸抽筋般扯了一下，再扯了一下……竟扯出一个极不相宜的笑，口中似唱又似说，声音很小，勉强能听清："叫交代来就交代，根本不是搞破坏。累死累活唱不成，话不成句你莫怪……"轰的一声，围的人墙笑塌了半圈，严肃的气氛没有了。

队长大怒，疾步上前，对准那张丑脸，狠狠一掌扇去，又断喝一声："老子叫你扯鸡巴蛋胡屌编！"

那张着了巴掌的脸，始而变得乌红，乌红渐褪，复又现回原色，便有难看的怪笑极艰难地爬上来，黄牙龇开，仍是似说又似唱："叫不编来就不编，明天变个老树墩，叫声队长你是听，你莫把我再斗争……"又笑塌半圈人墙。

这样的人实在是拿他没法……队长狠狠咽下一口唾沫，宣布批判结束。

卫六货没想到自己的苦难并未终结。刚回到地头，有人为他打抱不平，说根本不该挨这场批斗……他凄然一笑，半唱半吟道出心头的愤懑："大家要想不挨斗，只有咬牙把罪受；今生投胎没沾光，下世要把队长当。"没看到身后走来一个人，正是队长。队长从背后一个扫堂腿，将他扫翻在地，怒喝："难怪指标完不成，你狗日的一心要搞破坏……老子要你下世当队长！"立刻宣布停工，哨子吹得瞿瞿响，吆喝所有人来，围成一圈，将卫六货捆成一个粽子，重又推到一个土台上站定，命他交代阴险目的。

卫六货发现天色昏暗，地皮坎坷，灭顶之灾即将降临，遂长叹一声，咧出一个苦笑，张嘴又是一段似唱非唱似说非说的语词："……我不编来你叫编，编了又说好阴险；不编也斗编也斗，不如叫我烂舌头！"

众人这次不笑，纷纷敛神沉默。

次日，卫六货便成了一个哑巴。有人问他，不语。问狠了，他仅以手指口作答。人们望那嘴里，红乎乎一团破肉，吐一口，血水斑驳，像是咬烂了舌头……

李梅村

　　幸福巷原来叫"箍桶巷"，是两边宅院高墙夹出的狭长小巷。出了巷口，就是大街，放眼望去，人民影剧院，人民供销社，人民饭店……全是带"人民"的场所。人民供销社院子里有一棵不知年代的大槐树，长得高大繁茂，树冠如伞，枝条像飘带曳过屋角，斜伸到李梅村的窗口，到开花的时候，整个巷子里都是暗香浮动。

　　李梅村的"人民年画店"就在幸福巷口，坐南朝北的两间平房，窗户是旧式的，很小，有一扇给堵住了，光线照不进来。另一扇和门平齐的窗，倒是对着巷子里，窗档子上吊着一排毛笔。上午的阳光透过树叶筛下来，斑驳地照在这些长短不齐的毛笔上。这是一间店堂，又兼画室，一张堆满纸张的大画案占去了一半的地方，靠西有一个书架。墙壁和顶篷上都糊着报纸，顶篷下面拉着一根细绳，上面有夹子很随意地夹着一些简易装裱过的字画，都是展着出售的。

　　李梅村是个自产自销画年画的老头，衣衫陈旧，戴一顶尖尖的毛线织的条纹帽，清瘦的脸上布满皱纹，看起来有些不苟言笑。

李梅村只画鱼,很少画花鸟,只在过年前那一个月里才画一些红脸关公和松鹤延年之类的年画,卖给周遭的乡民们。

李梅村把一张六尺宣纸铺到画案上,伸出枯瘦的手抹一抹,一点不必思考,笔上濡了墨,悬腕在纸上一拖,拖出半圆的一团黑。拎高笔锋再一拖,是一道弧圈,往弧圈的空白处几下一点,成了一排鱼牙。有了这排鱼牙映衬,那半圆的黑,原来是条鱼的头,空白处两细点,成了一双眼睛,左右撇两条弯线,便是一对圆转飘忽的鲇鱼须。毛笔再续一续墨,往斜上方引出鱼鳍、鱼尾,有时添几笔水草,有时不添水草,题上"满地家乡半罟师 偶随流水出浑池",大约是套引前人的句子。在李梅村的笔下,几乎所有的鱼眼睛都点得漆黑,特别有神,饱含"年年有余"之意。因为"鲇""年"谐音,所以这些鲇鱼被称作"丰年鱼"。他的画室里,悬一张齐白石的鲇鱼图,画中一上一下两条鲇鱼,还有一条在纸边,只露半个头和两粒漆豆一样的眼睛,灵动活现,神韵丰沛。李梅村既师白石老人技法,当然也会像白石老人那样喜欢题一些"大年""长年""长年图""长年大贵""富贵有余"等字样。其作画写字,纯用悬腕,仅此一点,就显得气度不凡,也不枉了白石老人那些被他长年临摹的画与字。

除了画鲇鱼,李梅村画得多的还有鳜鱼。"鳜"与"贵""桂"同音,所以沾了光的鳜鱼也是很讨口彩的。他的鳜鱼,多数是以五色墨一挥而就,阔嘴大眼,深入浅出,身缀杂色斑点,但所有的鳜鱼都是没有尾巴。巨口细鳞的秃尾巴鳜鱼,看上去怪怪的,似有一种说不出的言外之意。他题词或是"桃花流水鳜鱼肥""碧芦花老鳜鱼肥""昨夜江南春雨足,桃花瘦了鳜鱼肥",或是自撰诗句"春涨小河月初上，鳜鱼泼剌柔波间"……浅显易懂，自有一股清新之气。他每画一条鳜鱼，都要顺便加几根芦草进去，同样的鱼与草，在不同的画幅里形态各异，不变的是透明的鱼鳍与并不招摇的芦草。

事实上，在民间年画中，人们可以经常见到"连年有余"的字样，那些通俗画面上出现最多的是鲤鱼。如果说鳜鱼有一股清寂与孤僻之气，或者说是霸气与戾气，那么入画的鲤鱼，则喜气与俗气兼而有之。李梅村画一红一黑两条鲤鱼，戏于清流之上，点两三枝桃花，或者只在鱼旁抹些乱红。这当然不错，可惜太实，笔墨功夫好孬且不说，仅此立意，便出不了年画的窠臼。尽管李梅村心有不甘，给他的鱼画题的字是"芦塘清趣""观鱼自乐""荷静"……可相比之下，那些写着"六顺图""九如图""年年大发""祥和平安庆有鱼""双鲤跳龙门"字样的画，明显要好卖得多。这让他叹息自己只能是一个做生意的画匠，永远进不了文人画的行列。

"文化大革命"中，李梅村先做了一阵子"漏网的牛鬼蛇神"，后来到底不能脱。被人揭发专将鳜鱼与荷花同画，毒害广大贫下中农，宣扬"和（荷）为贵（鳜）"的一套，其用心十分险恶，是和"要准备打仗"的"最高指示"唱对台戏……于是，来了一队人，半天不到，李梅村那间寒碜的"黑画"店就被彻底捣毁，吊在窗档子上的那一排毛笔，全给折断扔到巷子外面去了。

劁　猪

早先，有九佬十八匠之说。九佬指的是劁猪佬、补锅佬、摸鱼佬、剃头佬、杀猪佬、磨刀佬、修脚佬、挑水佬、推车佬，十八匠则是金银铜铁锡石木雕画泥弹篾机织瓦染漆皮十八种手艺。劁猪佬靠一把锋利无比的手术刀，走村串户，位列九佬十八匠之首，可见这个行当容不得小觑。

劁猪佬是比较通俗的叫法，后来慢慢地改称兽医，文雅了许多，这是社会的进步。

兽医荀来喜长相白皙，衣着清丝，二分头梳得一丝不苟，倒像是医人的。"进村一声唏（叫喊），劁猪割卵子呵——带旋鸡！"荀来喜到乡下那些村子里转悠时，却不屑于吆喝什么，似乎这样有辱斯文。可你别给他外相迷惑了，他公母通吃的手艺，可不是一般人能做到的。首先是狠，操起小刀子就敢往肉里扎，任凭猪们叫破天只当是在听唱歌；其次是准，一刀下去，就割断了孽根，绝不会有补第二刀的啰唆事发生。

不管走到哪，荀来喜都爱伸头朝人家猪栏里看，特别留意那些半大猪崽的屁股，赶起躺在草堆里酣睡的猪崽，一旦察看到这猪小子的屁股后面还是原生态，便找到主人，说你家的猪要劁了，再不劁就迟了……你劁不劁？主人说，你看要劁就劁吧。得到主人的同意后，荀来喜尾随着走到某只猪小子身后，突然出手一抄，单膝屈下，把吓得尖声嚎叫的小家伙跪压在地上。一只手从悬在屁股后面皮口袋里掏出亮亮小弯刀，顺手一下划开了卵泡，伸指一挤捏，两只粉红的嫩嫩的圆溜溜的小蛋儿就挤出来了。所以，只要荀来喜进了村子，不久，便有猪的凄厉嚎叫声此起彼伏响起。

荀来喜穿一身微风轻拂的白府绸，仿佛武林中人，腰间皮带上斜斜地吊着一个袋子，里面分成若干小格，插一排锋利的大刀小刀数把。劁猪有两种：一种是给小公猪处理屁股后面两腿间夹着的卵蛋袋子；另一种是在小母猪的肚子上划一刀，把卵巢给割掉。无论是猪小子还是猪小丫，被去势后就永远不谙风情，不懂两性之间乐事，没了乱七八糟的念头，思想纯净，就一心一意长膘了……

进入立夏，什么东西都开始疯长。有人家一不留神就把一只小母猪养过了头，快到发情期了，身段瘦长婀娜，既会蹦高又能跳远，精力无穷。这可就是桩体力活了，荀来喜脱去白府绸衫，还得动员主人帮忙把猪摁住。然后手持那把明晃晃三角锥刀，在喘叫起伏的肚腹上找准某个部位，一刀划开，并拢食指中指伸进去一阵乱掏，抠出一团松紧带似的花花肠子（卵巢），斜侧着刀口一拖，割下赘疣，顺手抛到屋顶上。然后揪起刀口处一撮湿漉漉猪毛，拿根棉线几下一绕，系紧。整个手术就算结束，既没打麻药，也没用止血棉，看上去极不人道。

听人说，早先，两个劁猪的争地盘打架斗殴。赢者惩处对手,就是把人家干事手的食指和中指生生折断,就抠不了花花肠子劁不成猪了。还有,要是技术不行,把猪劁死了,也会招来觊觎你地盘的人借口维护行业声誉,折了你两指驱逐出列,这是所谓江湖规矩。

苟来喜既劁猪也旋(线)鸡,猪不劁不胖,鸡不旋不肥。"旋鸡"到底该怎么写才对?或许应是写成"性鸡",就是掐掉鸡的"性"思念和"性"行为吧。与劁猪不同,劁猪除了留做种的猪不劁,其他公猪母猪都是政策性一刀切。旋鸡却只旋公鸡,母鸡一律免责,留下生蛋。旋鸡割掉两颗腰果样的卵,可以长到十来斤,红冠萎靡,毛却亮得发蓝,抬起头轻易就能啄到小孩子碗里饭食。人间五月天,槐花开满天,满地跑跳的小公鸡已经长成半大小子了,它们身上羽毛正在发生变化,起劲朝着鲜艳和风骚烂漫的路子上奔去。苟来喜叫主人在屋子里撒下稻谷,唤了鸡群进来吃食,然后关起门用大鸡罩把它们罩住。除了特别幸运的一只留下做种,其余一概拿下。

苟来喜坐到板凳上,讨了一只围裙或是旧衣搭上膝盖,扭身从另一个口袋里掏出工具:一副板弓,几把小刀,还有类似掏耳勺的细铁丝做成的钩链子和钩枪。他把小公鸡绑在板弓上,翅膀夹着,两腿缚着……然后将鸡翅下小绒毛拔了,露出红红的皮肉,拿小刀一划,刀口处用两根钩子钩住,向外撑开,一把铁丝钩枪伸进去,那钩枪带着细细的线绳,来回摩擦着。不一会儿,就从鸡肚子里扯出两个嫩黄的长圆形东西,摘掉。把小鸡从板弓上松开,放回地上,小鸡一瘸一拐慢慢走开了,要是换成人的话这早就痛晕过去了……下一只小鸡被捉过来,遭受着同样的命运。

要说报应，也许真有。连荀来喜自己也说那事简直太离奇了，给老母猪咬到了命根子，说都说不出口！那是一个夏天的中午，他在乡下一户人家喝醉后上厕所，阴错阳差走进了相邻的猪圈。里面一头老母猪刚下崽不久，护崽的母猪特别蛮勇凶狠，生人万不可靠近。醉意蒙眬的荀来喜如果不是被绊跌在地也没事，偏偏就是跌倒了，而且是朝着小猪崽们扑倒过去……小家伙们尖叫着四散逃开，母猪护崽心切，蹿起来顺势一口咬向他的裆间……那血马上就冒了出来。

事后，他逢人便说："妈的，老子劁了一辈子猪，没想到最后差点让猪给劁了！"

石八斤子

一头两根獠牙翻翘的大公猪在前面摇头晃脑地走，石八斤子在后面不紧不慢地跟着，公猪颈子下拖着一条铁链被他攥在手里。这猪高大威猛，有半人高，耳朵撑起，小眼黑亮，从脑壳顶到肩背是一溜油光泛亮的长鬃毛，嘴巴里吐着白沫，时不时地停下来，低头在地上嗅着什么，还噗嗤噗嗤地喘粗气，用竹棍敲一下后，才又往前面走。

石八斤子赶的是牙猪，只有种公猪才长这么长的獠牙，牙猪出圈配种，都是有人赶着，靠脚力走到职场，所以牙猪在我们那一带也叫脚猪。乡下有许多事没有规律可循，比如种公牛和公羊，都是在家里等着异性上门，而牙猪的婚姻生活却是走婚。牙猪都有着高度的职业敏感性，从出圈那一刻就知道有好事等着它了，太远的路，在开始的时候要正确引导它一下，走了一段，这家伙远远就闻到让它春心荡漾的母猪发情气味了，会照直不打弯地小跑而去。牙猪们都非常敬业，根本不必提醒和督促，自觉自愿，分内的事干起来一点也不含糊。

牙猪的确够幸福的了。一般的猪满月不久，不论公母都会被劁猪佬给一刀阉掉或劁掉，从不知情为何物，就稀里糊涂被养肥宰杀了。这种肥猪，顶多就那么一年半载的阳寿。有幸留作种猪担任生儿育女繁衍后代任务的母猪，虽然可以婚配，享受生命的完整过程，但总是终生为缧绁所系，且圈在栏里的时候也多，见不了多少世面。唯有这牙猪，将风流当成职业，有数不清的妻妾，见多识广，身强体壮，好吃好喝招待着，从不担负任何家庭责任。

石八斤子的这头牙猪，在十里八乡都有名气。石八斤子为其取了一个挺出色的名字："老瓢"。因为那家伙灰白的卵蛋泡大得惊人，夹在后胯下，活像夹了个葫芦瓢，一走一扭，散发着一股浓烈的膻臊之气。石八斤子有时又喊"老瓢"为"队长"，众人听了皆掩口窃笑……都知道郊区蔬菜队的队长好色成性，菜队差不多有一大半的妇女遭其祸害，背地里恰是被喊作"牙猪"。也许，"老瓢"的本意就是"老嫖"哩。周遭一带不论俊的丑的年轻的年老的母猪，都统统由"老瓢"包了，看看有那么多光亮鲜活的"小瓢"吱吱叫着到处撒欢乱跑，就知道石八斤子的工作绩效很好。既然都是"老瓢"的骨血，这里面自然少不了他的一份功劳。

早春的时候，许多母猪就开始不安生了，不吃不喝，低声嗷嗷叫，如歌如吟，趁着黑夜翻出圈栏往外跑，谓之"跑栏"，就是怀春了。主人便去找石八斤子，说我家老母猪今天是跑栏第二天了。石八斤子就说，明天下午配正好……我明天下午就到。这个时候，"老瓢"真是忙坏了，最忙的日子里，一天要爬跨七八头十次，肚腹下伸出个红兮兮物件蛇一样蚩溜着，刚把一嘴的白沫蹭在了那头母猪背上，转眼又在这头母猪耳根蹭满白沫。只要一闻那股臊气，就知"老瓢"一天干事多少，一般说来，雄性身上的异味与性生理活动的密集度相关。

石八斤子把鸡蛋打在一个削成斜口的竹筒里,每隔三两个小时就喂上一回,并在饲料里增添豆饼和盐的分量。他说,人两天不吃盐,走路就打飘飘,"老瓢"一天打这么多炮,不补一补,还不把身子掏空了!有的小母猪身子还未完全发育起来,细伶伶的四条腿蹬着尖尖的蹄壳,像是穿着不落实的高跟鞋,哪能架得住"老瓢"四五百斤长大身子轰然重压?石八斤子在这方面经验极其丰富,他把小母猪赶到一处高坡上,让"老瓢"在坡下,爬跨起来取长补短凑合正好。因为接活太多,有人怕"老瓢"精水稀了影响自家母猪受胎,石八斤子就拍着胸脯说,这不会的不会的,我保证你家老母猪一窝起码能下十五个崽……少一个你来找我!总之,那些年头,"老瓢"没少帮石八斤子挣钱。

牙猪能敏锐搜寻到"跑栏"母猪的气味,反过来,受着发情煎熬烧灼的母猪,更是跳栏而出,比狗都利索,不顾一切地追踪着臊公猪的气息。沿途母猪络绎不绝,石八斤子和他的"老瓢"走在路上,饱受搔扰诱惑。暖洋洋的春阳下,石八斤子手里那根竹棍挥上舞下,发挥巨大作用,在没有收钱的情况下,"老瓢"是不可能徇私舞弊偷到情的。有时他们也会被人取笑,人家故意喊停石八斤子,说你真快活呀。有时干脆直问,今天到哪儿去走臊,或是到哪儿去上窝哩?"上你老婆的窝,上你老母的窝……你老婆前天跑的栏,你老母昨天跑栏了!"石八斤子恶狠狠地快意地回击人家,一对小眼里闪射着狡黠的光芒。有人发现,石八斤子和"老瓢",他们那一对深陷的小而闪光的眼睛太像了!

那次,石八斤子和"老瓢"是上柿树园的二花篮家干活。二花篮守寡有五六个年头了,曾拿剪子戳伤过蔬菜队的"牙猪"队长,结果被收走了菜地。二花篮只好在房后搭了个猪棚,喂养两头母猪,靠其下崽出卖维系衣食油盐。若是配窝配得好,一年一猪可下三胎,一胎十七八个崽,日子就能对付着过了。

"老瓢"与二花篮家的母猪干事时,主人正要借故走开,石八斤子小眼里含笑说:你是人一个,我是一个人,未必人还比不上猪?

二花篮听出味道来,眉眼一竖破口大骂:你是人还是猪?发的哪门子骚!

石八斤子并不发恼,又含笑问:跟了我,怎的不好?

二花篮立刻又骂。石八斤子仍不羞不恼,仿佛听戏文,眼睛却四处转着看。他看到了草垛上趴着大南瓜,篱笆上缠着一串一串紫扁豆,茅屋后的树枝上挂满丝瓜。见大门框子歪向一边,走过去用力扛正,又见门口塘里水埠石翻倾,拿了把挖锹过去重新支好。不知过了几个回合,反正是二花篮骂得有点累了,歇下来,瞥了一下石八斤子,一对深陷的小眼正含笑看她……好似看破心事,顿觉羞惭,脸上有生第一回泛出润润红潮。两人对看良久,眼里火光闪闪……二花篮身子一时支撑不住,一头扎进对方怀中,说:我八字硬,已经克死了一个,你就不怕……

石八斤子含笑答道:我就做你的第二个,等着有人来克。这一次,石八斤子没收二花篮一块二毛钱的配窝费。

过了一年,二花篮给石八斤子生了一对双胞胎。人家说,乖乖隆的咚,这一点不比"老瓢"差嘛!

根泰大爷

卖牛肉脯子的根泰大爷能替人医病消灾，医病的方法就是拔火罐。早年，医疗条件差，街坊邻里哪家有人腰腿不利索或风湿痹症痛狠了，难上得起医院，多是请根泰大爷给拔个火罐。

看根泰大爷拔火罐颇有趣。根泰大爷有个老式样包铁皮的小箱子，里面分层码放着大小不一的各色陶瓷小罐，拳头大小，内里多已给烟火熏得发黑了。拔火罐前，病人坐好，或赤身反躺在床上，露出要拔罐的部位。已吸足一袋水烟的根泰大爷，搁下水烟筒，起身拍拍手，喉咙里打出一串响亮的烟嗝……然后，抓一个小罐在手，叭一声吹着另一手拿着的吸烟的火捻子，点火入罐。根泰大爷微蹲马步，把拆散开燃烧的纸捻子在罐中晃上几晃后撤出，手一扬，叭一声将罐巴在要治疗的部位。火烧得热，罐口就能巴紧在患处，不能等火熄，否则太松，不利于吸出病灶处湿气，要视那罐口紧紧吸在身上，效果才好。有时，根泰大爷会一气在患者腰背部位巴上好几个火罐。火罐巴到身上后，要待一顿饭工夫才可拿下。这间隙里，根泰大爷通常一边品着茶，一边跟人说些如何逐寒祛湿、疏通经络、行气活血的要紧话题。

根泰大爷不同寻常的高明之处，就是他还会走罐。走罐是要讲究一点仪式，除了口里念念有词外，那点火的纸捻子上据称是画了符的。根泰大爷在罐子捂上以后，双目微闭，似醉非醉，用一只手或两只手抓住罐子，微微上提，推拉罐体在患者身上依照一种神秘的图形路径移动，可以向一个方向移动，也可以来回移动，手法颇有些飘逸怪异。只见罐到之处，浮现一片星星点点的紫黑色的印痕……在一片惊叹声中，根泰大爷会习惯地只睁开一只左眼或右眼，说，看看，这就是火罐拔出的毒，叫"引子"！

根泰大爷平时生活很有规律。早上去菜场一个固定摊点取回牛肉，一番切洗，配好作料，下锅卤制。烧火的事，自有根泰大婶掌管。随着满屋子浓香飘逸，到11时左右，根泰大婶就把担子给收拾好，可挑上街了。根泰大爷卖牛肉脯子，不用叫喊招揽生意，而是用一长杆秤拴着铜秤盘，边走边用铜秤盘向地上碰击，"哐啷……哐啷……哐啷"，发出清脆响亮有节奏的声音。根泰大爷刀工极好，能把色泽暗红的牛肉脯子切成纸样薄片，撂嘴里舌头轻轻一裹就碎了，却又鲜美耐嚼，余味绵绵不绝，而且价钱不贵，因此很受人喜爱。那时，别人卖牛肉脯子，品种繁多，有卤牛肉、杂碎、牛百叶、牛肚子、牛肝等，根泰大爷却只做单一品种，不论阴晴，每天卤10斤牛肉，卖完就回家，生怕误了有人找上门来拔火罐。

根泰大爷每天早上坐茶馆，是皮包水；晚上则必去荷花塘泡把澡，谓水包皮。朦胧的灯光下，他在服务台花一毛钱买根红头竹筹，有时也会买根擦背蓝头竹筹。捏了竹筹在手，一挑厚厚的棉布门帘进了里面的"长城厅"或"中华厅"，自会有服务员迎上来热乎乎地喊着"根泰大爷您老来了——"引入坐间，倒茶水，递热毛巾。根泰大爷熟人多，几乎同所有人都一一打过招呼，才拉开躺椅上的盖子开始脱衣服。躺椅的靠背 30°~40° 翘起，靠背上有个活动盖子。打开盖子，底下是空的，可以放换洗的衣物。脱光衣服的根泰大爷，拿着毛巾肥皂盒就进洗浴室。照例是要光脚走过去，因为澡堂统一的剪了缺口防盗的拖鞋都被服务员用长铁钩顺到洗浴室门口，供洗完澡的使用，还没洗澡的就只好光脚进池子了。池子分里外间，里间是大浴池，供众人泡皮，尽里头还有一个架着木制的栅栏的蒸汽池。根泰大爷喜欢将澡巾折叠成一个圆圈，垫着腰眼躺在上面享受蒸汽浴，那感觉就跟拔火罐一样舒适。除此之外，外间一般还设有一个热水池，里面是滚烫的热水，需要的澡客，用小木桶舀着用。根泰大爷洗完澡出来后，服务员就会递上一条热毛巾，同时拿另一条热毛巾给他擦干后背，让他惬意地仰倒在自己的躺椅上休息。可根泰大爷的一双眼睛却没的歇的，总是下意识地往那些光屁股的赤身裸体上睃巡，来回瞅，要瞧出哪些有毛病的身子是要拔火罐的……

根泰大爷的两个儿子都在部队上，一个当营长，一个当排长。八月中秋那天，当营长的大儿子写信回来，说是又升了，是团长一级的职务，管理千把号的人，身边还带了勤务员。根泰大爷高兴得不得了，当即拿了信去下街头的亲家那里报喜。

晚上酒喝多了，从亲家那里出来，抬头望望天上，一时搞不清那是一轮圆圆的月亮呢还是太阳？问亲家，亲家摇摇晃晃地说自己平时没注意，这下子一时也判断不了。快走到自家门前时，根泰大爷突然脚下一绊，一个跟跄栽倒。爬起来后，感到裤腿湿湿的，头脑里一个激灵，坏了，莫不是揣在裤袋里亲家给的那瓶西凤酒弄打了？心中十分痛惜。再一摸，瓶子好好的，原来是腿跌破了流出的血，便忽然笑出声来……口里嘟哝着：这就好，好，淌的是血，不是酒。淌点血不要紧，酒不能淌，酒淌了就喝不成……

那一回，根泰大爷撑不住，到底在家歇了十多天，没能上街卖牛肉脯子，也没能替人拔火罐。

"叫哥哥"的蝈蝈

搓澡工张老三的小儿子，不知道为何要取名喊作"叫子"。"叫子"十一二岁就随他下池给人搓背了，肩上搭条灰突突的大湿毛巾，手里持块黑色丝瓜络，有时还捎带个打水浇背用的单柄水挽子，光着屁股在雾汽漉漉的华清池里忙碌着，一张圆脸整天都红扑扑的。不断听得有人喊："叫子，过来给我下劲搓搓！""唉，来了！""叫子，来给我捶捶背。""您老人家稍等，我这边好了马上过来……"不一会儿，就传来噼噼叭叭有板有眼、合辙押韵的捶背声。"叫子"有时也在普通座和大众座间帮忙泡茶，或是收拾浴客用过的剪了缺口的拖鞋和浴巾，人多了排队时会招呼浴客稍等候一会子。他会用一根食指顶着浴巾的中部，让它在指尖上旋转张开像一只大鸟样。整个座间散漫着烟气水汽，"叫子"几乎都是小跑，手脚利索，并能学着大人样准确地将热毛巾把子抛向浴客或另一服务员的手上。这飞热毛巾把子也是有讲究的，十分钟一次，浴客接过三次就请擦了走人，前客让后客。一般会在第二次一下飞去两条热毛巾把子，"叫子"嘴里连声打着抱歉，说人多您多担待，下次再来，现在尽管躺着休息……

座间里，转弯抹角的全是一排一排紧贴墙壁的躺椅，躺椅之间的茶几上，放着一只只一寸见方的马口铁做的小盒子，里面装一小撮茶叶。浴客递上竹筹，"叫子"便将茶几上叩着的茶杯翻过来，倒入小铁盒子里茶叶，拎起茶壶冲入沸水。水壶是白铁的，高把、长嘴，"叫子"拎在手里，臂抬起，由于个头不够，脚也得稍稍踮起，离杯子好远，却能老到地将滚开的沸水注进杯里，一点头，二点头，三点头，共三下，且滴水不洒。浴客在下池子前通常都是先灌一饱水，从池子里出来，在享受一次服务员在背后揩汗的待遇后，更要仰靠在榻上端起茶杯细饮慢品。澡堂里碰到熟人是常事，有人叫一声"老张"，好几个人同时回头，街头巷尾，新闻奇事，大家聊起来不亦乐乎。自有提篮、托盘卖零食的穿梭奔走在各个座间，卖一些茶干子、五香豆、芝麻酥糖等，五香花生米是包在一种两头尖翘的纸包子里。常见大众座的厚棉布帘掀起，"叫子"伸头朝着雅座那边尖细着嗓子喊：大众座 18 号客人要茶干子五块、豆子糖一包——！

天渐渐热起来，澡堂门口挂的棉门帘早换成了竹门帘。那时没电动吊扇，只在雅座间安装几只用厚布做成的布吊扇，每只风扇装上小滑轮穿过绳子，几根绳子穿过一只大滑轮，牵在手里一拉一放，风扇就前后摆动，就有了习习凉风了。这事又多是"叫子"来干，也是他唯一可进雅座间忙活的机会，我们有时也混进去帮着扯拉绳子，图个好玩。

进了盛夏，华清池，还有那边的荷花塘和渔园，照例都要关门歇业，"叫子"就和我们玩蝈蝈。我们都喊他"叫子哥哥"或

"叫哥哥"。有趣的是，蝈蝈，也称"叫哥哥"，因为它叫起来声音很像谁家院落里织布机响，所以又有喊"纺织婆"的。蝈蝈体长约4厘米，肚子大，通身如碧玉，翠绿无瑕，玲珑剔透，叫起来，薄薄透明翅膀颤动着。叫声如歌的蝈蝈，给我们的童年带来无限快乐。

捉蝈蝈在夜晚。事先，"叫子哥哥"用竹篾编成一个个宝塔形状的小笼子分发给我们。天黑透后，爬满瓜蔓和扁豆藤的篱笆架上，有许多蝈蝈叫声如潮。"叫子哥哥"带着我们打电筒循声找去，一捉一个准，放入精致的小笼子里。次日一早，我们把小笼子托在掌心里，看着里面肥肥的、绿绿的时不时叫几声的蝈蝈，煞是开心。有一次我们捉到一只拳头大的小刺猬，养在一个纸板箱里，每天喂一些瓜菜给它吃。为了验证大人们说的刺猬咳嗽声很像老头儿，我们就给小刺猬喂浓盐水，听到小刺猬被齁得连续咳嗽的时候，心里却并未生出怎样的快意。后来，我们把小刺猬带到原先那处墙根下放了。

蝈蝈最爱吃南瓜花，还有就是红辣椒，嫩嫩的玉米粒也为它所爱。当蝈蝈在胖臌臌的青毛豆上啃出一个小小的残缺时，太阳升高了，"叫子哥哥"已卖完了他每天一篮子的油条，回到我们中间，看我们做作业画画。有时，他会从篮子里拿出一个拳头大的葫芦仔，用我们的削铅笔刀掏空内瓤，再镂成小巧碧透的蝈蝈笼。听"叫子哥哥"说，蝈蝈以长腿宽背为上品，喂食前，最好先放出来遛一遛，否则爪趾容易僵死。蝈蝈吃饱了特别爱叫，随着它头部那两根黄褐色细长呈丝状的触角上下抖动，声音显得嘹亮而兴奋。暮色降临，天井上方的星星初现了，朦胧的老屋里飘浮起蝈蝈的鸣叫声，特别有着神秘的色彩。

到了深秋，蝈蝈不叫了，一只接一只离我们而去。华清池晕黄的灯笼晚上挂出来，那门洞后面朦胧水汽的深处，有一个小小的忙碌的身影。

佝　三

一入深秋，佝三就来了。这个季节里，他不再帮人淘井了。佝三把腰间扎紧，扛架梯子上了房，清扫落在瓦沟里的那些枯枝败叶。尤其是那些亮瓦，被清扫之后，屋子里一下亮堂多了。佝三像一只灵猫一样在屋脊上走来走去，却不会踩碎一块瓦。

对于精悍而简约的佝三来说，要想上屋，并不见得一定要借助于梯子，他可以瞅准某个能搭手的地方，平地纵身一跃，抓住了一根伸出的木梢或是抠住了一条砖缝，一个引体向上，就上去了。有时，见他抱着一棵树噌噌噌几下一爬，再横着一荡悠，就站到了屋檐上。佝三在我们眼里是神奇的，我们常愿把佝三想象成一个身怀绝世武功的高人，你看他用细细的竹竿一点，嗖地蹿上了屋顶。在屋顶上行走跳跃，如履平地，特别是从屋头上跃下的那个动作——手中的竹竿往下面一点，轻轻地一跳，便稳稳地落在地上……那才真叫一个了得！其实，佝三就是佝三，黑黑瘦瘦的一个人，甚至还有点尖嘴猴腮的样子，腰间系的是细绳而非那种一指宽的硬绑带，只是他说话带点硬硬的佝音，眼里也比一般人有更多一层光亮。

镇上高高低低都是那种徽派老屋,马头墙,小青瓦,年代一久,瓦沟里就特别容易堵塞上尘土树叶和鸟的羽毛,还有一些椽子檩条陷落,或者瓦片碎裂了,就得找佴三来翻瓦。特别是在夏天到来之前,这项工作一定要做好,否则,一场雷暴雨,瓦槽沟里流水不畅,就会倒灌瓦缝,屋子里淅淅沥沥四处漏水。光是扫瓦容易,自己动手,操一把竹丝扫帚来回几趟扫清即可,翻瓦的事情就大了。

翻瓦又叫拣瓦、拣漏,本是瓦匠顺带着干的活,但正规瓦匠要价偏高,有时太忙难请到,而且需要拣屋漏的人又多,所以才有了兼职的翻瓦人。哪一户瓦要翻拣了,托人代信给佴三。佴三赶来,周遭细细看过之后,当即跟主人讲清须换几根屋椽,须到窑上购来多少新瓦,哪一棵遮拦太多的树要砍掉……并立即着人去办理。

到了约定的日子,佴三就会带来三四个人。通常是两人上了屋顶,把瓦一行行揭起来,一人站在房檐边的梯子上接,下面还有个二传手,把接下来的瓦一扎扎一垄垄摆放整齐。待一座房顶梁檩的骨架全部露出来,佴三就用一把扎紧的竹丝笤帚将灰尘杂物全部清除掉,歪了的檩条扶正,烂掉的椽子换下来。下面的人把瓦一摞摞递上去,再开始重新盖瓦。盖瓦跟在田里插秧一样,盖一溜向后退一溜,屋上全都盖满后,还要把瓦楞、屋檐重做,住新建平房的人家还要求佴三在瓦脊两头做点花样出来。佴三把麻筋剪断掺在石灰里搅拌,抹在房檐、枧水槽的缝口,干硬后非常坚固,这事他可以一个人独自做,一般一个晚上就干完了。

佴三领人在悬空的屋脊上翻瓦,弯腰撅屁股,头顶上少不了太阳暴晒,自是十分辛苦。主人一般要殷情供应茶水、香烟,中午晚上两顿荤,因一应家具牢牢遮盖着防尘,所以都是借了邻居家锅灶做的饭菜。工价一般按房子的面积以及补盖的新瓦数量计算,泾渭分明,清白明晰。晚餐后,侉三他们几人揣了工钱,衣服搭在肩上,在酒力的引逗下,哼着一些小调,胡乱扯着下流笑话,披一身月光,腿高脚低地往家走……工具袋子里有限几件铁器在屁股上哐当哐当撞击着,走出很远的地方,声音仍是那么清晰。

侉三还有一份兼职:帮人扫烟囱。饭店和食堂的烟囱应及时清除,否则油烟污垢会粘附在烟囱壁上,温度达到一定程度,烟囱里蹿出明火,弄不好就会出事。澡堂子和水罐炉子上的烟囱也要常扫,即使是普通人家的那些不高的烟囱,到了腊月里更要捅一捅,清除掉附在烟囱壁上的积灰,增强通风效应,灶膛里大火烧起来呼呼响,火舌才会无比欢快地舔着锅底。也有人家自己掏烟囱,稍不小心就踩错了地方,把屋顶踩出个窟窿眼。特别是那些年长日久的老屋,即使是大晴天,揭开瓦,下面的檩椽却是湿腻腻的,一脚滑出,人栽到地上,会跌个半死。一般说来,扫烟囱一年也就是在冬腊月份进行一次。侉三干活卖力,不会使奸,可以在一天的时光把半条街的烟囱扫完。

镇上人要形容某一个人长得实在太黑,不会说"黑得像非洲的人",而是说"就像从烟囱里爬出来的那么黑",或是"黑得就像扫烟囱的侉三"……可见,侉三同烟囱同黑确实有着脱不了的干系。侉三手里拿着一根两三丈长的竹竿,竹竿上用麦梗扎成如掸灰用的鸡毛掸子。他把袖口、领口和裤脚口全都扎起来,头上套一顶马虎帽,只露一对眼睛在外面。尽管如此,掏一次烟囱下来,摘掉马虎帽,还是满脸漆黑;鼻翼两边积满厚厚一层黑灰,两只鼻孔塞满了烟尘;在眼睛的位置上,只有两只眼白在眨呀眨的;头发不能碰,一碰就带起一阵灰雾。

有一次,我同姐姐一道去西街粮站买回当月配给的大米。营业柜台上方有一个巨大的漏斗状贮米桶,拉起底部的手闸,大米就像水龙头出水一样哗哗流淌到搁在磅称上面的米斗里。称足分量后,营业员就叫顾客用空米袋套在柜台外的出米口上,大米顺斜面滑进袋子里。我们走出营业厅时,正好看见侉三扛起一包大米,踏着坡度不小的一块跳板上到了漏斗状贮米桶前,打开袋子口把米倒了下去。一包大米180斤,侉三扛在肩上看不出有多少吃力的样子,走跳板时甚至不用手去扶,可见其平衡功能极好,我暗暗佩服。

这侉三,到底做着多少份兼职呢?

老　吴

老吴有五十多岁，个子高高的，眉宇清朗，能言善谈，身份为镇郊的菜农，又是一位职业倒马桶人，这便很有点反差。

每天清晨，街巷之中，家家户户沿着墙根一溜儿摆出马桶，伴随着"嘎吱""嘎吱"的板车声和吆喝声，新的一天就此醒来。"倒粪呐——倒粪呐——"这拖着粪车一声声吆喝的人，就是老吴。早年没有公厕，人们解决排泄问题，全靠马桶。尽管马桶有盖，封闭的，但也必须每天处理一次。

马桶为统一的圆柱体，像个肥胖型腰鼓，上面加了一个坐圈，有一个圆形的马桶盖。马桶盖中央一般雕刻有两个相对的凹槽，方便用手扣着掀盖子。过去小孩子去理发，发型单调，经常是留着中间一圈头发，剃光四围，俗称"马桶盖"。因为马桶重要，所以新娘子陪嫁必有一只崭新亮汪的大红漆的"子孙桶"，由一个最机灵的小孩子挑着，里面装着花生、红枣和糖果。

每天早上，老吴粪车的最终点，便是停在我们巷尾的空地上。巷子里各家各户就有人睡眼惺忪地趿着鞋拎了马桶出来，有些人则是天亮前起夜后就将马桶放在家门口……老吴将那些马桶一只只拎到粪车前,掀底倒进粪车里,然后再拿到稍远处长满芦苇的荡子洼里,用一个篾把子麻利地洗刷干净后,再放回各家门口。老吴刚开始从跛腿老刘手里接下这活时,怕弄错,就按地址顺序给马桶一只只排队,后来时间长了就分得清了,各家的马桶总有不同的。有的马桶,斑驳的红油漆已经剥落了大半,露出浅褐色的木头质地,一眼就能看出年数很久了。

先前的老刘腿跛不能拉车,他的职责就是每天早上守着几只大粪桶,当各家妇人们纷纷拎着式样不一的马桶走向偏僻的空地时,老刘就一一从她们手里接过桶,揭了盖,一手提环,一手托底,哗地倒入粪桶中。倒完了,他就走人。约在上午八九点钟,从镇郊走来几个手拿扁担的人,将粪桶挑走。后来,除了蔬菜队,周边一些农业生产队也都想染手我们那条巷子里的粪水。每天天不亮,农民肩挑粪桶走入街巷里,左手斜抱一把长长的剥去皮的白麻秸,边走边把麻秸碰在粪桶上,那哗哗响声就是舀粪倒马桶的信息;有的则长声悠扬高呼"舀粪来——",这是上门挑粪的"晨曲"。甚至有更远处的生产队摇着粪船泊在河堤下,到学校、店家、居民家去收了粪,小心翼翼将粪桶挑过堤埂,上跳板倒入粪船。那一船要装几十担,一路划去,臭气远扬,苍蝇随飞。这对蔬菜队来说,肥水淌到外人田,的确损失不小。

跛腿老刘适应不了竞争,就换来了大个子老吴,粪桶也换成粪车,算是先进了一大步。粪车适应竞争,具有灵活的流动性,能上门服务,而且老吴还能代涮马桶。涮过之后,将桶口朝下斜扣在墙根一字排开接受阳光亲吻,每只桶底上又都斜撑着一只圆心拧开的桶盖,远远望去十分壮观。老吴倒马桶还有个好处,就是延长服务时间到每天上午十点钟，即使有人睡懒觉过了头也能赶得上。老吴专心一意等在那里，没事，就同我们天南海北地乱扯。每到年底，老吴就换了一辆板车，拉来几车铺床草和大白菜什么的，挨门逐户送给我们那条巷子里的人家。

蔬菜队派老吴来当此大任，堪称用人善谋。也不知老吴先前是做什么的，反正就是觉得这人真是满肚子一二三的学问，脾气好，什么人都能搭识，而且问什么他就给你答什么，不论大人小孩，都能同你拉呱。比如，从他口中，我们知道了上海人把马桶叫"夜来香"，我们跟他学会一句话："倒马桶，倒马桶，你是一个不夜桶……"我们还知道了粪蛆叫五谷虫，是一味中药，兔子拉的屎叫望月砂，蝙蝠粪叫夜明砂，都是能入口的中药的名字。老吴问我们喝没喝过一种叫"金汁"的中药？我们摇头。老吴诡秘地一笑，告诉我们，"金汁"就是人粪做成的，清热解毒有特效。老药铺里做"金汁"，把新鲜的大粪装入罐子里埋入街心大路之下，十年后取出，渣滓尽化，臭秽全无，只剩得一罐微黄的清汤汁水……还有马勃牛溲都是中药，牛溲，牛撒尿拉屎而成的草，即蛤蟆叶子车前草的别名；马勃又叫屎菰，还有一个名字叫马屁菌，专长在脏地方的菌类。这都是最微贱最不值钱的东西，"马勃牛溲君受用，何须开口出而哇"——这句是老吴的原话，我们只能略懂大意。老吴说，清朝官兵吃鸦片打不过洋人，就想馊主意，弄了许多马桶装满粪便放海上漂过去，让洋人的军舰沾上"秽气"吃败仗。洋人初一见黑咕隆咚一个个圆头圆脑的东西漂过来，以为水雷，吓得不轻，一阵炮火打过去，马桶四分五裂，臭气熏天，一个个捏着鼻子气都出不来……我们听了，先是龇牙咧嘴，接着又一齐抱着肚子大笑。

有一年冬天，老吴拖着粪车来倒粪，身边还带了一个十一二岁和我们个头相仿的孩子，说是他孙子。那回他孙子帮他拎马桶，哪知没走几步，马桶的铁拎环突然掉出来，粪水泼在身上，还是我拿来衣服给他换下的。老吴连说我心肠好，将来有大出息，说替他家吴空仓感谢我。老吴就是跟别人不同，喊自家孙子也是连带着姓氏，总是"吴空仓""吴空仓"地喊着。

有一次我们问他，老吴照例又给我们讲了一大套道道来。那就"吴"是个特别的姓氏，姓"吴"的人名和姓要反着拧才好，比如你名叫"福寿"或是"旺财"，姓张姓李，"张福寿""李旺财"都行，但姓"吴"的人带上姓就是"吴福寿""吴旺财"，那就是既无"福"无"寿"又无"旺财"了……依此类推，他的孙子"吴空仓"，没有"空仓"当然就是"满仓"了。

一天，老吴给我们讲了一段解放前发生在某地的一桩关于"粪战"的趣事。起因是当局为建成首善模范区，未经通报街坊，就强行拆除了街头一间被认为有碍观瞻的茅厕。男人可以随便找个地方拉开即撒，女人可就受苦了，蹲坑没处所，马桶无处倒。于是，愤怒的女人们结伴相邀，左手提桶右手执刷，冲上街头，与警察发生大战。并请刀笔先生写成讼状，在街头贴出："拆了茅厕，填了窟窿，奶奶不能绝食，太太仍要出恭。存货尚待出销，新货更要安置。不经同意，就将茅厕拆除，显系独裁，足见区街放肆！暗鸣则臭气熏天，叱咤则香风满市。案关人道，原来自有主张，事属女权，岂可绝无表示！于是三声号令，一个指挥，持桶盖以为藤盾，揭刷把而作军旗……在福星门展开战线，转如意街准备合围。满桶黄金,当街便倒;漫天红雨,到处齐飞!娘子军声势浩大,夫人城壁垒森严。师直而壮,奏凯而归!莫以为纤纤弱质,倒请你试试雌威……"听得我们个个晕头晕脑,只觉得老吴这人好记性,天天倒马桶太可惜了!

不久,就是"文化大革命"了。再见着老吴来时,仍然每天拉着粪车,只是粪车到了位置时,他要从车把头拿出一个纸牌挂在胸前,立在原地"请罪"一小时。那纸牌上写的是"历史反革命、坏分子吴安定",名字上打了个触目惊心的朱红大"×"!

原来,老吴叫"吴安定"。但"吴安定"乃是不得"安定"呵……

昌保子

昌保子姓丁,自小打巢湖跑到江南投奔几个堂叔,跟堂叔学打竹帘子,一辈子没成亲。早先轮流在堂叔家吃住,三十岁后,才在街尾搭着那棵歪颈子老枫杨树自建了两间土坯小屋,算是有了个安身的处所。

昌保子中上等个头,蒜头鼻子横阔脸膛,宽肩厚胸,有一把力气,性子却是极好,一年到头总是笑眯眼乐呵呵地给人家出力气帮忙,比如张家做房子,李家劈柴疙瘩,赵家抬老人出殡,第一个喊来的就是昌保子。昌保子说话结巴,听人说百货大楼摆出五元六角八分一瓶的茅台酒,就跑来看稀奇,营业员走过来问买不买?昌保子脸一红,挠着头说:"我买,买,买……"营业员就把酒从柜台里拿到他面前,"买,买……买不起哟……"昌保子已给憋得满脸通红。人家问他:"你常常这样结巴吗?"他回答:"不,不,不经常……只是讲,讲,讲话时才,才这样……"昌保子馋两口酒,但喝到一定量时,就自己帮主人将酒收起来,任是再劝也不会喝高了。

那时,每到初夏,街头巷尾便能看到一些打帘子的人。他们自带芦苇、毛竹等材料,现场编织成芦苇帘或竹帘,给你家门窗遮挡太阳。打帘子时,寻块空地,先用两个人字形木架支在两端,木架间横置一根细原木。总是趿拉着一双破力士鞋的昌保子打下手,站在原木一侧,把绕在坠子上的麻线等距离地布放在原木一边,然后按量好的门窗尺寸,选择出粗细均衡而结实的芦苇秆,或是以毛竹劈刮出的细条,一根根依次用麻线交替编织。编成后的竹帘,也可以当场染成黄绿各色,或刷上桐油,以增强美观耐用,并且有清凉感。最后,昌保子在某个堂叔的指挥下,在门窗上端装好竹竿框架,将帘子系在竹架上,并用一对木葫芦装在竹架横竿两端,以拉动绳子升降和收拢帘子。这种竹帘苇帘,价廉物美,如果保护得好,当年用后,收藏起来,到第二年还可以用,所以很受人们欢迎。这也确立了昌保子的职业身份,让他很有成就感。

有一天,昌保子和堂叔给人家打好帘子,要挂到窗子上去。昌保子说:"叔,这窗,窗框……有,有点松,我,我去屋里面把着,你,你在屋外死,死劲勒……"堂叔点点头,等昌保子进屋上了窗,就站凳子上去勒绳子。昌保子在屋里喊:"你勒,勒,勒……"堂叔就用力勒了一下。"勒,勒,勒……"堂叔又用力勒了一下。昌保子咬着牙大声喊道:"……你勒,勒,哎哟,勒我手了……"堂叔卟地笑出声,骂,结舌子,好好的话都给你说得脱皮烂骨!

夏天一过,就不再有打帘子的事可做了。但到了初冬,却又是昌保子最忙碌的时候。

镇上家家晒菜洗菜,最后上大水缸踩。大凡脚上气味重——

俗称汗脚的人踩菜，菜饱吸了这脚汗精华，最入味。昌保子一年到头穿双从来不洗的破旧力士鞋，脚臭有名，加上身量重，又肯下力气，便天天晚上被人家请去踩菜。那菜缸肚大腰圆，通常都是半截埋在地下，码一层菜撒一层盐，人站缸里转圈子踩，棵棵都要踩到踩透贴。一缸菜层层叠叠踩下来，到最后压上那块薄板陈年老渍石，通常快到半夜时分。主妇先打来一盆热水烫脚，再端出一大海碗香喷喷的荷包蛋泡锅巴充作夜宵，并当着昌保子面挖上一大勺白花花的猪油搁进碗里，男主人则在一旁用吃饭碗倒出小半碗烧刀子酒。昌保子将洗好的脚甩一甩水，套进臭气熏天的破力士鞋里，抬眼望望主人，憨憨一笑，说声"那我我，我就不不客，客气了……"，端碗一饮而尽。再捧起那碗漂满油花的荷包蛋泡锅巴，风卷残云一般呼哧呼哧吃下去。最后，满意地抹一抹嘴，将一件打满补丁的夹衣拎过来搭在肩上，起身出门，回他歪颈子老枫杨树下的小屋去。白晃晃的月光下，街沿上结了白花花的霜。

于昌保子而言，踩菜的活没有一点市场意义，全是尽义务，谁叫他生来就有一双比别人臭得多的大脚板哩。但在我们那里，昌保子踩的菜就是品牌，刚从缸里掏出来时，颜色深隆金黄，老远就透过来一股诱人的腌菜香，掐一小片茎叶放嘴里，那咸中微酸的浓醇味……嘿，要多耐嚼就有多耐嚼。那时有人家小孩哭闹不止，只要扯一点这咸菜塞嘴里立马就收效不哭了。

假如有人要推荐馈赠给亲友，便说："我家这菜是昌保子踩的，要不要带点回去？"一听是昌保子脚下杰作，被问的总是迫不及待点头："要，要，要呵……"

余师母

拔火罐找根泰大爷，要是刮痧子，就到镇子后面的三星桥找余师母。

余师母的老头子，解放前在太湖无锡那边的乡下当过什么农桑劝导先生。所以身形瘦高、说一口吴侬软语的余师母身上总是有一股清凉的桑园的气息。六十多岁的人，身上收拾得清清爽爽，腰板竟然一点不塌。

夏秋之间，天气忽冷忽热，街邻们有谁因感受风寒时邪疫气，出现头痛脑热、腰肌劳损、落枕痉挛什么的，有人找根泰大爷拔火罐，有人怕吃那打火印的痛或是火罐不便治疗的，便哼哼唧唧地赶来余师母家。让余师母用刮痧板蘸刮痧油反复刮，直到刮得一点不哼为止。

余师母的刮痧板是由水牛角制成，有点像长方形的书签，半透明，边缘钝圆，抓手里沁凉的。余师母家堂前放着一张凉床，背部刮痧便扒到凉床上取俯卧位；肩部刮，就脱去上衣坐在长条凳上取正坐位。刮拭后，会出现青紫色出血点。也有时，余师母出门在外，正巧碰上有人发病，而身上又没带牛角刮痧板，就会向人要来一枚铜钱蘸上水或油刮患者的胸背等处。看着那刮过的皮肤充血发红了，患者痛苦多半会减轻不少。

如同根泰大爷不同寻常的高明之处会走罐一样，余师母的绝招是扯痧，即是用手指将患者一定部位或穴位上的皮肤反复捏扯，直扯到局部出现瘀血为止。操作时，余师母以拇指指腹和食指第二指节蘸冷水后，夹起一块皮肉，向一侧拧扯，然后急速放开还原。有时也用拇、食、中三指指腹夹扯皮肉，反复地向一个方向拧扯，以所扯皮肤处发红出现红斑为止。什么时候该刮，什么时候该扯？余师母说那要视情形而定，无病也可扯，扯拉时，痛得叫唤，但扯后周身松快舒适。余师母刮痧从来不收人钱财，但你要是带来一些时鲜菜蔬瓜果或用毛巾兜的几个鸡鸭蛋什么的，她则会很高兴地收下。

余师母声音好听，这些潜质被人发掘出来了，却是常给人请去喊魂。那时，小孩子有个头痛脑热或伤风感冒什么的，老人就说是受了惊吓，把魂给弄丢了，所以就要把魂给喊回来。喊魂的仪式，通常是在日暮傍晚进行。一般是由家中或亲戚中的女性长辈牵着孩子来到一些有标识性的地方，比如水塘边、老树下、老屋宅旁，认为小孩子的魂魄最易在这些地方弄丢或迷了路。后来不知打从什么时候起，这喊魂就由余师母专做了。于是在苍茫暮色中，余师母的拖长了的声腔响起："小宝子——哇——侬在水边在树下给吓骇了——记得回家啊——"那个随在身后的小孩，在长声呼唤中便一次次应答着："嘎（家）来啦……""记得回家啊——""嘎（家）来啦……"余师母一边柔声呼唤着，一边在回家的路上不断撒下一线白米，以便让那个迷失的魂魄认清返家的路。倘小孩子病得起不了床,亦可由另一个孩子替代着去野外,于一起一落间呼喊应答。

还有割疳积也找余师母,割疳积,有的地方叫"割肝火"。小儿得了疳积,多表现为细胳膊,大脑袋,额上青筋隐现,易出汗、惊悸等,摊开手掌,在掌边的纹路上,用指甲刮一刮,有生生的白条纹。便以为是"疳积"作怪,于是民间便专门有割疳积的,多为老妇人施术,也有剃头匠搞兼职的。割时,余师母捏住患儿中指与食指向后扳,使二指根缝处凸起,然后就用剃刀在上面纵向划破,挤出黄豆大一小撮青灰色鱼籽一样的东西,用刀割去,再挤,再割,直到认为割净不再复发。小儿被大人搂在怀里哼哼唧唧地哭,也许并不感到怎么疼痛,只是看着伤口有些害怕。术后,余师母顺手从灶门上摸一团漆黑的烟灰按于伤口上,再用一个事先准备好的留有指洞的布兜套上,用棉线捆牢,嘱咐忌食"发物"。割过疳积,小儿饭量渐长,脸色也红润起来。

那时没有电扇,但夏天里余师母家堂厅上方却安装一只用厚布做成的长方形的布幔风扇。布风扇装上小滑轮穿过绳子,再穿过一只大木葫芦,并成一股粗绳,攥手里一拉一放,风扇前后摆动,就有了习习凉风。这东西华清池澡堂子里也有,特别让人感兴趣,我们就常到余师母家拉着玩。余师母给病人刮痧时,我们就不遗余力地争相扯绳拉扇。

余师母养着一只黑色的断尾老猫,毛色粗黑浓重,老是偷偷从一个角落里看人,像极一个有心机的人。经常在河边、墙头和巷子口看到它,你扔条小鱼过去,它却看着你,拿爪子一顶把小鱼推回。它从来不吃嗟来之食。余师母给人刮痧子时,它就拱开门进来，不断地在脚边磨蹭，从这一头走到那一头，好像在宣示自己某种法力。如果有人忍不住痛哼出声来，这精怪老猫就会走到你头前，嘶哑着嗓子发出警告一样的叫声，直到你不再哼了，它才走开。它还会与你长时间地对视，沧桑古义尽入眼瞳，不知它怀着怎样的心机。没事时，余师母常抱起它，告诉我们说猫有九条命，养到九年后，它每年就会多长出一条尾巴来，一直长到了九条，就能变化成人形。有一回，我们亲眼看到这老猫爬上高树想掏鸟巢，结果却失足掉下，摔得很惨。待我们跑过去，它已爬起来一溜烟跑不见了……也许，猫真有九条命。每当余师母给人喊魂时，这只老猫总是跟随身后，还会沉着嗓子哼哼哩。

　　余师母的小院子里，总是扫得很干净，地上连一片草叶儿也没有。靠院门旁有一口大缸，缸里面种着太阳花。整个夏天，那些花仿佛都在开着，红的黄的白的，一大缸的颜色，满得要溢出来。窗下，则并排放着两口雅致的宜兴紫砂花盆，种着一对齐屋檐高的白兰花，夏秋两季，飘浮着袭人的芳香。

余德宝——扒灰佬

余德宝是余锡匠的大号。余锡匠长着一对黄眼珠子,留两撇老鼠胡,形容猥琐又带点险恶,都喊他"扒灰佬"。

听说他是十三岁起跟着舅舅学手艺,三年满师后,便挑着锡匠担子走街串乡。担子的一头是只老式木箱,箱子据说还是舅舅的师傅传下的,外面是铜锡合金做的锁襻,里面分上下两层,上层摆放工具,下层则是一个手拉风箱。每次升炉烧火,就从木箱下端风洞口插一根管子接入小火炉内。风箱一拉,火苗撒欢一般直蹿,小小的坩埚内散发着温暖的橘红色光晕……不大一会儿,那些锡块便慢慢熔化成水银般的液体,空气中弥漫着绵软的金属味道。

那时,锡茶壶、锡炊壶、锡水焐子,还有锡酒杯和带夹层可以温酒的锡酒壶,以及祭祀用的锡蜡台,都是很常见的家庭主要器具。锡的熔点低,延展性好,易于塑形。加工时只要用手掰掰,用剪刀剪剪,用锡焊接一下即可。"扒灰佬"余锡匠挑着他的担子,敲击手中金属工具,发出"哐啷""哐啷"声响招揽生意。

他的吃饭家伙,除了这风箱、木炭炉、坩埚,就是木榔头、剪刀、圆规、直尺。较特别的，是两块二尺见方抽屉般大的薄石板，上面裹了几层黄裱纸，是浇灌锡板用的。碎锡熔为锡水，浇灌前，要在一块石板上用线绳围成大致的形状，上口不要封死；将坩埚中锡水上的灰尘和杂质吹掉，沿石板上沿的缺口一次灌满，再把另一块合上，压紧，石板缝隙间会有淡淡的青烟冒出。稍歇一会儿，锡板冷却成形，就可裁剪、锤砸和焊接了。锡板的厚薄，取决于线绳的粗细，最后用木榔头从上到下一排一排敲出花纹。比如要做出一个锡吊子，先把锡吊子敲成形，拼接上壶底、壶嘴、壶把，再用边角料做一个壶盖，最后在壶身上用木榔头轻轻敲打出均匀的亮点，整个加工过程充满着变化的新奇。若是细巧的锡器，还要用刮刀刮一遍，细砂纸打一打，再用竹节草细擦，直擦得银光锃亮。我们那时特别喜欢夹热哄，每次都要蹲在那里从头看到尾百看不厌。余锡匠有的物件，则要像翻砂那样放在灰中浇铸，待冷却后，持一个小耙子于灰中掏出，这大约就是"扒（或耙）灰佬"称呼的来历吧。

余锡匠手艺是公认的不错，秋冬时节经常被人请到家里去，一做就是三五天，有时还要提前预约。但要命的是，我们那里把公公钻儿媳妇的被窝叫"扒灰"，余锡匠有两个儿子，到了成家的年龄，但碍于那个非常难听的"扒灰佬"的喊法，一直结不成亲事。这肯定影响心情，另外也是特别恼恨我们这些手贱的毛猴子顺手牵羊偷走他埋在灰里那些亮闪闪的锡砣或锡器，余锡匠对我们总是吹胡子瞪眼凶巴巴的。有一次，他抬手就在小癞痢毛三的头上敲了一记凿栗，毛三跳起来抱着癞痢头跑得老远，用带哭的嗓音大声喊着："老子操你祖宗八代！余德宝——扒灰佬——背稻草——背到河里洗把澡——虾子来夹屄——乌龟来讨好……"我们一起笑了起来。

后来锡器被铝制品所替代,生意冷落的余锡匠,为了彻底了断"扒灰"的嫌疑,于是就另行择业当起补锅佬了。

化锡改补锅,犹似秃子做和尚,许多东西可以将就凑合着用。仍然还是那副担子,一头风箱,一头炭炉,那个带锁槛的大箱子仍是每年上一次桐油,一切无甚变化。补锅时,只须把要补的锅倒扣在地上,刮去锅底灰,破损处经敲打后涂抹上一层油脂样东西。这时,炉子里的木炭在风箱的催动下,燃烧得欢焰腾腾,火星飞溅,那只窝窝头一般的泥坩埚内的锡铅砣已化成颤颤红液……余德宝用一只钳子夹出坩锅,将里面的红液倾倒在锅的破损罅隙处,一阵青烟伴着难闻的气味升腾开来。然后,双手并用,一手持小锤,一手持一个湿湿的蘸了油的棕把,交替着砸呀抹的。很快那地方就冷硬了,接下来便是锉呀铲的……慢慢地弄平整。在乡村,主妇们给的酬金通常是三五个鸡蛋,或两三斤米以至粑粑年糕之类。所以,余德宝的担子里便少不了一只装东西的口袋。

补锅佬余德宝其实还是个大孝子,他的八十好几的瞎眼老娘特别爱听戏,只要镇上的保大圩或十里八里远的乡下有搭台唱戏的消息传来,他都要用架子车拉上老娘赶戏场。有一回,赶晚了,去时已没有立脚处。补锅佬一咬牙,把老娘背到前台拐角处一个积水坑里仔细地听,台上红的绿的人影他自己一点也看不到,却硬是把老娘背在背上将一本《宝莲灯》戏从头到尾听完。

脚鱼阎王双九

"双九"这名字析意不难，就是说他诞生那年，他那专门给人出殡吹丧曲的前一代"双九"才十八岁。双九生得异相，眍眼窝子，跑脸膛子，颧骨尖高，鼻梁窄削，属于相书上那类"木形青而瘦长"之人。说青不青，说乌不乌的一块凸脑门，形同河滩上落水落出的一块鹅卵石；天灵顶头毛发黄稀，瘦田里缺肥少水的稻秧苗一般。倒是肩宽肢长，身腰紧凑，很透出一股利索劲儿……

双九自幼生长于城郊接合带，属于典型的无业游民，整日东游西荡，帮人拉了几年网，也放过老鸭，地头的活一样做不来，水里寻食却有着非凡的本领。双九钓黄鳝，通常一篓一钓，孤鹭野鹤一样满圩畈跑。钓长可尺许，多是将油布伞钢丝骨子一端磨尖弄弯曲，穿上粗大黑蚯蚓，在长满杂草和树根的水塘沟坎边摸到鳝洞，就插下钓饵，小心地提上插下，并巧妙地旋转，逗引黄鳝咬饵。黄鳝性猛，且护洞，只要开口咬住就不再放松，使劲往洞里拖。这时，可以看到露在外面的钢丝钓杆也随着打起旋旋来。轻轻捏住钓竿朝反方向用力一捻，再往外斜斜一拉，豁喇一声，就会拉出一条不断绞扭挣扎又大又肥的芦斑鳝来。大的一条就有一斤重!

双九的独门绝技,是戳老鳖。老鳖在我们那里被喊作脚鱼。双九使的一柄叉,祖上所传,精钢打制,乌溜麻黑,五根叉齿呼应一起,中齿挺突显露狰狞,柄把不过一人加一招长短,由一把起去内簧的竹篾紧紧扎成,提在手里晃悠晃悠的。俗话说虾有虾路鳖有鳖路,人往塘埂上一站,逮眼就知水下多少成色,大小肥瘦,公母配对,是饱肚子还是饿肚子,放什么信子行什么路数,多长时辰出水换气……一目了然。叉入水中,如同瞎子使杖探路,这头点点,那头捣捣,猛往一处插下,晃一晃,提起来时,便有一只伸头曲颈、四脚乱扒的脚鱼钉在上面,少有落空。

双九有时还"扎洞"捉脚鱼,找准洞口将一根木棍探入搅插,根据洞内发回声响,判断有货,就伸臂进去一只一只往外掏,很简单粗暴。凡是洞子一半有水、一半无水,里面有泥沙,而且有后洞眼——即出气眼或逃眼,附近有细碎的爪痕,一般都是稳拿有货。脚鱼不会撒谎使招,它们上午比下午好捉,其特点是前爪离水,后爪浸水。双九总结出许多心得体会,如"冬捉深潭夏捉边""大滩捉梢,水滩捉腰,深水莫瞄""在家半边月,出门月团圆"等。

最不济,就拖来一根泥水沤过能沉得下塘底的粗绳索。一头找树桩拴牢,一头自己扯了,沿塘坝梢一趟拉开去——此技称为"抹刷"。眼睛紧盯浑水翻滚如云絮的地方,觑准苗头,一个猛子扎下去,也是十之八九有擒拿的。

双九捉脚鱼还有一绝招,就是在活水的上游宰杀一只鸡,让鸡血慢慢凝住往下游流淌。下游的脚鱼见到这些血丝块,会迎流而上一路吞吃,成群结队来到杀鸡的地方,正好自投罗网。

天晓得他还有多少秘术要招？若是开心了,也会掏心窝子向人讲述。如"脚鱼好捉,活水难摸(读 mò)","摸"就是捉摸,"活水",意为脚鱼喜欢出没之处。且打比方说,这好比钓鱼的要会看塘口找"位子",只有看准了路子,下手才顺畅。一般找路子,大都找湾角,找水跳,找塘墩。湾角乃回水打旋之处,水流冲在身上比按摩还舒服,水下杂物又多,脚鱼有事没事都爱来此处巡查觅食。水跳头因常有人来剖洗鸡鸭鱼鳝等腥物,丢出的脏器多,等于是替你常年"打位子"。脚鱼跟人一样,夏天贪凉,冬天喜暖,所以它们最喜欢爬上塘墩或漂浮水面的朽树上晒背壳,有时你都能听到它们通体舒畅地吧嗒嘴的叹息声。

总之,以人心揣摩脚鱼心,一猜一个准。比如人贪杯失事,同样也可用酒饵算计脚鱼。这酒饵又分小泡和大泡,小泡三六一十八小时,大泡七七四十九小时,小泡用于小塘,大泡用于大塘,泡不足和泡过了头皆不行。泡不足酒力单薄,脚鱼不会失态胡乱在水下行踪放信子；泡过了头,脚鱼忌味道太冲不愿吞饵,或是吞食饵料后不胜酒力,当即醉翻沉落水底不动。不管是人是物,只要失了动静踪迹,你就是神仙也难下手。

因此,这黑皮乌肉老远就让人闻见满身腥气的黄毛双九,是名副其实的"脚鱼阎王"。

"文化大革命"中期,横扫牛鬼蛇神,清理阶级队伍,纯属长相犯忌的"脚鱼阎王"被从家中捉来,有幸同残喘苟延着一条老命的王瞎子、赵小秋还有倒马桶的老吴、挑水的王大仁以及刚从劳改队里放回不久的胡屠夫等人一起给罗列，挂上马粪纸做的牌子，入了"五类分子"谱册，做了不知第二还是第三"梯队"。

一次牵着去游乡，双九先在批斗会上被打得口鼻喷血，脸肿起若紫茄子，双眼只剩得两条细缝，又给人淋淋漓漓兜头泼了一桶黑狗血。一路上，惹得苍蝇们兴致大增，围追堵截，萦绕不绝；同行者备受其苦，无不掩口捏鼻，或者折了一截树枝在空中驱赶挥打着。偏是上渡船时，年纪轻轻的"脚鱼阎王"眼前昏蒙，脚下一个趔趄，旁边一执红白水火棍者避让不及，半边脸上毫不含糊地给蹭满腥臭黏滞的血污。这位"专政爷爷"好不恶心，义愤填膺，腾地火起，奋起千钧棒，只听得"咯嚓"一下，是骨头撞击碎裂的脆响……"脚鱼阎王"活似一具布口袋，晃一晃，栽倒翻出船外去。水花溅起，骄阳下漾作五彩，美丽的涟漪悠悠闲闲地逐圈荡开，眼见一条活生生的性命随波逐浪去了。竟也无人敢去拉一把。

孰料，水鬼也好，河伯也好，都不敢随便造次将"脚鱼阎王"勾拿去。约莫半根烟工夫，只见远处有一黑乎乎牛粪团那样的人脑袋冲了两冲冒出水面，拖着一只伤膀子陀螺一样打旋……另一只拨着水的手瑟瑟地举起，竟赫然举着一只头号海碗大的脚鱼！

苏大厨子

说起来,苏大厨子还是我家一个远房亲戚。此人适中身材,朗目、高鼻,两边腮帮略挺,布有稀稀的络腮胡子,喜欢戴一顶蓝布鸭舌帽子,走路时爱背着个手。只是有点跷脚,左腿不怎么得劲,起落间总是踩着不平,一跷一颠的,但这并不影响他在政、厨两界挥铲翻勺撒盐点醋的好名声。

"徽州厨子背蒸笼",是调侃徽菜就是一个蒸,所以徽州厨子到哪都是背着一套蒸笼……但这描述却极不适合苏大厨子。苏大厨子十九岁出道,在名气非凡的屯溪街上百年老店紫云馆拜师学的艺,从"炒鳝糊""炒双冬""菊花锅""芝麻酱排"学起,再到"鸡汁茶笋扣花菇""龙舟载湖鲜""凤凰一品白""鱼腹扒豆腐""荷香石鸡""玉酥烧白果""徽味八宝卷""雪中藏宝"……几年工夫便掌握了徽菜的熘、炒、烤、炖、蒸、烧、雕刻等多种烹饪技法。最后,师傅索性把自己的看家菜"坛子肉"也传授给了他。说起来,那就是一只接替了"一品锅"的大口土坛子,坛底垫一层冬笋片,放入猪蹄膀和事先入过味的鸽蛋或鹌鹑蛋;最上面则是一层硕壮厚实的肉片,下筷子翻身,化油不见影。肉片周围,一转圈肉圆子黄澄澄排列，挨挤挤泛香，外冷里烫；往下吃，油炸的豆腐果，风干的野味，山上的风光四野的美气一样样呈现……吃一层，露一层，露一层，吃一层；筷子起，筷子落，抄不完的好奇，夹不完的新颖，直吃得人人汗出，满耳一片叽叽声。

新中国成立时苏大厨子就在县委食堂干，听说是当年在徽州打游击的皖浙大队的某领导将他带回了家乡。他总共侍奉过五任县长和书记，这些人有的升迁，有的调动，最舍不下的就是苏大厨子整治菜肴的功绩。每逢上头来了贵客，谈完工作落座酒席前，人家总是问："听说你们这里有位徽菜名厨？"

"是呀是呀。"被问者不掩荣耀，伸筷一指满桌的佳肴："喏，这就是他的成就呀……来来，尝尝！"客人睁大双眼，通席环视一遭，试着赞叹两句，然后小心品尝，咀嚼，定着眼珠子回味，最后少不得一阵激赏叫好。于是宾主间乃频频举杯。

苏大厨子拿手菜，是肥嫩香酥的"化皮乳猪"和"小钵斗醉鸡"。还有出神入化的"赛熊掌"，是将水牛蹄烧去外面老壳，洗净，加秘方配料反复炖煮，绵腴似海参，临上桌前浇一勺香糟，饶你吃遍海内外，也是闻所未闻……"扒烧整猪头"则是将一只十来斤重猪头刮洗剔骨，大锅煮至七成熟，加入绍酒、酱油、醋、冰糖、姜片、葱结、桂皮、大小茴香，焖烂，再收汁装盘。这猪头色呈酱红，嵌上两颗胡萝卜削出的橙红圆眼珠，盛在一只特大型青花巨碟里，卤汁醇红，头形完整，似笑非笑，富贵堂皇中又显一派莫测之气韵，给人印象殊深！

但最出名的还是"三套鸭"，即家鸭野鸭鸽子各一只，将这"三鸟"从宰口处切断颈骨，再一一拆去骨头，成为三个"口袋"。

然后将鸽塞入野鸭腹,野鸭塞入家鸭腹,间以火腿片、笋片和金丝琥珀枣填满,而野鸭和鸽均伸头于外,三头一目了然,不掩行藏。入砂锅焖烂,鸭翻一个身,将同时焖煮的肫肝切片,与余下的火腿片、笋片、冬菇片展铺其下。继续小火焖半个时辰,加盐,烧沸即可。苏大厨子的羊糕也是招牌菜,那是把羊肉和野鸭在锅里用稻壳的微火焖到极烂,然后冻起来切片。吃时,用筷子夹上一片颤颤地蘸向一种暗黄的带芫荽芥末味的调料,鲜得死人。

厨子打理过宴席后,自己吃什么?对于一般人而言,不得而知。我倒是特别留意过几回。

苏大厨子虽然总是被自己的烹饪杰作陶醉,但他极少上席。即使人家出于追捧硬要叫出他来席间认识认识,落座之后,象征性地敬一圈酒,应要求简明扼要介绍一下几道主菜,筷子一一点过那些盘碟和炖锅,却是从不下筷。而回到厨房,腾出空来,必得用陶土蒸碗做一碗五花肉蒸咸菜。五花肉切得极薄,加料搓拌过。就这一小碗咸菜蒸肉,看起来没有一点复杂深奥,但对灶火的要求特别高,一定要用晒干的柏木柴片猛且匀急烧七八分钟,由锅盖边缘上升的蒸气判断火候……火候一到,马上揭掉锅盖。那时候热腾腾的水汽正把一片片肉掀着往上托,就要拿铁夹子迅速从大锅里端出,不得半点迟疑,动作慢半拍,肉片变老失去弹性,便不能入口化渣。据说,这是一碗江湖菜,传奇大于实用,苏大厨子只是自用或待友,从不让其上席。

20世纪80年代末,苏大厨子终于也从政界退下来了。可每逢县上光临贵客,少不得仍有小车来接。小车停在巷子口,苏大厨子换上干净光鲜的衣履,起落着质量不等高低不平的两条腿红光满面地走出来。掏烟敬给围观的街坊,谦谦地笑,然后问:"哪位有什么意见要反映的,我直接给带上去。哪位有……"扫睄一周,见无人应答,才手按膝部把那条不怎么得劲的左腿先挪进车里。坐稳了,熟练地摇下玻璃,挥别众人。在一片啧啧声中,小车徐徐开出。

几天过后,苏大厨子被送了回来。人们围住他,抽着他带回的好烟,询问这次安排在县委招待所几号房?来了什么大官,都做了哪些好菜?苏大厨子乐呵呵地逐一回应。说到菜上,他眼窝里溢满笑,如数家珍,慢慢道来。最后容颜一顿,朗声道:"天下美食,适口者珍!名菜贵在品尝……知味者贵,知味者贵……"后面这句文乎乎,虽让人摸不着头脑,好在大伙早就听习惯了,谁也不想要去弄清楚其中的意思。

等到苏大厨子彻底老了,就再也没有小车来接送了。寂寞难耐的苏大厨子,有一次带了小孙子去外地亲戚家吃酒,酒酣耳热之际,一盆仔鸡烧老鳖端了上来,叫作"霸王别(鳖)姬(鸡)",众皆纷纷伸筷。有人尝了一口,眉头微皱,说是过咸,另一老者嚼了几口却是喊淡了。众口难调,说咸说淡皆有。苏大厨子也尝了一口,遂叫来主人将此菜撤下,说他要亲自动手重烩。座中有认得苏大厨子的,忙向别人介绍其赫赫大名。俄顷,仔鸡烧老鳖重新端入,曰:"已由苏大师傅加料重烩!"众人乃再尝,且细品,皆笑逐颜开,纷纷称赞是咸淡调和并新增厚味,不愧为徽菜大师呵!

其实,那些人哪里知道,此菜只不过端至厨房,略置片刻,而后再行端入……

罗老二

罗老二住下街头的圩埂上，那里一共住着二三十户渔业社人家，扳罾的、打撒网的、下卡子的、放鱼鹰的都有。

下霜后的大晴天里，常看见一个穿着黄白牛皮罩衣的中年汉子扛一张渔盆到河里，一个十四五岁的小姑娘拿一根竹篙瑟瑟地跟在后面。小姑娘叫兰英，辫根缠了白布条，姆妈害伤寒病死了，她来顶替。姆妈穿过的罩衣她接着穿，在腰间扎了一道绳防风，罩衣太大，腰里窝着一块，更加显得臃肿。兰英也像姆妈一样，按照父亲的指令，把渔盆一会撑到东一会撑到西。只是，父亲每一网撒下，她还不能熟练地将渔盆固定住，会招来一阵轻声呵责。撒网打上来的鱼，大都是不到半斤的鲤拐子、鲫瓜子、桃花痴子和红眼鲩，至于不过寸把长的小麻条、薄得无肉的屎糠皮和餐条鱼，还有扭来扭去的刀鳅，多是喂了家里鱼鹰子，有时会打到乌龟。

放鱼鹰的人家很好辨识，只要闻到哪一家散出的鱼腥味特别强烈，直冲脑顶门，就是。冬天里，罗老二每天都要把他的鱼鹰拎着脖子捉出来放到渔棚外竹竿上，让它们撑开两翼晒太阳，且带梳理羽毛。然后就把小鱼虾拿出来喂它们，每抛出一条，鱼鹰都能准确接住，扬起长长的脖子一吞而下。罗老二原本有六只鱼鹰，但去年秋天在洋河荡折了一只。那天，几只鱼鹰共同抬起一条铜头鳡鱼，这种鱼素为水中猛鱼，力大无穷，因头部尖锐，颜色如新擦的黄铜，有的地方喊作"黄狮"。就在罗老二拿起抄网去抄时，那家伙却猛然发力，将身一拧，铁尾扫出，水面激起巨大的浪花和旋涡……罗老二叫声不好，却是迟了，他最心爱的那只"毛头"已被连带着一同搅下水底。最后在几个放鹰人的共同相帮下，将那条二十多斤的铜头大鳡鱼拿住，他的"毛头"尖钩的喙已折，因扎进鱼鳃太深，一下拔不出来而被生生搅断。罗老二好长时日都在痛心，那天真是摊了鬼，要是不去洋河荡，就什么事也没有！

　　罗老二的鱼鹰都是厉害角色，在竹竿上立成一排，碧绿的眼里射出寒凉的光，有时会歪侧脑袋打量走近身边的人，或是"咕啾"一声拉下一泡白石灰水一样的便溺。鱼鹰在我们那里又被喊成"鱼老鸹子"，它们的学名叫鸬鹚，在自然环境里是很善于飞翔的，剪掉了大翅后，被人豢养，成了活的捕鱼工具。鱼鹰分生鹰子和熟鹰子两种，前者都是一些没有经验的学徒级鹰子，也有是天性慵懒脾气不好的，得下功夫调教，后者则全是三岁以上劳模级鹰子。熟鹰子能在浑水里睁眼，在湍急的水流里辨识鱼路，能捕到大家伙。

　　天气转暖，罗老二就担着鹰子艇下到圩堤下的河里捕鱼了。罗老二没穿牛皮罩衣，只是在腰间扎了一条防水的黑色橡胶围裙，两腿也各绑了一块胶皮。他的鹰子艇是一对一人来长的连体艇，中间隔着一尺多宽的空隙，人钻到中间可以挑起来走路，放到水里，叉开双腿一脚踏住一边，能稳稳地站上面用竹竿撑行。挑行时，这些歇了一冬的鱼鹰分立在艇两边木架上，一个个都好像很兴奋，不停地鼓嗓子、扇翅膀，有点迫不及待的样子。

看鱼鹰捕鱼，是一件快乐的事情。罗老二把鱼鹰赶下水，篙子一摆，喝口吆喝，鱼鹰一齐扎进水底。过一会子，这里冒一只出来那里冒一只出来，口里衔着亮闪闪的鱼，向船边游来。罗老二伸竹篙轻轻一拖，篙尖挂住鱼鹰脚上的一个卡子，收回竹篙，将鱼鹰抓到手里，就势扒开鹰口，朝着艇舱一摁，鱼鹰嘴里的鱼就落下，连同已吞入喉中的鱼也都一齐吐出来。被重新扔入水中的鱼鹰，屁股一撅又一个猛子潜下水……罗老二左顾右盼观察着四周水域，顺流而下且捕且赶。捕鱼的高潮，是上游或下游的鱼鹰兜抄上来了，几条鹰子艇形成合围之势。罗老二脚踏鹰子艇，剧烈晃摇，嘴里"哦嗬""哦嗬"的喊着，挥动竹竿击打水面"啪啪"作响。水浪叠起，鼓噪声声，黑衣鱼鹰们大受鼓舞，激情高涨，愈发卖力，纷纷蹿跃着猛往水里扎。水底的鱼藏不住了，慌不择路拼命地逃窜，能看到鱼鹰伸着长脖子在水下追撵的黑乎乎身影。小鱼是追上就啄，遇上大鱼，你看那黑身影一定是要超掠到前面，然后回转身照着鱼头下嘴。眨眼工夫，一只嘴里叼着鱼的鱼鹰浮出水面，接着又是一只……有时两三只鱼鹰合抬一条大家伙，任凭水中如何波翻浪激，它们那尖钩一样的利喙死死叼紧鱼眼鱼鳃不松口。

到了半下昼，人和鹰都有点累了，节奏放慢，鱼鹰多浮在水面打漂，不愿往水里扎，罗老二就选了一处缓水的岸边歇了。他先拿一只大蚌壳将漏进艇中的水朝外戽尽。天很有点冷，胸口疼一直没有消停，他必须喝点酒压一压，就从怀里掏出一个扁平的金属小物件朝嘴里灌了两口。罗老二当兵上过朝鲜战场，这小物件是个纪念品，当年在战场上从一个黄毛胡子兵尸体旁捡来的，上面有一排七弯八扭的外国字，一次只能装下二两五钱酒，想必它的原主人酒量也是不大的。

傍晚时，罗老二挑着鹰子艇回到家，女儿兰英立刻走过来帮他收拾艇里的鱼，按照大小分门归类。兰英告诉他，那四只由母鸡代孵的鹰子蛋，有一只已经啄破壳，最迟今天夜里就要出小鹰子了。罗老二呵呵一笑，脸色十分柔和。他觉得自己很幸福，很知足……唉，要是老婆不害伤寒病弃他而去，该多好！他解去了每只鱼鹰脖子上的套绳，把它们拎到渔棚的架子上，接着便将小鱼全部拿过来，一条一条地抛给已有点饿坏了的鱼鹰们吃，至于那些看相好的大鱼，是要拿到街上去卖钱的。但那条两斤多重的花斑鳜鱼，被罗老二挑出，叫兰英拿到灶头上烧出来。最后，那条鹰子艇同渔盆一样给竖起翻扣着靠到墙上沥水，罗老二才一一除掉在身上捆绑了一天的防水胶布。伸手揉了揉腰眼缝，那里丝丝缕缕朝外冒着寒痛，而胸口处抽疼越来越难靠酒来抵挡了，这要去床上躺一会儿才好哩。

等儿子小庆放学回来，一家人可以坐到桌前吃晚饭了。

梅一枝

梅一枝外形好，头发中分，眼角上挑，有时戴眼镜有时不戴。出门时白衬衣、西装裤、黑皮鞋，踱着方步，显得很是优雅有度。因为染有轻度肺结核，他的面色白里透着点红。其实，梅一枝是开乐器行的，祖上传下来的前店后坊，专制胡琴和箫笛等丝竹乐器。

本地乡谚："千日笛子百日箫，胡琴一辈子拉不交（音高，遍、完善的意思）。"这是说，学吹箫捺眼容易，但要把胡琴拉出水平，难。胡琴难拉，制作起来更是费事。要制琴梗，粘琴筒，安琴把，还要在琴筒上蒙上蛇皮，只有大乌梢蛇的皮才够上尺寸，通常都是自己下乡收购来的。制作胡琴最好的材料是紫檀木，还有乌木和红木，这些名贵材料，木质坚硬，纹理细密，能最大限度保证音色柔和、圆润、厚实。为了体现是自己这爿"梅记"老店出品，每把胡琴的梗上都要刻花雕字以代替留名。一柄三棱小刀，捏在梅一枝细长的手指下像是生了眼睛，游刃有余，几下一划拉便能刻成一束兰花、数枝梅萼。精细上乘的，多是刻上两只展翅飞翔的长尾凤凰，配上"有凤来仪""龙凤呈祥"之类的口彩句，涂抹上五彩泥金，十分鲜亮醒目。你看他是那样专注，随着手上动作，嘴角两边腮帮也一抿一抿地配合扯动，感觉他在精雕细刻的同时，把自己的思想和情感还有灵气也全都赋予了这些乐器。

所以梅一枝平时总是尽量保持好的心情，他说，心情舒畅，活干起来就特别顺，会觉得自己已与乐器合而为一。店堂后面的作坊里，地上放满了各种材料，一张长方形的桌子占据了小半个空间，上面放的那些工具，长短不一，大小不一，有一种精巧的小刨子，只有指头长，叫作指刨。

梅一枝的习惯，每制成一把胡琴，自己先要试拉几支曲子。先泡好一壶茶，在凳子上坐下，将胡琴搁膝上，连调几个调门之后，校一校弓弦，再拉，再调。如果定了弦以后，音色仍然不是最满意的，或是调门不够，就拧一拧弦上的微调键。直到找准最佳调门，持弓的手一抖，就拉出一个长长的袅袅不绝的颤音……然后，啜饮几口茶水，稍稍调息一下，把胡琴在膝上再次架好，头一扬，右手轻而有力地一拉，拉出了一个舒展缓滑的慢板，慢到尽头，突然一下又跳起变快。那弓，像一把刀，一下切入你的感觉里，亮晶晶的乐调溪水似地流淌出来……渐渐地，像是踏上了一条幽径，你听出来了，那是一曲《良宵》……或是《月儿弯弯照九州》。

除了做胡琴，做箫笛也颇有看头。首先，买来的竹料都要校直，竹子的内外径一定要匀称，外表不能歪斜有疤痕。于是作坊里少不了一只白铁皮炉子，专供烘烤竹子用。烤到一定火候的竹子，必须趁热伸进有眼的校板里校直，再浸进冷水池里定型。有趣的是，炉子上烤竹，炉膛里烧的是废竹和竹的下脚料，大有"煮豆燃豆萁"的味道。有的箫和笛，是用紫竹做出来，乌溜溜的，看上去就不一般。

箫和笛的音调准不准，关键是画线打眼确定间距。桌子上固定着两根作样板的箫和笛，对照比画，在竹料上用炭笔刻画出每个音的孔位。不同的调门，所使用的钻头的粗细亦有差别。凿洞眼时，系着围裙的梅一枝盘腿坐于薄垫上，侧着头，在一截两头给固稳的竹子上一个孔一个孔地打个不停。

梅一枝还能制作式样古怪的楘形箫、锤形箫、剑形箫，每支箫的音色又都不一样，这是他自己留着玩儿的。有时，他随便掂起一截竹子的下脚料几下一弄，就做出一个竹哨。这竹哨只有小手指长，用它吹出各种鸟的花叫声，能引得树上鸟儿跳来跳去悦声和唱。

师傅艺高，徒弟作难。跟着这样高师学技术，不打出成千上万个孔眼是立不下根基的，熬过三五年才有资格上柜做技术活，晋升为小师傅。梅一枝的学艺徒弟叫宝魁，实际上是打小收下的养子，一个眉宇很是清朗的小伙子，没等到上柜做技术活，十八岁就参军去了东海前线。两年后寄回来一张照片，身穿横条衫，戴着海军飘带帽，手端冲锋枪，英俊又威武。

梅一枝和老婆是自小在一起长的恩爱夫妻，四五年前老婆结核病去世，几度招魂哭不回，他就把一腔父爱都给了独养女儿香雪。香雪人如其名，长得那真叫冰肌雪肤，清纯如水。梅一枝有一台老式留声机，那个牵牛花般的大喇叭里常放出一些优美得让人心伤欲泪的旋律。那时，镇上电影院里正放《柳堡的故事》，香雪连看了三场。早上，香雪端一盆衣裳去河边洗，青青的草坡连着清清的河水，一朵朵白云从河心里淌过……香雪边漂洗着衣裳边唱：

> 九九那个艳阳天来哟，
> 十八岁的哥哥呀坐在河边。
> 东风呀吹得那个风车转哪，
> 蚕豆花儿香呀麦苗儿鲜，
> 十八岁的哥哥惦记着小英莲……

对岸有一群孩子一大早就泡在河里戏水。听到歌声，他们就一边撩水一边叫着："香雪香雪，小英莲……你就是那个小英莲！"

有一条船过来了，往下游驶去。船后面留下长长的一串波纹，仿佛一匹绿色的绸缎被划开了一道口子，那波纹越去越轻，越去越细……细到最后了无痕。

到我念小学三年级时，梅一枝的"梅记"乐器行已经不开了。香雪给招进了县剧团，身体不太好的梅一枝就帮剧团修理乐器。我曾看过一次梅一枝制作木唢呐。当时，好像剧团新上了一个什么小戏，按照剧情，需要有一支乡土气息的唢呐调配合才好。梅一枝自告奋勇说马上就能将唢呐做出来。他到厨房里从一大堆烧柴里选出一截没长多余的枝杈的光滑树枝，用一根烧得通红的铁条烙空了这截树枝，然后找来一个螃蟹刨子，细细地把树枝的表面打磨到具有了凝脂般质感，才开始钻孔，再薄薄地涂上一层清亮的山漆，最后套上铜质的喇叭。一吹，"呜——啦——呜——哩——啦"，那麦哨般尖锐的声音，经过铜质的喇叭过滤后，便有了精致优雅的韵律。

一截本来做烧柴的树枝，在他手里打磨成了唢呐，一件极富乡土味的民间乐器就这样产生了。梅一枝自己先试着吹了一支完整的曲子《二月里来》，他腮帮鼓得高高的，双颊有点潮红，身体随着唢呐的调子有节奏地摇晃着。只是，那欢快的乐调呵却又似一根针往人心坎里扎。

香雪在一旁轻声哼完乐谱，不知为什么，她的一双美丽的大眼里竟然泪光莹亮……

打铁两兄弟

陈打铁的铺子,在上河沿的街嘴上,是从路边一幢老屋子隔出的,厚实的砖墙上掏了个门,门头写有"陈记铁匠铺"几个墨汁字。

夏天,怕太阳晒,在檐口与一棵柿子树间撑起一块灰白的布帘子,下面一张低矮木案上,整齐地摆着锄头、挖锹、镰刀、粪耙、禾叉等农具以及菜刀、火钳、链条、抓钩等生活用具。柿子树阔大的叶间挤满小小的绿果,像一个个小人儿的圆脸。

进了屋,发现里面别有洞天,高大宽敞,像个仓库样子。屋顶有亮瓦,塌垮的墙头露着一大片缺口,阳光循着声响照进来,风也能轻易吹入。靠墙位置,有一个半圆带烟囱的打铁炉,炉中的炭火烧得很旺,忽上忽下蹿腾,高温燎人。墙壁早被熏黑,墙角地上摆着一大堆沉闷铁件,一边还放了个浮满泡沫的水桶。炉子前有两个挥汗如雨的人:一个人持钳把铁块,一个人拉风箱,风箱停下来就双手持起大锤倾身锤打。

陈打铁矮而壮实,三十多岁的样子,一只左眼有点残,炭火星溅的,身上系的深色围裙上尽是斑斑点点烫洞,脚上的鞋也有许多烫洞。他的手显得特别大而有力,打铁的架势有板有眼,借用旁边高温的炉火来形容,叫"炉火纯青"。那一个同样壮实且年轻的是陈二铁,由此而知,陈打铁原来应是"陈大铁"。

陈打铁左手握一把黑铁钳,熟练地夹起一块铁棒,埋进炉火中烧。二铁拉起风箱,呼嗒呼嗒地鼓风。待铁棒烧红后,陈打铁将其夹出,放在铁砧上。右手里那只三斤重的小锤"叮"一声敲在铁砧子"耳朵"上,仿佛是试敲,第二锤才落在红铁棒上。伺候在旁的二铁得了小锤指令,立即一个弓步上前双手持大锤砸下……"叮当叮!""叮当!叮当!""叮当叮!""叮当!叮当!""叮叮当——叮叮当!"小锤落哪里,大锤也精准地砸在哪里。兄弟俩你一下我一下,在四溅的火星里砸出一片金属的悦色嘹亮。人言打铁有"锤语",就是小锤敲得急,大锤也砸得急;小锤敲得慢,大锤就跟着慢。单击与连击,轻击与重击,均由"锤语"引导;若是小锤再一次敲打在铁砧"耳朵"上,大锤就要停下来。

他们将铁棒打出一个尖头,然后折弯,铁棒的颜色重又暗下来,就埋入炽红炭火里。取出,再打。最终,将熟打成型的铁件放入淬火水桶里,滋的一声,一溜青烟冒起,这样的铁件才算真正坚硬了。二铁给炉子里添了一小锹碎煤,重新放上两根粗铁棒,又拉动风箱……蓝色的火苗呼啦一下四散升起,激动得像是要冲出来的样子。

所谓"趁热打铁",打铁时的温度很重要,要是温度已降,颜色也暗了下来,还在锤打,铁件被打裂了,修补麻烦,很难再敲黏撮合到一起去。过去说人生有三大苦:打铁、拉锯、磨豆腐。打铁排第一,说明确实吃苦。打铁是力气活,你看那二铁,弓步前倾双手握举大锤，每一锤都要狠劲砸下，黝黑发亮的赤膊上，总是沁满汗珠，下面一截裤腰一天到晚都湿透的。虽说陈打铁持夹钳把铁块稍为轻松，但须凭目测把握火候，不断翻动铁料，与砸大锤的二铁配合默契。所谓打仗要父子兵，打铁须亲兄弟，这兄弟俩配合，不用讲一句话，就心领神会，只管闷头去打，精练而简约。

镇上人喜爱兄弟俩打的刀具，他们打的菜刀很讲究工艺技巧，两片铁包着一片钢，反复地折叠，锻打。打出来的刃口比纸还要薄，特别锋利，真有吹毛立断之功效。兄弟俩合力加工过最粗重的物件，是镇上油坊里用的锤头。那时榨油，必须由人工推拉操控锤头使劲撞击锥木压榨，将木槽中的菜籽油挤榨出来，而这种纯铁锤头一个就是三十多斤重！锻打时，陈打铁用一把大铁钳牢牢夹住锤头不使滚落，手背上疤痕暴起，臂上的肱二头肌一提一吊地蹿动，二铁则双手举锤身子一起一倾对准烧得通红的锤头下死力一番猛砸，直到锤头成形。他们还给船民打制过较为复杂的铁锚，给蔬菜队打制过捞塘泥的畚箕状铁耙。

兄弟俩的家室，在河沿的上坡，半砖半土的墙壁，半瓦半毡的顶盖。一年前的洪水将屋子泡塌一角，倒了一面墙，房顶都是以后修补的。屋子里却有个长得很周正的年轻女人，喊作水妹妮，是发大水从下游逃荒过来的。水妹妮像一只遭风暴而折翼的鸟，孤苦无依时歇落到兄弟俩的枝头上，根本谈不上什么明媒正娶，一女侍候二男，难免有一些难听的话传出来……不管怎么说，有了女人，缝补浆洗，一日三餐，皆得着落。屋子里收拾得干净清朗，檐外种了一圈翠色小葱和几丛洗澡花，很有居家过日子的气象。又过了一年，当埂坡爬满南瓜和葫芦的翠碧藤蔓时，水妹妮生下一个男伢。人们交头接耳猜测这到底是老大耕作出来的还是老二下的种？当事人不讲，留给外人的只能永远是猜想。

月亮薄亮照着的夜晚，从他们那个小屋旁走过，昏黄的灯光在窗户上映现出年轻的母亲抱着孩子的剪影。有时孩子哭了，便能听到屋子里水妹妮边拍边哄，或抱起孩子踱步，并有轻轻吟唱声传出来：

张打铁，李打铁，
打把剪子送姐姐；
姐姐留我歇，我不歇，
我要回家学打铁。
一打打到正月正，
家家门口挂红灯；
一打打到二月二，
前头村口挑野菜；
一打打到三月三，
三月喜鹊闹牡丹；
一打打到四月四，
一个铜钱四个字；
一打打到五月五，
划破龙船打破鼓……

夏天很快就过去了。柿子树黄叶落尽的时候,陈打铁收拾好带有被袱卷的铁匠担子一肩挑出了门。

深秋的河流寂静而幽凉,偶尔有南飞的雁影从水面上掠过……那以后,再也没见陈打铁回来。

老　宋

剃头的老宋，瘦高个子，嘴里缺了两颗门牙，却留着个油亮大背头，大约是起发型示范作用的。

老宋的家并不在镇上，但他每天一大早就把整爿"理发店"挑到镇上来了。即使新正月里，也是一天不拉出摊剃头。"正月不剃头，剃头死舅舅"，在农村，该剃的头腊月底就已剃尽，"二月二，龙抬头"，新年的头发才开始打理。但镇上人不大讲究这些规矩，只是正月的生意稍差点。

我们那地头说话有时不太中听，比如把舌头叫成"舌条"，胳膊叫"手胳子"，膝盖叫"膝头坡子"，头发叫"头毛"……要是大人说你"头毛太长像个野人"，就得剃一下了。过去，剃头匠有许多行话，剃和尚头称作"打老沫"，因为剃这种头要像刮胡子一样在头上打满肥皂沫，推长发称作"刈草"，把头发当作蓬乱的草，刮脸称作"抹盘子"，刮胡子称作"打辣子"。据说，在给真正的和尚师父剃头，不能说"剃头"或"推光头"，而要说"请师父下山落发"。那时有害癞痢头的，但绝无自然落发的秃顶人。

老宋的"理发店"也就是一副剃头挑子，那挑子的两头，各是一件可折叠收拢的木器，看上去像两个小柜子。前边的相当于理发店里让我们面对着的那个台面，有镜子，有搭毛巾的横档，毛刷、粉扑、肥皂盒，还有荡刀布什么的也全在这里。有个洗脸架可以搁脸盆，下面还能放两三个热水瓶，但这放热水瓶的一块板坏了，所以老宋将两个热水瓶分两头放了，有人便打趣说，"剃头挑子一头热"这话可不适合老宋。后边那件，翻起靠背就是理发的座椅了，也能改变角度让人舒服地仰躺下来。座椅下边，则是两个放剃刀、推剪、篦子、木梳、掏耳扒之类小杂物的抽屉，一切都设计得非常科学合理。

这里有两样东西我们最不愿意碰：篦子和荡刀布。听说，比梳子密实得多的篦子是专门篦虱子的，那上面的虱子或是虱子蛋要是弄到自己头上，肯定会后患无穷！荡刀布因长年累月荡磨剃刀，油腻发亮，成了我们中某人衣着龌龊的代名词，"瞧你那衣裳就跟荡刀布一样"，而常常惹人笑话。还有一套蓝布包裹的推剪我们也不敢碰，那是专门剃癞痢头的工具。"癞痢头难剃"是一句流行语，但不论是稀毛癞痢、红毛癞痢、杂毛癞痢还是堆壳癞痢，头总是要剃的，只是剃少而已。癞痢传染性极强，都是通过剃头传播，老宋却是工具分开，让人剃放心头。

人们剃头的样式也简单，年轻人二分头，老年人是"打老沫"和尚头，青中年的妇女一律为刘胡兰式运动头，叫作"耳朵毛"，或是"二搭毛"。镇上孩子通常从耳朵向上围着头推一周，推成圆圆一圈"马桶盖"，剃头就算完工。"剃头三天丑"，刚剃的"马桶盖"，是我最不喜欢的发式，比脑顶勺椎尖的二分头更难看！

老宋给人理发时，腰弯得像大虾米。所以他这人极和善，整天龇着豁牙的大嘴，笑眯一双给人掏耳朵时瞅细了缝的眼。其实，剃头绝不只是头顶那点事儿，我们注意过，他给人刮脸、掏耳花费的工夫最多。比如卖牛肉脯子的根泰大爷，差不多隔七八天就要光一次面，躺在那张靠背椅上，热烫烫的毛巾往脸上一焐，揭了后，再用蘸了肥皂沫的胡刷一涂，脸上白花花一片，就认不出模样了。随后，呲啦呲啦，锋利的剃刀在面颊、下巴、脖颈、耳郭、眼眶四周一番好刮，胡须汗毛连同肥皂沫一扫而光。接下来是清眼目，照样也是先用叠得方方正正的毛巾热敷眼眶，揭除毛巾按摩时，老宋是用手指关节在眼皮上缓慢地滑行滚动。最后才是掏耳和剪鼻毛……以前的剃头行当有句话叫"朝阳取耳，灯下剃头"，说的是剃头在灯光下也能行，而为客人掏耳朵、剪鼻毛，必须对着太阳的光亮才能看清里头的内容。老宋左手指缝间分别夹一些小玩艺儿弯着腰给人掏耳朵，一根挖勺、一竿耳绒、一把镊子，在耳朵里连掏带捻，动作柔和、轻重适度，随着被掏的人一只眼睛眯起、嘴角扯起所表现出的阵阵快意，耳垢被清扫得干干净净。

小时候的我们并不喜欢剃头，让老宋摁住脑袋，用冰凉、生硬的推剪拨弄来拨弄去，很是受罪，要是给钝推子夹着了头发，干脆就放声惨叫。但我们都喜欢老宋，是因为那剃头挑子的两个抽屉里总是能让我们找出几本小人书。什么《智取华山》《羊城暗哨》《地道战》《平原游击队》《南方怒火》，已经翻得很破烂看过好多遍，熟得都能整本整本背下来，但总是看了又看。老宋靠几本小人书就能把一堆小脑瓜儿稳稳拴住，等他来一个个地收拾，还免得猴子一样好动的我们乱拿乱摸他那些宝贝工具。

老宋闲散没事的时候,就陪我们玩。夏天,我们粘来知了,他就转身去墙头那边的地里寻来两个马齿苋籽粒的盖壳,正好能叩紧知了一双鼓突的眼睛,再把知了放飞。你想这戴了眼罩的倒霉蛋又看不见路,能飞到哪里去?要是我们捉来的是一对知了,他会帮我们用细棉线一头各拴了一个,然后往天上一抛。两个知了因不会商量怎么在一起飞,你扯我拽怎么也飞不好……笑死人的。大冬天,有谁从自家水缸里揭来圆圆一大块厚冰,老宋会掐一根草管含嘴里,凑上面慢慢吹出一个洞眼来,系一根细绳让我们提了当锣敲。

老宋还有两项本领,就是治磨颈子和疖腮。磨颈子又叫落枕,晚上睡僵了颈子,老宋三招五式先给你按摩一气,然后一手抔紧你后颈,一手猛拍在后背,伴一声大喝,就好了。疖腮就是害蛤蟆气,腮帮肿得变了形,吞口水都难,医生称腮腺炎。剃头挑子的抽屉里有一小段陈年墨块,老宋将碗底翻转,倒点水在里面磨出墨汁,把那肿了的半边脸全涂黑,三五日保准好。

高　佬

　　高佬本来就姓高，是什么地方人？不晓得。但他经常挑着副吹糖人的小担过来，撂着两条长腿满处兜揽小把戏们的生意，所以人们根据他外形特征不喊老高，而喊作高佬。

　　高佬只要把担子往街头一歇，身边顷刻就闹哄哄围了一大圈孩子。高佬支起家伙，就像变魔术似的，他用嘴一会儿吹出个头插雉翎的穆桂英，一会儿吹出个水浒一百零八将里的李逵或是花荣……我们可被他耍呆了，对他有着说不出的佩服。

　　高佬挑的那副担子，一头是一个工作台，台子一侧竖个稻草把子，上面插着许多糖人。担子另一头是一个带架的长方柜，柜子下面有一个半圆形开口木笼，里面有一只小炉子，炉子上架一口小铜锅，下面不温不火燃着锯木屑，让锅里糖稀始终温热，保持稠稠的软化状态。高佬做糖人的绝活不在于捏，而在于吹。只见他像大虾一般弓着腰，支使着两支长臂，撮一块糖稀含进嘴里，然后就很有点滑稽地伸出两手左一下右一下拍打自己的腮帮，朝你眨眼睛、翻眼白，做出很为难很吃力的样子……这都是他的搞笑前奏，为的是招聚人气。真实操作时，糖稀是不含嘴里的。

你看他在小铜锅里揪出一团糖稀,再掺和一下,糖稀捏成个空心汤团,三两下一抽就抽出根空心的小糖管子,猛地折断,马上用嘴叼着管子断头处朝里面吹气。糖稀像气球一样,越吹越大。高佬一边吹,一边不停地拉扯那团糖泡泡,变成所需要的形状。这拉多少,向哪个方向拉,就决定了基本造型。比如吹一只老鼠,泡泡就要拉得长一点,再向上翘一点,让老鼠的肚子显得特别肥大。有时吹出个老鼠偷油,一个大大的油葫芦,葫芦口边上还爬着一个老鼠;再不,就是天鹅下蛋,一只曲颈弯弯的大鹅,后面挂着一个大大的蛋。万一吹出来的是个非驴非马的东西,他也会临场发挥,现编现诌,就管它叫玉兔,叫麒麟了,口里还呜哩哇啦唱着俚语小调,变着嗓门念戏文对白。比如吹出了一只兔子,他就唱:"月亮粑粑,照到他家,他家兔子,吃我家豆子……"若吹出的是麻雀,唱的便是:"小麻雀,顺地滚,问你家爹爹可要粉……"说高佬吹糖人的嘴头功夫好,不光是说他能吹出这样那样的物形,还得连带能说会道哄小孩的噱头。再说,他还可以用一支细柄铜勺对他的产品做些深度加工,让那些小狗、小老虎看上去有鼻子有眼睛。

高佬最拿手的是吹孙悟空,因为这款糖人好看又便宜,最受我们欢迎。猪八戒也不错,据说猪八戒肚子大,所以用的糖稀多,买的人最占便宜。还有一款孙悟空,吹好后等冷却了,在猴背上敲一小洞倒入些黏稠的糖浆,再在猴屁股上扎一小孔,让糖浆慢慢地流出来,下面用一个也是糖稀做的小碗接着,可以连糖人及小碗一同吃掉。这套玩艺儿称作"猴子拉稀",最受欢迎,不过价格贵一点,要一毛五分钱,也可用五六个牙膏皮来换。我们常把家里没有用完的牙膏挤出来，拿去换糖人吃，结果，当然是嘴巴受用，皮肉吃苦了。

高佬有一个致命弱点，就是视力不济，一双红红的眼睛生着倒睫毛，老是眨巴眨巴的，所以我们就经常瞅空子偷他小火炉上的糖稀。得了手便跑一边去，但到了自己手里，再怎么鼓捣，连个癞蛤蟆哪怕是个气泡泡也吹不出来。三弄两弄，那糖稀就干成了糖块，最后那甜滋滋的糖块当然又在口中给弄没了，全变成口水咽下肚去。

有一阵子没见着高佬，待他再次出现时，我们发觉他的那副担子有了变化。担子一头原来的工作台上加添了一个镶红边的转盘，我们花上三分钱，就可以随手转动盘上指针，撞运气。指针下面是一连转二十个格子，五个红格，五个空白格，另外十个格分别写着"孙悟空""沙和尚""穆桂英"等姓名。当指针停在盘中红格上，三分钱就退还你；指针停在写着字的格子上，就可以免费得到这个糖人或糖狗糖老鼠，高佬立马给吹出来。若是倒霉指到空格子上，也不必伤心，空门也有安慰奖，高佬就拿一根小麦秆的管子插到一个糖浆瓶子里，让你吸溜一大口，甜甜嘴，这就叫"空门吸糖浆"……原来，这是高佬从外地学习来一种类似轮盘赌的先进经营模式。

是鸡是凤，是蛇是龙，要想赌一把，就看你手气了。高佬正抟挲着两只长胳膊眯着眼朝你呵呵笑哩……

袁桶匠

我小学同学袁小宝的老子是箍桶匠。某一个阳光普照的人间四月天气,我们去乡下走亲戚,天空透蓝,绿树成荫,布谷声声。路上忽然听得一声奇特的腔调:"打——箍——呃——",若那嗓音稍带点麻哑,且把那个尾音拖得长长的,直到高端才最后吸气般突然顿住,这八成便是袁小宝的老子袁桶匠吆喝出来的。

过去,木匠分"大木""小木"两种,"大木"造房子,"小木"打家具。"小木"中又有"方木""圆木"之别,制作桌椅几凳的是"方木",箍桶匠则属"圆木"。箍桶匠收拾的对象为一些木桶、木盆,多是修理带打箍,所以又被喊作"圆木匠",这恰好谐了袁桶匠的姓。皮肤黝黑、寡言少语的袁桶匠,一年到头挑着一副箍桶担子走村串巷。行走时担子一闪一闪的,扁担发出短促的"吱呀吱呀"声,仅有的几下吆喝,显得特别沉闷却充满韵味。

"补锅的讲空(孔)",补锅匠以孔洞的多少讲价钱,箍桶匠则讲"箍",以箍的多少论价,且大箍有大箍的价,小箍有小箍的价。粪桶打篾箍,灶头上那种桶形的锅盖也打篾箍,水桶则多打铁箍,所有的盆几乎也都打的是铁箍。不管是桶还是盆,至少有两道箍，最难打的是底箍，小了套不上，大了就松，起不到护底的作用。桶大多是肚大两头小，盆却是底小口子大，箍桶的圆箍一般都编成辫纹形，从桶的上面套下去，而箍盆的箍则是从盆底小口处往上套，然后用一根下方上圆的木块向粗的那一端转圈子敲，越敲越紧。敲击时，发出很有节奏的声音：嘣咚、嘣咚、咚咚嘣；咚嘣咚嘣、咚咚嘣……一会子又转换成呱嗒、呱嗒、呱呱嗒。

"三分手艺，七分家伙"，袁桶匠的担子一头，是一个椭圆的腰子桶，里面放着斧、锤、凿子等一些短小的工具；另一头则是一个扁圆的筐，插着锯子、刨子、手钻等一些较长的工具，还有几圈用来打箍的铅丝或竹篾。跟木匠用的刨子不同，桶匠的刨子五花八门，非常有趣，除了长短刨、耳朵刨外，还有专刨圆弧形桶板的滚刨和翘头的船形刨。袁桶匠的腰子桶上还覆着一个特别大的刨子，约有板凳面子那么宽、小半人长，使用时将刨铁口朝上，一头高一头低地放在地上，拿起要刨的木头放在刨子上，由上而下推着刨光。袁桶匠的手钻也很别致，打开呈十字形，钻头上铁钉银光闪亮。钻眼时，左手握紧钻杆顶端的轴柄，右手如拉"二胡"一般地几下一拉，一个眼就钻好了。

修桶修盆时，最常见的修理项目是换"块木"，把要换上的新木板锯好，刨光，做成上宽下窄的圆弧形，钻上眼，再削出两头尖尖的竹签插进眼中，将新旧桶板一块块拼得天衣无缝，最后打上箍，一个桶或是盆便修成了。当场放入水验收，滴水不漏方算完工。和能打家具能盖房子的木匠相比，桶匠手段有限，技术含量显然差了一大截。所以，我们在镇上常听到一句讥讽人的话，叫"桶匠教木匠",这是挖苦两人都不咋的,而那个教人者尤差一大截。

袁桶匠的手艺再不咋的,只要腿勤手快,哪里不能找到活接?谁家都少不了几件圆木器,天长日久难免不腐朽损坏,这里渗那里漏……小漏可以用置换"块木"收紧箍圈的办法来解决,一般不做大的拆卸,否则拆散开来就更麻烦了,用我们那里老话讲叫"收不起来箍"。小孩子最开心的是企望能得到卸换下的旧箍用来滚铁环,由于桶箍一般比较圆整,滚起来不会跳跃,非常平稳顺当,因此特别受我们的欢迎。过去大姑娘出嫁时,娘家以一套精致的盆桶陪嫁,其中必有马桶,此时的马桶另有一个名字叫"子孙桶",讲究的人家会给这种"子孙桶"打上亮晃晃的铜条箍。要是弄到从老式马桶上换下来的这种旧铜条箍,那真是开心死了!

叫人好生奇怪的是,袁桶匠还跨行业兼职一项营生——替人割小公猪的睾丸,在我们那里通俗大众化的叫法是"割小猪卵子"。这本是剃头佬理发匠的兼职,但不知怎么竟让不相干的袁桶匠给谋来了。他清楚记得哪家哪家的母猪生养的一群小淘气快满月了,掐准了日子准时出现在事主家门前。袁桶匠下手快捷,随手一抄就将一只不谙世事童心烂漫的小公猪抄了过来,倒悬着夹于垫了麻袋片的两腿之间。左手稍一推,即推出膨胀而联袂的两小团肉,右手捏着锋快的剃刀轻轻一拖,就于滴血不出之间挤出两粒白蒜瓣一样的"卵子",再一刀割下,断了那个连系日后三千烦恼丝的孽根……这也可算作毫厘不差的胯下功夫。一窝中,通常有八九只小公猪,袁桶匠除了能收获一两元钱,还能带回家一大碗"小猪卵子",炒了下酒。都说"小猪卵子"是发性子的,倘是哪天晚饭后我们见到的袁小宝,嘴边泛着油光,不用说,这一晚他家准要早早熄灯,不到时辰,他妈就响亮着嗓子喊他快点回家关门睡觉。

袁桶匠还有个孪生兄弟,长得跟他一模一样,本是一个师傅带出来的徒,后来却成了船匠,冠上姓氏被人喊作袁船匠。那时,码头往下游的河湾里歇满了大大小小的船,渔船、货船、客船,尖头的船、方头的船,各式各样……时间长了,跟桶和盆一样,这里通那里漏,伤痕累累,千疮百孔,就要找船匠来修补。

炎热的夏季,天空没有一丝云彩,刺眼的白光忽闪在干枯的河滩上。要修补的船被拖出水,搁浅在岸边,有的还用三角叉马斜着撑起船底。要是船太大了,就叉起三根大木用铁葫芦将船身吊起来一些。袁船匠在头上搭块湿毛巾,一丝不挂地站在齐腰深的水里叮叮当当地修理着。他用一把尖端裂开的撬棒仔细起掉一颗颗锈蚀的骑马钉,再用顶锥和凿子清除掉一块块腐朽的船底板……然后锯出相同大的木板拼上去,新旧船板错位咬合,再钉上一圈足足超过五寸长的巴钉。有时内外还要用两层厚木板拴夹,最后反复涂上几遍桐油。如果仅是小洞小漏的,就用旧的布鞋底烧灰加上石灰、桐油和剪碎的麻筋调成灰浆,直接填抹上去就行了。俗话说"人身上靠筋,船身上靠钉",早先造船,旁边得有一个专门打制船钉的铁匠炉子。钉头处必须要用麻油灰浆包起来,不能暴露在水里,否则很快就能烂成一个一个洞眼。

桶匠和船匠,有着血缘亲,但桶匠的担子里你找不到一根钉,桶匠从来不用钉。

如果袁船匠这边活太多了，或者是场面太大了，一个人对付不下来……他就会把孪生兄弟袁桶匠召来，两人联手，哪怕是校正一格格歪斜的隔舱板，效率也高得多。反正船也是一件大木器，修船跟修桶一样，最高境界都是滴水不漏。只是在外人看来，两个长得一模一样难分彼此的人，光着屁股在船上翻进翻出地忙活，多少有点滑稽。

老　歪

扳拦河罾的老歪自打从娘胎里出来，就是个歪头，要看个东西，得连身子带颈子一起转。在别人看来，他歪头扭颈子的模样，肯定很有些难受，但老歪习惯了自己这种生相，就像习惯了人们叫他老歪而忘掉他的名字一样。其实，老歪的那张脸上，倒是鼻直口方，线条分明，颇精致耐看的，甚至有点冷酷。

拦河罾是在河道里安置的一张特大的网，有半个篮球场大。岸边栽着两根高高的毛竹撑竿，竿顶上有滑轮，升降绳穿过吊在撑竿上的滑轮与绞盘连接。光着膀子的老歪，和他的弟弟大喜一起摇动绞盘，罾网迅速上升，等网的纲绳全部出水，就摇动绞盘控制撑竿，使罾网倾斜到理想的角度。然后，大喜就离开绞盘，拿起一个长柄捞兜去抄网里那些活蹦乱跳的鱼。运气好的时候，碰上过路的鱼队伍，一网出水，能捞起一两百斤呢，河鳗粗得像胳膊，大草鱼有几十斤重，胖头鱼的头比小坛子还大。有一种一拃长的"棉花条子"鱼，一来就是一大阵，此鱼细长滚圆几乎无刺，以文火煎烤成焦黄色，下调料加姜蒜焖出油来，入口香软，回味鲜绵。镇上人惯常以之炖糟，味道真是呱呱叫，鱼盛在白瓷盆子里，在饭锅头蒸出，褐黄鱼体上，沾满白生生的被油脂浸透的糟粒，尝一口，又甜又咸的鲜嫩中溢满酒的醇香，真是风味别致。若是盐腌后再裹上面粉炸酥，和骨吞渣，香脆无比。

每年黄梅天发大水前后，是老歪的丰收季节。有些地方破了圩，鱼塘里养的鱼跑出来，一路跑进大河里，倒霉的就给拦河罾拦断了大好前程。老歪在起罾的立竿旁盖了个小棚子，棚子里有床、锅灶及渔具等杂物。忙的时候，兄弟俩吃住在小棚子里。棚子外有一个放满水的卡子盆，盆里游动着鲤鱼、鲫鱼、鳊鱼、翘白鱼、红眼睛鲲，支楞着三叉大刺的安鸡鱼任何时候都是那般慢条斯理，而黑鱼则是阴沉沉地不动声色。有人来买鱼，自己拿了抄兜从里面抄。另外还有个大半人高的篾篓子，里面也有鱼，养在河坡下的水中。倘是要买大鱼，老歪就扯起拴在桩上的绳子，篾篓出了水，鱼在里面打得水花啪啪响。来买鱼的人挑挑拣拣弄好了，老歪才把偏头连着半个身子一起转过来，望一眼你，停下手里的活，给你称秤，报账，收钱……一切都做得非常利索，没有一点唧唧歪歪。

夏天晚饭吃得早，就有许多人去看老歪起拦河罾。大水过后，有些地方加固的草包一个个堵在那还没有清除掉。站在高高的堤埂上，清凉的水腥气扑面而来，河里有几条渔船，一些船民在堤边建了些矮小的房子，水都退到房子下边去了，但涨水的印迹却清晰地留在窗台上。罾网起水时，可以听到网里鱼虾的扑棱声，船从下面过，西下的残阳照射过来，每一个网眼都晶亮亮地滴着水珠。一些网眼里银亮亮地一闪，这是被嵌住的小鱼——鳑鲏、餐条子多是给挂在网眼上。有趣的是，在拦河罾的上下游不远处，还有搬小罾网的，这种小罾网只有四五米见方，用两根交叉细竹竿对角绷起即成，有一根绳子直接拴在网架上，守株待兔似的等上一会儿，用力拉起绳子，罾网就出水。有时候很有收获，网心里有鱼儿乱跳，有时候什么都没有捞到。与老歪的巨无霸拦河罾比，小罾网捞到小鱼的机会更多。

老歪的拦河罾不仅能捞到大鱼，甚至在一天傍晚时分捞到过一回人。

当时，天快擦黑了，从上游叫叫嚷嚷地赶来一群人。说是他们村里有个年轻女人过渡时落水，被冲下来了，不知这拦河罾能不能拦到……老歪想哪有这么巧的事，但还是毫不犹豫同大喜一起摇动绞盘。昏暗中，罾网渐渐出水，忽然有人大叫起来，电筒光照过去，网里果真躺着一个人！众人七手八脚把人从罾网里弄下来，已是一点气息也没有。

老歪表现出少见的从容和镇定，当即让大喜跑步去喊医生，这边把女人平放在地，抠掉口中泥沙，一阵按压又施以口对口人工呼吸……等大喜领着医生和一干人到来，那女人已一声轻叹转过气来。当夜，在千恩万谢之后，女人被家人用担架抬回。此后两边走动，人家那边还要把一个侄女介绍给老歪，但老歪一口回绝了。老歪说，自己的颈子不争气，把头给长歪了，歪了就歪了，又扳不过来了，只是别害了人家姑娘心里老是拧着难受，算了，算了……

关于老歪，有一个笑话：某年夏天，河里大水退去，一些围堰塘子里的水也被人放个半干，大家都脱了裤头坐到水里挥动手臂搅浑水，把鱼呛晕乎，呛浮了头，好捉。有人拿了鸡罩，有人持网兜,还有拿竹篮舀的,光着屁股的老歪也在齐腰深的水中忙乎。老歪胯裆里那东西特别大,拖在水面上漂,半沉半浮的。侧面并肩的一个人以为是黑鱼头,手速眼快,一网兜抄下去,把老歪抄了个趔趄。老歪那颈子本来就是朝这一侧拧着,不用转头便骂道:"你狗日的也呛昏啦……往哪里抄?抄你妈个头!"

那人眨巴几下眼睛:"哦……抄错了,抄错了,对不起……"扬起一只手,赶紧赔笑。

姚篾匠

　　姚篾匠高个、善良，讲一口巢湖话，子女在外地，老伴料理家务，自己整天都在干活。篾匠不像木匠，使用的工具不多，无非就是些锯子、弯刀、凿子、钻子、度篾齿等。度篾齿这东西有些特别，铁打的，像小刀一样，安上一个木柄，一面有一道特制的小槽，它插在任何地方，柔软的竹篾都能从小槽中穿过去。

　　看姚篾匠剖大毛竹很是带劲。一根碗口粗的毛竹，一头斜抵在屋壁角，一头搁在肩上，用锋利的篾刀在竹蔸子这头开个口子，双手将刀往前用力一推，碗口粗的毛竹，啪的一声脆响，裂开了好几节。然后，顺着刀势使劲往下推，身子弓下又直起，直起又弓下，竹子一路噼啪噼啪炸响，节节裂开。要是竹节太硬，刀给夹在竹子中间，动弹不得，姚篾匠就单脚踏住下片，用一双铁钳似的大手抓住裂开口子的上片，鼓起双眼，用力一抖一掰，随着啪啪啪一串爆响，那根毛竹一裂到底，真叫势如破竹！附着在竹子内层的白色的竹衣，轻轻飘动着，被我们小心地揭下来，拿回去平整地压在书页中，留着日后吹笛子时做笛膜用。

　　篾匠干的是精细活，全凭手上功夫。一根偌长的竹子，被一剖再剖，劈片削黄，篾片再剖成篾条。篾条的宽度，六条并列，正好一寸。然后，将刮刀固定在长凳上，拇指按住篾条在刀口上刮……一根篾条，起码要在刮刀与拇指的中间哧啦哧啦地拉上四次，这叫"四道"。厚了不匀，薄了不牢，这全凭手指的感悟与把握。

要是剖那种手指粗的小水竹就容易得多，用锋利的弯刀按住粗头，用力挤开一道口子，然后，刀上带着腕力一搅，"啪"一声脆响，就裂开了。再用力一抖，噼里啪啦一串悦耳的响，一根竹子就成两爿了。竹子劈成较细的篾后，外面的一层叫"青篾"，最结实。不带表皮的篾就叫"黄篾"，黄篾又分为头黄和二黄，韧性虽比不上青篾，但它是编箩筐、摊簟的主要材料。由于需要量大，箩筐和摊簟篾都由毛竹剖成，唯得劲部位一定要用上青篾。像经常沾水的篮子、筲箕之类，就得用本地的水竹篾来编织。水竹不怕水淹，特别柔韧，耐腐蚀，它们多产于青弋江上游的大河马一带，珩琅山脚底往西南也有连片竹林。

编竹器要眼快手快，全身各部分都要配合。姚篾匠抱着一只竹器两手翻花编织，时不时要用嘴迅速地把竹篾扯开，嘴就是他的第三只手。看他编竹篮，先起一个盘子，八支竹篾为一组，一手收拢竹篾条，一手灵巧地让另一支新插入的篾条在篮子的竹孔里穿梭，手上动作快起来，犹如杂耍表演，青色、黄色的竹篾上下飞舞，飞短流长，真让你眼花缭乱。

打簟子是真正的细致活。姚篾匠蹲在地上，先编出蒲团般大的一片，然后就一屁股坐下来，悄然编织开去。打簟子的篾都是用老水竹剖出来的，按竹篾的宽窄层次而定簟的优劣，薄窄的青篾和二黄篾较好，最好是全青篾。新箅子要用破布鞋沾泥或细砂认真打磨，磨光每片篾的棱角和细刺，再放在澡堂收工后的热水里烫煮，以后篾片有韧性不脆。秋后不用了，也要烫煮，除掉汗渍，晾干卷起存放。如篾片有断折，就得修补，否则越破越难收口。姚篾匠有一套按竹篾宽窄打制的平口铁"引针"，墙上一年到头总是挂着好多个长篾绕成的圈环。有人送来了破损的箅子，扫一眼箅子的篾宽，从墙上摘下相应的篾圈，立刻就给人家修补。

姚篾匠吃的烟叫黄烟，是一种切得很细的黄灿灿的烟丝。烟具是一截小指粗、一尺多长、中间打通的竹竿，一端留有鸟头那样尖翘的包着铜饰的根兜，中间挖一个比豆粒稍大的用于按放烟丝的孔穴。姚篾匠做活做累了，就要停下来吃一会子黄烟。他左手食指与中指夹烟竿，掌心托着开启的装有黄烟的铁匣，右手的指间夹一根燃着的纸捻子；捏一撮烟丝捻小团按入烟竿一端孔穴里，将纸捻子噘口吹出明火，点向孔穴中的烟丝，衔在口中便抽出浓烟来。三两口过后，"噗"一口吹掉那一端烟灰烬，倘一两口没吹掉，便往桌椅或墙根上敲几下。然后再捏一撮烟丝按上，如此反复。来了认识或不认识的顾客，姚篾匠便将烟竿的一端用手一旋，旋掉上面沾着的唾液，然后连烟匣、纸捻子一起谦让给客人吃。

姚篾匠12岁时就跟在父亲老姚篾匠身边打下手。老姚篾匠的规距多，剖篾条讲究的是一紧二稳，紧到有人从后面拽你的竹子都拽不掉才行。人们最津津称道老姚篾匠打的篾箅，那个细，那个滑，连水都渗不透。据传，老姚篾匠有个师伯是这行当里最顶尖的人物，手艺精，但派头也大，出门做生活不走路，坐轿，连他的徒弟也是轿子来轿子去。人家的轿帘是布做的,他的轿帘却是篾编的,编得跟棉布一样软,轿帘上还用全青的篾打出两行字:虚心成大器,劲节见奇才。新中国成立后,城镇铁、木、篾、棕、缝纫、农具等行业的手工业者组织起来,姚篾匠和老姚篾匠一道成了手工业联社的工人。"手联社"后来又繁衍了一个"向阳竹器社",和"向阳旅社""向阳米店"都在一条街上。

篾匠活大多在膝盖上做,围裙是必不可少的。俗话说"千学万学,不学篾活;磨破衣服,割伤手脚"。篾器活最伤手了,姚篾匠的一双大手上,满是茧壳和疤坑,粗糙皲裂,冬天时贴满橡皮膏药,摸起来像砂纸一样,生硬。"你看看我,真是出不了手呵……剖了四十多年竹,编了四十多年篾,手指头上全是硬壳,东一个疗西一个疗,剁下来狗都不吃……"姚篾匠常常叹息着对人说。

十个篾匠九个驼,剩余一个还是罗圈腿——他们成天伏在地上编簸箕、织箩筐、打篁子,弯腰曲背的,怎能不驼不罗圈呢?

钟国琴

那时，你手腕上若是戴一块表，真要让周围人羡慕死了。所谓镶金牙的爱笑，戴手表的喜欢撸袖子，有那显摆的人，总是故意把衣袖卷起露出腕上的表。可无论是手表还是挂钟，走长了都要出毛病，所以修理钟表的师傅便会在街边路口找个合适的地方摆开摊子，不愁没生意。一个四方形的桌子上放着玻璃罩，罩子下面都是一些钟表模型和配件，招揽顾客。桌子有若干个抽屉，每个抽屉里装着修理的工具和各个不同品牌钟表的小配件。那些师傅，大都是修理座钟、闹钟的，花白的头发，严谨的表情，没人怀疑他们的技术。

但是，在百货公司斜对面的幸福巷口修钟表的，却是个三十多岁的白净女人，脸型稍稍有点胖，所以腮边汪着两个酒窝，别人都喊她钟国琴。清晨，钟国琴踏上三级石坎，打开镶着透明玻璃的酒红色半旧木门，系起围裙，打来水，上上下下仔细扫抹一番。然后除下围裙挂在门后墙上，坐到桌子后面，一天的工作就开始了。

若干年前，坐在她那个位置上的，是头顶半秃的老钟师傅。

老钟师傅早年在汉口"亨得利"当学徒,学习修理钟表,抗战胜利,辗转来到离家近的南京,进了老"瑞昌"分号。那时南京空前繁荣,卖表、修表的铺子很多,一般都是修理小三针、挂表、老钟等,能戴得起手表的都是有钱人。老钟师傅常讲,修钟表是手上活,收入不错,又不太累人,也不会弄脏衣服……所以人家都说修钟表的干的是大少爷行当。老钟师傅一直干到1956年回到家乡,回家后进了互助合作社,修表、刻字、修钢笔三门手艺的师傅同在一家店营生。再到后来,因为年龄大了,一拿起镊子手就会抖,这手一抖,自然就修不成钟表了。

钟国琴是老钟师傅独养女儿,丈夫是跑长线的海员,在家的日子少,在外的日子多。专跑洋码头的海员,因为珍爱妻子,碰到能上手的钟和表,都不会放过,一年一次探亲假,回家时总能从包里掏出一些稀奇古怪的物件来。她穿过一件当时很新奇的红黑大方格子图案翻领衫,就是苏格兰大格子布裁剪的。老钟师傅过着很称心舒畅的生活,有时让孙子搀着来店里看看,少不了给女儿指点一番。他总是告诫,修钟表一定要眼准,手稳……修钟表和外科大夫做手术差不多,特别是手表,戴坏的少,修坏的多。老爷子鼻梁上架着发暗的金丝框眼镜,脑勺上不多的一点白发向后梳得整整齐齐,清朗干净,走在街上很绅士的派头。

戴着灰色袖套的钟国琴,神情专注地拨弄着一只旧表,听听声响,然后,取下紧紧罩在眼睛上那只黑色胶壳的放大镜,拿起一只小巧的油壶,在手表关键部位注一点机油。装好表盖,拨动长短针,表盘没有反应,重新拆开,再来一遍……如果是里面零部件生锈了,就要卸下轮齿,清洗每一枚生锈的零件。清洗那些复杂的零部件时，有淡淡的汽油味弥散在空间里。如果是对付一只座钟，钟国琴先要拆开后盖细看游丝，走的误差大了，就拨一拨快慢掣。要是快慢掣偏差大，就得取下游丝和"骑马轮"重修，以保证日后有调试余地。无论手表还是座钟，修好后，都要放店里再观察几天，确定走得没有误差，才发还顾客。

有一次，镇上中学袁校长拿来一个金属的链形表带修理，表带从表盘一侧接口处脱落，连接表带的针状螺杆遗失。钟国琴仔细查看了表带的结构后，从抽屉里找出了一根旧的针状螺杆代替，但是螺杆粗了，穿不进去。钟国琴就用专业打磨机械先将螺杆磨细，再用小锉子锉短，又扩张了表带的穿孔，一次次一遍遍地磨呵钻的……一个小时后，终于修好了这条表带。之后，他又为袁校长清洗了手表，调节了表带的宽松度。

手上技艺，不是春色也动人。眉眼婉然的钟国琴不知道，有不少顾客特别喜欢看她的手，看她环起左手的拇指和食指平拈着打开的表盘，右手拿着小巧的镊子，或夹或拨……时间好像被她小巧的镊子夹住了似的，温柔地静止着。钟国琴偶尔从那静止里，抬了头看看门外，目光缥缈。

她总是跷着兰花指，手指很灵巧，手型很美。

张小生

街巷里,从早到晚都有小贩和做手艺人在转悠喊叫,特别是那些箍桶、修伞、配钥匙、穿牙刷的以及补锅镴碗磨剪子铲刀的,都有属于自己行当调门独特的叫卖和吆唤声。"弹棉花嘞——有棉花拿来弹嘞!"走在狭窄的青石板街上,身后忽然传来悠扬的吆喝声,伴随的还有一个扛着弓、拿着木槌的身影。偶尔,会夹有那么一两声"穿——绷子喂——哈有坏了松了的绷子——拿来穿喂",忽高忽低,拖音很长,称不上有什么韵味,只是稍有点抑扬顿挫罢了。

床上的绷子睡长了,总是要出现断绳,松垮垮的,要是两三人睡在上面会往中间滚,叠作一堆。穿棕绷子的从街口这一头游走到街尾那一头,他们往往窝起右手掌作碗状,紧贴耳边,为的是敏锐捕获感觉中的回声。听到有人招喊,穿棕绷子的就会循声走过去。

通常是阳光极好的日子里,将绷子抬到室外,放长条凳子上架着,等候修理。穿棕绷子的都是两个人搭帮手,用小扁担挑着几捆红亮棕绳,少不了一个打洞眼的手摇钻,还有简单几样木匠家什,以及专供切削木塞芯用的手指粗的细木杆。倘是木边框榫头坏了,就要锯呀凿呀刨呀干上一气,穿绳子的洞眼豁帮了,手摇钻会派上用场……绳子断了烂了,则要重新置换或紧一紧,这当头,两个人拔河一般两边使劲,如果是冬天的时候手都勒出血,为的是有绷劲。如果绳子穿得不地道,睡不了多久床就会窝塌下来。棕绳硬扎粗糙,所以穿棕绷子的人都没有一双好手。

大家都喊那大个子老周,老周是泾县那边的山里人,五十岁左右,脸色有点发暗,身体倒是十分结实。另一个手脚麻利看上去很活泛的眼窝子有点眍的年轻人,自然便是老周的徒弟了,听老周喊出来的名字,他叫张小生。两个人仔细地将铁拔穿过密密麻麻的棕榈,然后,再用竹制的拔钩带着紫砂色的棕榈绳穿过铁拔钻出来的空间。他们的手粗大并且干燥,由于一天到晚抠抠抓抓的,所以习惯弯曲成鸡爪状,看上去又像是风干的树根。棕榈绳子穿好后,张小生用一个耙子一样的东西熟练地将绳子拉拢,然后,往洞眼里钉入木桩塞均衡地绷紧棕绳。

如果这张床年数太久了,只有一副边框可用,就得将上面朽绳全部扒拉掉,换上新绳。那时的绷子床都是有规定的,一张5尺宽的棕绷,四周钻148个洞,每洞穿10根棕绳,用8斤棕绳绷上下3层,不但要绷出图案和花纹,还得将一根根棕绳绷紧,扔一个重物在上面会一弹多高,才算合格。一张好棕绷床可以睡三四十年,不过好东西还需要保养,不能让大孩子在上面跳。

后来,因为张小生娶了我们镇上一个姑娘——我的远房表姐春花,老周师徒俩便在我们镇上生下根,开了一家店铺,修理并附带打制棕绷床。张小生没事时也常来我家坐坐,聊一聊他们店里的事,有时顺带帮着修理一些家具。

张小生能娶上春花颇有点戏剧性。冬天到了,张小生去东风商店给师傅买两双袜子,挑了一双又一双,总不满意。柜台里那个漂亮的女售货员脸上渐渐有些挂不住了,她手里拿着铅笔正等着开出单子夹在空中钢丝夹子上投向高处的账房间里,见这个青年男人反反复复地在选看,心想你这人私心也太重了……于是脱口而出:"伟大领袖毛主席教导我们说:要斗私批修!"张小生先是一愣,抬头睃了一眼,接着便答:"最高指示:千万不可粗心大意。"女售货员正是春花,含嗔带怒,当时脸就红了。在他们头顶,纵横交错的钢丝绳上,夹着发票和零钱的找头夹飞来滑去,瞿瞿直响,好不热闹……一来二去,两人倒是交往起来。后来,张小生给春花半瘫痪的奶奶专门打制了一张可以倾斜推拉的活动棕棚床。

打一张棕绷床,有好多道工序,每道工序又分数个步骤。正所谓"台上一分钟、台下十年功",打棕绷床不仅辛苦而且难学,仅是拉棕绳打线这个工序,据张小生说,就得学个两年才能真正学到家。打制棕绷床的原料很简单,就是木头和棕榈绳。工具也很简陋,刀、钩子等都是自制的,不过它们的妙处在于多种功能合于一体,比如一把厚背小菜刀,既可以砍木头又能当榔头使用,一个长长的钩子,编棕绳时既能钩又能耙。这些都是张小生自己做的,买都买不到。要打一张上好的棕绷床,体力和手艺还有心眼一样都不能少。

那个年代臭虫泛滥,吃饱了人血后变得酱赤色的臭虫,最喜欢潜伏在棕绷床四边的木头缝隙里。修理旧绷子撬开四周镶边木条，便有无数惊恐不安的臭虫从各自藏身处爬出来，暴露于光天化日之下，拿东西一敲，筛糠一般往地上掉。吓得你赶紧逃开，生怕让这东西爬上身。我小时候最怕臭虫不怕蚊子，蚊子叮人只痒不痛，蚊子还能驱赶，而臭虫咬人先是火烧火燎地刺痛，红肿块奇痒，要经过许多天才能退去。特别是在车站和轮船码头那些小旅馆里，只要你一落床，成群结队的臭虫就爬到你身上吸血，那滋味实在是太可怕了……

所以，我们喜欢穿棕绷子的，每修理一次，就能消灭一大批臭虫，有时拿开水浇，有时唤鸡过来啄食。

郎小马

弹棉花的人，叫弹花匠，亦有叫弹花郎的。"檀木榔头杉木梢，金鸡叫，雪花飘"——郎小马就是这样一个弹花匠。

郎小马三十多岁，穿着一件蓝布褂子，肩膀上背弓的那一侧补着一大块黑色的补丁，头戴一个蓝布套头帽，下面捂个大口罩，只露出两只眼睛。弹棉花的过程，花絮尘埃像"雪花"一样漫天飘飞，因此眼睫毛上，连同下身系的围裙上沾的都是白色的花絮。郎小马身背一张比他的人还高的大木弓，木弓用绳子系在背后腰间的竹竿顶头，这样可以减轻不少弓的重力。他一手操控着木弓，另一只手握一个如哑铃样式的木榔头有节律地敲击弓弦，嘭、嘭、嘭——嘭、嘭——嘭，嘭，嘭，声音奇特地响亮。牛筋做成的弓弦，像弹橡皮筋样的震荡，使棉花被拉开蓬松并飞扬。弓弦上常挂着棉丝影响弹性，于是木榔头还"嘭、嘭"敲打木弓架，以便甩震掉棉丝，让弓弦深入僵硬的棉团中去弹拉。在嘭嘭的声响里，棉花慢慢蓬松，如吹了气般堆积起来。

郎小马弹的大都是棉胎，也有的是垫被棉褥。姑娘要出嫁，总得弹上几床新被褥，这样的被子，几乎是要将自己一生盖到头的,就像那时的婚姻,山长水远。平常过日子人家,旧被子硬邦邦一点不暖和,也得乓乓松,翻翻新。若是送到裁缝那里做棉衣的絮棉,分量就不大,弹好后用报纸包了外面再扎一道细绳。刚弹出的棉花,洁白,蓬松,用手摸上去特别温软。郎小马嘭、嘭、嘭——嘭、嘭——嘭、嘭、嘭地敲击着弓弦时,他的女人站在一旁,垂手而立,一声不吭,仿佛是在欣赏自己男人魔术般的表演。其实,她是在等候着帮男人为棉胎"上线"打下手。"上线"又叫"网纱",也有喊作"找面子"的,必须由两人做对手才能完成。他们先根据定好的棉被尺寸,铺好底部的纱线,然后再在上面铺上棉花。将棉花均匀放置、摊平后,用一只光滑的大白果树木盘按压、夯实。木盘很厚实,直径约一尺,好像盾牌一样,背面凹进,并装有一根木档做抓手。

棉纱骨线,先以"米"字定位。放棉纱的竹竿梢上是有眼的,棉纱从眼里像穿针一般穿过,竹竿顶部勾着纱线腾来挪去,似蜻蜓点水,又似蜘蛛在织网罗云。细纱随着郎小马的竹竿在飞舞,郎小马的女人手臂探过来弯下去地在对面接纱,当五指都套上纱时,便一起按伏在弹好的棉絮上,纵横布成网状。远远地看去,夫妇俩"上线"的动作又快又利索,原来竹竿上是不脱线的。纱网好后,再用那只厚重的圆木盘将纱按进棉絮里,多次地压磨,使之平帖,牢固。从弹、拼到拉线、磨平,这时一床棉胎才算弹好。

所有的弹花匠都喜爱弹结婚用的被胎,不但能拿到工钱,还能拿到喜钱。只是用作嫁妆的被胎的纱,须网得不同一般,除了正常网纱,还要用红绿两色纱缠绕出两个大红的"双喜"。手艺好的师傅，还会网上龙凤或鸳鸯等图案，以示喜庆。如果是老人睡的棉被胎，则铺出一个"寿"字或是"福"字。郎小马的眼里就认得这么几个字，但他头脑灵活，以后又琢磨着学会了用红绿线铺出松、竹、梅、鹤的图案。

"文化大革命"来了，郎小马提高了政治思想觉悟，不再往弹好的棉絮上弄那些红"双喜"和"福""寿"字，而是以心形的"忠"字图案代替，从床榻上的灵魂深处闹起了革命。并且，从报纸上剪下来"为人民服务"几个毛体字，还有"林副统帅"的"毛主席万岁"几个字，关了门在家里苦练了几个月。以后每弹好一床棉絮，就依次接过女人递来的一段段红纱线——每一段红纱线盘一个字，有着固定的长度……一番牵来拉去的龙走蛇腾，"为人民服务"五个毛体草书字，或是"毛主席万岁"五个歪歪扭扭林体字，就呈现在棉絮上了，模仿得真是很像。女人再帮着他用纱线纵横布成网状以固定住那几个字不走形，然后，垂手站立，看男人用白果木的圆盘压磨棉絮。郎小马的力度掌握得很好，动作娴熟而充满节律，那几个鲜红的字，在蓬松洁白的棉絮上显得既扎眼又平帖……

可惜好景不长，"林副统帅"不久就摔死了，郎小马就将"毛主席万岁"几个字改成四平八稳的楷体，倒也是到边到拐，颇耐看的。终于有一天，镇上专政队的人把郎小马叫了去，说是有人举报：伟大领袖"毛主席"怎能出现在被褥上，要是夜里一翻身被褥给压到了身下，岂不是把"毛主席"也压到了身下……这还了得？一顿严厉训斥，郎小马给吓了个不轻，回家后再也不敢接手新棉花来弹了。

以后的日子里，郎小马只给人家翻弹旧絮。旧棉重弹，须先除掉表面的旧纱，然后卷成捆，由他女人双手抱住在满布钉子的铲头上拉扯撕松，再铺散开来用弓弹。随着一声声弦响，一片片花飞起落，最后把一堆棉花压成一条整整齐齐的被褥……虽是照样也网纱，但没胆量在上面弄出花头子来。

丁毛子

丁毛子长身猿臂，尤其一双深目让他显得有别于众。

早年的丁毛子，可不是寻常的更夫，因与青帮"灰窝"武把式张天龙常在一起切磋拳脚功夫，交情深，二十二岁就出道了，投贴子拜在大码头上阮仲轶门下，成了阮老头子关山门前收下的最后一个徒弟，排行"通"字辈，被帮里尊为"小爷"。既为"小爷"，除了能将一副带大铜环的木杆石担子玩得风声嗖嗖，"四言要诀"更是一定要常挂口边的。"四言要诀"又称"四句头"，即一字大来一字大，五湖四海我不怕；有人要得一字大，群英会上去讲话。还有"江湖总提"，更是烂熟于心的，所谓"江湖总提"，乃是关键时用来表明身份的秘诀，形式为一问一答。问：江湖何人所造？答曰：北京城曾状元建光所造。问：何为江湖？答：眼为江，口为湖。问：江湖轻重多少？答：四斤十三两五钱四分。哪四斤？东京西京南京北京。十三省为十三两五钱四分，五钱为五湖。哪五湖？答曰：饶州之鄱阳湖，岳州之青草湖，润州之端阳湖，鄂州之洞庭湖，苏州之太湖。四分为四海。哪四海？青龙王敖广的东海，黄龙王敖顺的南海，赤龙王敖清的西海，白龙王敖丙的北海。问江湖的生期、江湖的姓名，答曰：江姓龙，名元直号立波，湖姓常，名伏龙号聚流。由此而知，经几年江湖混迹，丁毛子也是饱饱一肚子学问之人。

其实，丁毛子还是吃亏在识字不多上，后来让他做"更棚老板"管理下属"泰山庙""寒山门"和"靠盆底"三帮，即所有流动的和不流动的叫花子，全赖张天龙出面打的招呼。那个年代，不管是讨冷饭的乞丐，还是讨热饭的普通花子，混江龙也好，鼓上蚤也好，江湖过客，宵小之徒，"叉鸡"的，"收晒"的，"放眼线"的，"开窗挖洞"的，都须先到他更棚拜访，挂个号，然后才可放手做买卖。

说白了，丁毛子就是丐头，是地方上的治安官，丢了耕牛，失了衣裤，甚至大到家中小孩给绑了票，都可找丁毛子出面，花上点小钱赎回失物或是将人领回。当然，丁毛子是两头通吃，或追回财物按二成取酬，或与偷儿二八分成。丁毛子还上门"贴叶子"收取保护费，即是用木头刻出葫芦、戟头图案，上有"东西两行长照"字样的印板，印出红纸片，贴于人家门框。门上贴了这张"叶子"，就等于有了一张保护符，便没有贼人敢来叨扰了。另外，凡有婚嫁喜事，主人必为本地叫花子们备办几桌酒席，外加红包喜钱和一些香烟。外来乞丐，全由丁毛子负责打发，并阻止其他叫花子上门……如果不让更棚承包，弄不好会惹来无穷的麻烦："更棚老板"可以在短时内召来几十甚至上百的叫花子上门吵闹寻衅，要吃，要喝，要钱，要米，甚至登堂入室，大呼小叫。如果主家有人阻拦或出言不逊，他们就会趁机寻衅，大打出手。最终还须央人说情，置酒款待，送钱送米，方可消灾。

新中国成立后，新政权建立，江湖上那一套行不通了。别无一技之长的丁毛子，就弄了一副豆腐担子挑了四乡转，赚点米钱烧柴钱，倒也能养活家人。人家形容张飞卖豆腐是"货软人硬"，这丁毛子卖豆腐，靠的是人缘好。四乡八邻，丁毛子走到哪里，只要担子一歇，身边就围了一圈子人，听他呱古今，道经历，扯一些江湖上稀奇往事……要是兴头好，丁毛子会脱下外衣，紧一紧裤腰带，为众人打一套他最拿手的小洪拳。

有一年夏天傍晚，丁毛子卖豆腐归家，担子一头还剩下十来块干子，被一只不知从哪跑过来的大黄狗吃了个一干二净。丁毛子一声暴喝，掀了横披在身上的小褂，身影晃动，一个腾跃扑出，去抄狗的后腿。那狗十分机警，早是箭一般射出。丁毛子紧紧追在后面，追过了一条街又一条街，两条腿的人撵四条腿的狗，也算是一奇观，引得无数人鼓噪着跟在后面看。最后那狗给追到下街头河滩地里，无路可逃只好蹿入水中，丁毛子三拨两划就将狗的一条后腿抄在手，拖上岸来，没想那狗已是七窍流血，死了……都说狗的肺脏给跑炸了。算起来那时丁毛子也是逾四十岁的人了，却还有如此神勇。

"文化大革命"之初，文斗闹成武斗。传说邻县山里有伙人众啸聚成匪，随时会袭扰我们这边。入夜，尽皆掩门关窗，藏在屋中，耳闻有人匆匆行走于空寂街巷，脚步声仓皇杂沓。于是造反队找出丁毛子，令他重操旧业，臂上箍了个无字的黄袖章，晚上负责打更，保卫无产阶级"文化大革命"的胜利果实。于是，到了夜晚，我们便常看到丁毛子左手握一节碗口粗细的毛竹筒——竹筒约尺把长，里面竹节掏空，一端留一把柄；右手持一根溜圆的木棒，木棒敲击竹筒，发出的声音笃实而空灵，有点像庙里老和尚敲击木鱼的声音。丁毛子走一路敲一路，口里喊：提高警惕——严防阶级敌人破坏哟，嗒——嗒！门户关严——保卫人民财产哟，嗒——嗒！下定决心——不怕牺牲哟，嗒——嗒……冬季，落雪无声的夜晚，睡在热被窝里，听着嗒嗒的打更声由远而近，又由近转远。

我们玩伴中，也有人闹着要打更，得到大人同意后，丁毛子便领了他们提上马灯举着一面小红旗打头更。

鸡药刘

我学中医时,卫生院有一寡言少语、身上总是穿得干干净净的刘姓老头,人称"鸡药刘",因其早年是放鸡药的。

所谓放鸡药,实则是专门推销食疗滋补中药。药者,多是传统的滋肝补肾、益气生精、扶正培本"十全大补"底子的当归、黄芪、党参、枸杞等配方药。冬至时令,被认为万物敛藏、精气内蓄大好食补机会。选用二年上壮硕母鸡宰杀去毛,全药塞入腹体,文火慢炖,至肉酥离骨,吃肉喝汤,连药渣一齐服下,以达食补效果。有病疗病,无病壮体。鸡药多是一包包事先配好了,根据大致情形对病施"放",也有临时加减,遵"君臣佐使"酌情配方的。

放鸡药者,大多是承传祖业,手中持一个铜制中空环形圆盘,空环内有几粒铁珠,一摇晃便发出"嘀呤呤、嘀呤呤"的声音,人们就知道是"放鸡药的郎中"来了。他们肩上搭负着一个有多个口袋的布搭子,内盛各种中草药,腋下夹一把雨伞,走村串户,风餐露宿,亦放亦诊。若是手头无钱,先赊上鸡药,待到秋后再来收账也行。"鸡药刘"本是汉口最有名的"汉庄"大药房的推销员，抗战时日本人飞机狂轰滥炸汉口，"汉庄"大药房一夜之间毁于战火。这"鸡药刘"便辗转流落于我们江南一带的圩镇山乡，成了放鸡药游方郎中。

"鸡药刘"有一套制中药的好手艺。我常看他炙药。有一种羊油炙，就是取羊油与药材同炒，如炙淫羊藿；还有鳖血炙，先将鳖血加少量清水与药材同拌匀后，放置一会儿，再入锅中炒至变色，如鳖血炙柴胡。此外，还有水飞，即将药物用碾槽碾成细末，再放入乳钵内加水同研极细，又加入多量水搅拌，待药粉沉淀后将水倒尽，分出药粉，使之干燥，手捻成极细粉，像朱砂、炉甘石等矿物药多经水飞。炮药也很有趣，把药物放在高温烧红的铁锅内急炒片刻起烟，使药物四面焦黄炸裂，叫作"炮"，如干姜、附子、天雄等用"炮"法制出，可减弱烈性和毒性。

"鸡药刘"干活前，总是先饮一大茶缸自制的一种什么饮料，然后卷起袖子，全神贯注，精心操作，任凭是谁也不搭话，直至把活计干完为止。

晚年，"鸡药刘"又成了"膏药刘"，专门制作一种对付肿毒的膏药。他将一些中药研碎煎熬成稠黑的膏状，拿一个竹片刮到剪成圆形的白布或厚纸上，阴干后备用。药方里有一味主药是子午虫，子午虫又名苍耳虫，长在苍耳草的秆子里，白白的，形似米虫，立秋那天早上起来捕捉，过了中午就不行。看到哪棵苍耳草秆子上有虫洞，湿漉漉且有虫屎挂出，折断茎秆挑出虫，用麻油加冰片、麝香、瓜蒌、桃丹浸泡。常见的痈疽、搭背、对口疔、蛇头疔，贴上此膏药，就能消肿止痛、排脓、拔毒生肌。还有一种膏药，是在碾碎的药末上倒入鸡蛋清，略加温开水调成糊状，分摊在蜡纸上贴于患处。膏药烘热后附着力强,作用深透持久。长了疗、疮、疖、痈的人都愿意找"膏药刘"治疗,包括在其他医院治不好或钱少治不起的外地患者也慕名而来。

有一中年人因"砍头痈"就诊,紫红色的脖子肿得比头还粗,躺不下,睡不着,伴有高烧、恶心。"膏药刘"一边给他切开引流,一边外用金黄膏拔脓、消炎膏消肿止痛、玉红膏生肌长肉,同时口服"仙方活命饮"中药煎剂,半个多月就痊愈了。一杨姓少年患小腹疽,肿硬十五天之久,昼夜号叫,声彻邻里,被其父用板车拉到县医院治疗,医生要他住院开刀,后经人介绍用膏药治疗。"膏药刘"看后,一摸红肿部位还不烫手,只是四周疼痛,并牵引腿疼。遂做了一张膏药,贴于患处,又嘱内服六神丸。不多天,患者的肿痛就消失了,一共只花了七八元钱。又有屯溪人吴某,左腿膝下外侧漫肿不红,却痛疼异常,寒战高热,经注射青霉素不能减,复经当地乡医火针扎刺,以致患处肌肉坏死,皮肤焦硬如黑壳,敲之嘎嘎有声,其势已十分凶险……"膏药刘"接手后,以猪蹄煎浓汁淋洗,涂生肌玉红膏,一日三次,并用大定风珠加海参、淡菜、栝楼频频煎服。逾三日,患处软溃,再换上以八宝生肌散为方加减专制的膏药外敷,专服栝楼一味药,半月即告愈。

"膏药刘"不像有些老中医,只教操作,不教配方,他熬制膏药时,从来不避人,这让我打心里感激他。但我有时也替他担心,因为在西医看来,那些深度疮疡脓肿,弄不好就成凶险的败血症……而一旦出了事,担责是免不了的。

"膏药刘"住在医院后面的筒子楼上,房间里只有几样简单的家具,唯一值点钱的就是两个青花的茶叶罐,里面装着麝香和冰片，那是他有限的一点私产。"膏药刘"还有一件宝贝，是一辆铜制的自行车，据说是第二次世界大战时期的美国货，全重不足二十斤，系当年放鸡药时十分新潮时髦的交通工具。他的老伴，早年出身青楼，外貌十分清雅整洁，一头银发总是收拾得纹丝不乱，尤能烧得一手正宗淮扬菜。"膏药刘"平时少语，唯与老伴相守甚得，颇见童趣。

一日，"膏药刘"感染风寒，旬余竟成沉疴。我们赶去探视，问如何？断断续续答："北山……倒了庙，只、只剩得南兽（难受）。"至夜，竟然"呃喽""呃喽"连声不歇。其老伴曰："老东西，你制了一辈子药，咋还栝楼、栝楼的放不下……"闻言，"膏药刘"泯然一笑而终。

两老人无后，是在20世纪70年代末相继逝去。现在到哪再去找这样有经验又特别敬业的老药工呢？

一直忘不掉"膏药刘"曾给我讲过的一个故事：某老者病危，叫儿子赶紧去请郎中，并叮嘱他一定要找好郎中来。儿子说不知道哪个郎中好。父亲说，你到他诊所门口一看就知道，门口鬼多，说明郎中诊死的人就多；门口鬼少，郎中诊死的人就少，你最好找个门口没有鬼的郎中来。儿子寻寻觅觅到处找呀找呀，发现几乎所有的诊所门口都挤满了鬼……最后，好不容易找到了门口只有一个鬼的郎中，将他请了来。没想到，这郎中三下两下就把老人诊死了。悲痛不已的儿子问：我明明看到你家门口只有一个鬼，你怎么就把我父亲诊死了呢……郎中说，你不知道，我今天才开的业呀。

"膏药刘"宁肯做一辈子药工，也不愿坐堂主诊内科诸症，或许，这个故事告诉了我们什么……

伤科名医严名贵

和"膏药刘"齐名的,是肃然坐诊的老中医严名贵。

我们那地方有两个读音偏差的姓,一是把姓江的念成姓"刚"的;二是把严念成姓"年",在这样的乡音语境下,严明贵就成了"年"名贵。

严明贵家就在卫生院后面不足两里路的村子里。他每天早上和下午走着来上班。他那时大约60岁,身子已很差,像是枯桩砍削出的黑尖下巴努力朝前凸着,说话明显中气不足。远远看到路上一个黑衣人缓慢地走来,若是三月春阳炫目,他会在无檐的折叠绒帽下斜插一张硬纸挡光。

准确地说,严老医生名气大大超过"膏药刘",各种疑难杂症都能经手,特别擅治青红伤,正骨术有一套,寒亭、泾县和九华山那边人都慕名赶来求诊,几乎每天都是被人殷切巴望和伫候着。有伤了腰的给抬来,龇牙咧嘴,哼哼唧唧,经他一番推拿摸捏,霍然而起,变作一精干人,自己扛起担架回返了。陈村水库工地一民工被落石砸中肩头,闪了脖子,颈椎脱位,一颗脑袋没了支撑,当地医生叫人打了个架子用一根布带将头吊起才能出气。

后来，此人连同那个吊颈架子被用一辆江淮货车拉来。严老医生一只手提着布带，一只手在颈脖前后左右摸了一转……然后一捏一推，咔嚓一声，患者跟着喊出："颈子得劲了！"

我进卫生院时，老人家身边已有一个大徒弟，叫严斌，是他私带的本家侄孙，没有编制的。严斌个头较高，壮实，许多上手活已干得很熟练了，比如缠绷带、解绷带以及换药。没事时我俩就一起拿刀削刨杉树皮，削成一尺来长、五六厘米宽的匀光一截，患者骨折小臂经处理后，全靠这东西绑扎兜吊在胸前，使用量较大。卫生院没有专职护士，消毒煮器械、打巴子上药及换药，还有输液以及在中药房为患者拿药这类事都由我们学徒做。初中毕业的严斌，背诵《汤头歌》《药性赋》非常佶屈咬口，理解更吃力。然而《热类药性赋》里那一句"海狗肾疗劳瘵，更壮元阳"，却把握得非常准确，常眯细着眼拿来与我嘻哈说笑。他将《杨家将》《封神榜》偷带去看，被发现了少不得要说两句。老人家常拿他最得意的另一个徒弟事例来训诫和激励我俩，那徒弟叫余晓庆，苦学成才，已是长乐镇那里的成名医生了。

那些捂着肩头或托着臂腕赶来的脱臼患者好处理，老人家一上手就知轻重，亦不须多说闲话。若是肩头脱臼，就牵起你小臂，叫你慢慢抬高，往左，再往右……然后轻轻地摇圈，摇着摇着，另一手搭上你肩头，一按一提，突然一声轻喝，听得咔嚓一响，就复位了。若是来的骨折患者，老人家听过自诉后，先是在患处一番缓慢细致摸索，确定了症状，会转头指导我们几句，让我们也上手摸摸。然后就指使严斌在背后抱紧患者，他则双手抓紧断臂两头，一拉一送，随着患者几声压抑锐叫，好了。后面就是缠绷带，若是伤在肩头或锁骨部位，则须五花大绑那般交叉缠，再开些活血化瘀消炎生筋配方药，如续断、桃仁、当归、丹皮、伸筋草、藏红花和那种很沉的矿物质乳香、没药之类，视情形还要额外配上接骨丸、跌打丸或七厘散、云南白药等，交代回家以酒送服。

但严老医生毕竟不是神仙，偶然也会失手。某患者熬着巨痛好不容易把骨头接上，气味浓烈的药汤也服了许多剂，一两个月后复诊，却查出问题，接岔了！那得要把已经长连上的骨头打断重来，患者苦哈的脸立时就吓白了。于是，仍由严斌从背后抱紧，老人家托起接岔的断臂或断腿，按捏几下，猛一抻拽……拉开了，还要摸索着再重新接上。也有性子烈的人忍住不叫喊，却把一嘴牙齿咬得嘎嘎响！当时县医院才只有一台小X光机，宝贝得很，也有见识不凡的人想到去让X光机先照一下，是好是坏心里有个谱。这并非出自对严老医生不信任，只能说明此人见过世面，对外面高科技有所听闻。

公社卫生院都是全科医生，严老医生也不例外，内外妇儿都要接诊，因为名气大，身边总是围满人。小儿体嫩，伤风感冒咳嗽发烧较多，老人家若不想开中药方，或是体谅喝苦药汤难以灌下，处理也简单：症状不重，土霉素片或小儿四环素糖粉加一瓶止咳糖浆。孩子脸上蛔虫斑明显，再加一包驱虫灵嘱咐咳嗽好了就吃，把虫打光就没事了。若是发烧较重，就得打针，一支退烧药氨基比林加40万单位青霉素是每天用量。那时青霉素疗效极佳，根本没有耐药性一说，三天量就能解决问题。有时换成链霉素，零点五克一安瓿，做两次隔日注射。第一次打过，剩下半安瓶，瓶口用棉球塞上放注射室里，第二天打时，药液会变得很黏滞，针管抽不动。严老先生识字不多，能学会使用西药，掌握计量单位换算，已是很不容易，至于像链霉素类药毒害听神经，会引起耳聋，可能已超越他的医学认知了。若是进了新药，他会让我小声把说明书念一下，一遍不行就两遍，或三四遍，直到默默记下。

因为有老药工"膏药刘"操持与打理，卫生院中药房各个药屉配备很齐，也很充实。"膏药刘"与严老中医有点不太对付，比如他就跟我说过"严""年"窜音的秘密，当年明朝奸相严嵩被灭门，有一子孙逃脱，改姓年，到其后人建功立业光大门庭，再复姓，但仍保留"年"音。既然"膏药刘"不愿坐诊内外科诸症，那么中药房基本上就是专为严老医生配备的，这也是卫生院的主打业务，耗神耗力较多。

严老医生还是有点前贤遗风，他为患者开过药方后，有时不放心，会起身转悠到药房。看看苦杏仁的尖子是不是都掐尽，枇杷叶的毛是不是都刷干净了，柏子仁是不是都舂碎……哪药先下哪药后下，是否都给人家交代清楚了？兴致好的时候，会为我们示范包药包，要求每一边和拐角都要中规中矩。

现代中医师余能高

余能高先生从相邻的东端大桥卫生院调了过来,他老母亲孤身住在县城河旁,桥头西边第一家就是,调来我们卫生院,方便就近照顾。这样,我又多了一位老师。

余先生四十来岁,中等身材,面白,颏尖,偏往一边的头发梳得纹丝不乱,衣着整洁,皮鞋黑亮,说话带笑,讲究措词。他主业中医,西医附带,似乎也非科班出身,但理论素养很深,能讲述一些奇门遁甲、奇门九宫格之类的古奥秘闻,对望闻问切及医门八法一套有自己的独到理解和拓展。开处方前,总是反复将纸面摩挲平整才动笔,那一行行疏密相间的行楷钢笔字,撇捺映带,苍劲飘逸,不啻于字帖,让你不忍心随意皱折。

一天,他见我在看《汤头歌诀》,就顺手拿了过去,指着那上面四君子汤问我为什么叫"四君子"呢。我看着他微笑的面孔,答道:"自然是这四味药都具有君子风度。"他眼睛眯了一下,显然感觉出我语带双关讨他欢心,点了点头,说这确是很有风度的方剂,全方只有人参、白术、茯苓、甘草四味药,皆"中和之品",看起来风轻云淡,实则内涵颇深。人参甘温益气、健脾养胃为方中君主；臣者白术，健脾燥湿，有益气助运之力；佐以茯苓搭配白术，增益健脾祛湿的功效；炙甘草益气和中，调和诸药，乃为使。他语速较慢，方便我领悟消解，最后又总结说，四君子汤作用广大，但归纳起来也就八个字：助阳补气、健脾益胃。患者若表现面黄肢冷，气短腹痛，苔淡白、脉虚数的脾胃气虚证，在西医临床上通常诊断为慢性胃炎、消化道溃疡，以此方对症，若能添加上一味丹皮，疗效更佳。

丹皮是牡丹花根刮去外皮、抽掉木心加工出来的，与白芍、菊花、茯苓合称"四大皖药"，具有凉血活血之效，安五脏，治中风、痛经、血瘀。丹皮、芍药用量特别大，好在本县丫山就是牡丹之乡。那次，余先生带上我悄悄坐上帆布篷班车过去采购。当时统购统销，药农所在的生产队都是将成品药材卖到供销社，我们因为计划配备的不够用，且质量也不尽如意，才偷偷摸摸找上门收购一点皮薄肉厚粉足的上品。

但我们住了一晚，愣是没能收到，因为"严打"紧，无人敢卖。再去队长家求助，听到屋里微有呻吟，问是何人。队长说是老婆被开水烫了。把人喊出来一看，只见整个脚背连带半条小腿都是褐红水泡。余先生当即叫人送来凉开水，挑破水泡清洗，又从门外石檐下揪来一把虎耳草，加上地头拔来锯齿叶地榆，撸来柏树叶，一起洗净砸出绿汁，淋于烫伤处，立马就止住了呻吟……到下午，患处就转成轻红，不再渗液。队长作揖打拱，感动得不得了，丹皮自然也买到了。

这种成捆的两三尺长称作"凤丹"的根皮，就是扬名立万响当当国药，我们买回来自己用铡刀切薄片。丹皮炭凉血止血，老药工"膏药刘"特意过来帮忙制作。将片药下锅用中火翻炒,直到炒至淡棕转炭色,黑烟直冒,喷水淋灭火星,凉透乃成。

见我和余先生在一旁看得认真,老人就给我们讲述佝偻者承蜩的故事。大意是说一个跟他相似的驼背老人粘蝉,熟练得像从地上拾取一样,绝对是一种超凡功。余先生笑着说,这故事是古代一个叫庄子的人编的……庄子为啥专喜杜撰一些神神道道的事?抛开动机不讲,单从文化角度看,做事过程的适度烦琐,是可以增加一件琐事的文化含量的。所以同仁堂世世代代都挂着一副对联:"炮制虽繁必不敢省人工,品味虽贵必不敢减物力。"

似余能高先生这般精明人,与人相处自然也是非常融洽。他和"膏药刘"打照面并不多,但与严老先生同为中医,处在一个诊室,常常是对面坐了许多候诊的,他这边因为脸生,难免门庭清冷却一点也不以为意。但我偶尔撞上他飞睃的一眼,便知那内心并非没有波动。有时,西医诊室那边许医生碰上疑难,会高声叫他过去搭把手会诊。事后,两人就当着严老先生面,互相架势子说一些高深术语,顺带给我们学徒做一些提问和辅导。还有另两位西医也会过来搭话头,唯把那个传统严老先生晾在一边接不上话。

每天中午,我们结阵跨过马路去公社食堂就餐。有人粗心大意忘带饭票,或是眼馋某菜,余先生就慷慨解囊。他身边总是围坐许多人,大家一起插科打诨,调侃说笑。晚上下了班,就推出那辆擦得锃亮的"永久"牌自行车,与人一一打过招呼后翻腿跨上,迎着一天晚霞,往西边县城骑去。

余先生常看一本象棋书,于棋道甚精,除了县城有几人能相与对阵，在乡镇就是独孤求败了。我外婆家闸口村有一叶姓野路子高手，刚从西河珩琅山那边招亲过来，文盲，漏气破嗓，却天赋极高，能下盲棋，虐遍周遭无敌手。于是，择一周末，与余先生各骑一车赶到。从田头喊来叶高手，两人楚河汉界飞炮走马，或兵车横闯或点到为止，首盘即耗磨了半下午，最后单车滑炮成就和棋。酒足饭饱后，点上煤油灯再摆盘，跳马出车，飞相攻卒，挂角卧槽，兜底逼宫，噼啪连声，竟是一个通宵大战……我从瞌睡中醒来，问两人输赢。双目皆赤的叶高手已彻底成了哑嗓公鸭，先出二指，复伸三指向对方，众皆会心一笑。

吃过早饭，叶高手老婆急白脸找来，说家里临产的老母猪丢了赶紧回去找！叶即起身，却被余先生按下，拉过一只手放平，搭在脉上，然后示意伸舌察苔，最后开了一方交与。

待人家走远，方转身对我说，叶高手求胜欲太甚，心火走窜，至肺热壅塞，乃以川贝母、葶苈子、麦冬、紫菀组方调理。我说，可以多喝点胖大海呀。余先生摇头说没用，胖大海只能治治用嗓疲劳，他这病与心性相关。"你不也是求胜欲极强吗？""哈哈，这就问到点子上了……中医的终极目标不是技术，而是调理和平衡，是文化和哲学……你天赋不错，日后可慢慢领会。"

一个月后我再去闸口，遇上叶高手，他正在家门前"啊喏喏、啊喏喏"地唤着一群猪崽，嗓音很脆很响亮。

陶四九

外地人口中的老虎灶,我们喊作水罐炉子或茶水炉子。也就是个临街的大炉子灶,灶前有一块石板,叫水柜台,打开水时水瓶水壶就放在这上面,下面为进风口和出水口。灶面中间安置好几口生铁罐子——即水吊子,旁边有一口半人深的桶形焖子锅,快有一米的直径,用来预热冷水,水吊子里水打去了多少,就从这口大焖子锅里补进多少。灶台一转身的地方,靠墙是一排大水缸,"挑水老王"每天从河里挑上来几十担水盛满每一口大缸。梅雨天山里的水下来有点浑浊,就拿一根有孔的里面放了明矾的竹筒插缸里用力搅动,黄水很快就会澄清。地上一天到晚都是湿漉漉的,垫着几块砖头防滑,因此火灾风险是很小的。靠烟囱这边的灶门旁墙壁被熏得黑黑的,一个似乎随时要散架的杂木做的门几乎就没见关过,敞开的门口总是不时飘出一阵阵白色的水汽。

陶四九的水罐炉子就开在东门巷子口。来打水的都是些寻常百姓,市井人家,日出而作,日落而息,心头没有忧愁烦恼时,日子就像街巷里那些陈旧而亲切的排门。陶四九很爱整洁,衣服洗得发白,腰间扎着蓝布围裙,本是方平的脑袋,两边的头发因为睡觉的缘故，紧贴头皮，顶上的头发被挤压成尖三角，样子有几分滑稽。他老家是南通那边的，新中国成立前就来我们这里烧水罐炉子为生。夫妻俩操一口已经改调的苏北话，由于为人厚道，人缘很好，街坊邻居常常利用泡开水的辰光和他们拉拉家常，说说笑笑。灶台后面的一边厢房里摆放两张方桌，每天都有一帮老茶客围坐一起，各人捧着一把紫砂壶，泡上开水天南海北聊半天，就像一个小小的茶馆。

大清早，街坊们开门第一件事，就是拎着水壶、热水瓶到陶四九水罐炉子上打开水。有人更养成习惯，每天一起床就抓一撮茶叶投入茶壶内捧到灶前去泡"头开"，然后顺便在近旁买些烧饼、油条、臭干子什么的回到家，洗漱后，慢慢地过茶瘾、吃早点。

黄昏时分，炉子前的灯光在氤氲的水蒸气里朦朦胧胧，这正是炉子上最忙的时辰，打开水的人甚至要排队等上好长一段时间。到晚上，夜更有点深了，总还有些刚下晚班的街坊来打水。冬夜临睡前，家家户户都要到炉子上提点滚烫的开水回来，洗脸，烫脚，灌满汤婆子，然后再将汤婆子焐进被窝，寒冷冬夜里暖一枕好梦。

斜对面的老弄堂里，住着九十岁的孤老太黄奶奶，每天抖抖索索地挪动小脚跑两趟水罐炉子，看了叫人心怜怜的……于是，陶四九老婆每天为黄奶奶上门送四瓶开水。修伞铺的吴大郎患小肠气，下身拖着硕大的累赘，不好意思进澡堂子去洗澡，他老婆香香就三天两头来灶上灌开水，洗个热水澡，净身而且活血。陶四九甚至还从乡下弄来一种专治小肠气的偏方，嘱咐香香每次洗澡撮点药放水里熏熏，使得吴大郎多年的痼疾慢慢地稳定了。

陶四九夫妻俩就这样一年四季地忙着，不管刮风下雨，也没个休息日，起早摸黑，挣个辛苦钱，十分不易。因此，他们一家特受四邻尊重。当年每瓶开水是一分钱，如果包月还可优惠。灶头上一共有六口生铁吊罐，哪一只吊罐里水响了，水开得泡泡翻，陶四九一手持漏斗一手拿水端子，一水端子灌下，正好满满一热水瓶。夫妻俩用火烙铁烫了许多竹水筹，灌一热水瓶水一根水筹，我家到他们那里一买就是几十根。

那时候家家烧的是缸缸灶或者煤炉，要生火烧水不是想快就能快的，所以赶时间的第一选择就是拎着热水瓶去打开水。拎在手里的热水瓶大多是竹篾壳的，高级点的是铁皮壳的。若是自家的热水瓶不够用，或者图方便，也可以租用灶上的篾壳热水瓶，租金每月一角五分钱。不过，如果你有急事来不及回家拿暖瓶，临时借用，则不收费。去打水的时候，倘若陶四九正弯腰撅屁股地忙着给灶膛里添柴火，你尽可自便，拿起水端子自己动手灌满，再将水筹丢进灶台上的小铁盒里。若是陶四九临时有事出去一会，稍招呼一声，就有街坊过来帮忙照料，常有人把自家散架的木凳子、竹椅子送去灶头做燃料。

陶四九养过两个儿子，头奇大，两眼间距远，四肢短小，都是约在三四岁就死了，听人说夫妻俩是表兄妹，才结出的这苦果。后来又一气生养了三个女儿，怕留不住，就听了算命王瞎子的话，抱到船上，请行船的船家用大碗盛一盛……所以分别被叫作大碗、二碗、三碗。三个"碗"皆水灵活泼，人见人爱，年龄和我们差不多，都在镇上小学念书。只要是晴天，三姐妹放学后，总要去河滩上拾一大捆柴火，有时也会拖回一棵被水流冲下来的枯树。那处河滩是个很美的地方，绿色的草坪覆盖着潮润的地面，赤脚踏在上面软软的，柔柔的。水边茂密的芦苇丛在风中轻快地舞动，发出一种神秘的飒飒声，柔和而静谧，仿佛来自天际。芦苇的下面，清澈的水可以映照出人的影子，里面有灵巧的水鸟快速跑过，和一些游鱼打出的水花。

我上四年级的那一年梅雨初夏，三姐妹在河滩上拾柴时，上游水库放水泄洪，大水突至，卷走了那个有一双月牙似的眼睛的最小的三碗，同时卷走的还有一个摸螺蛳的老头……两天后，老头的尸身在下游一个深水区捞到，但三碗却一直未露面。陶四九和他老婆就站在堤岸边泣血喊：三呵，你再不上来，我们心都要碎了……你还要折磨我们吗？据说，话音刚落，就看见一个小小的尸身缓缓地浮了上来。

从那以后，陶四九的水罐炉子就不再烧柴而改烧煤了。

"文化大革命"时"清理阶级队伍"，陶四九享受起了内查外调的待遇。炉子给封了，打不上开水，好多人家生活大受影响。卖牛肉脯子的根泰大爷领着人找到镇"革委会"，说明陶四九从苏北过来时只是十来岁的毛头小孩子，不可能是逃亡地主和历史反革命什么的。根泰大爷是老军属，两个儿子都在部队当干部，说话有分量。不久，陶四九的水罐炉子又生火冒烟，人来人往络绎不绝……

王大仁

早先，小镇邮局门前有个代写家书的，叫王大仁。

一张放着墨水瓶子的黑旧的小桌，两把小竹椅，对面而坐的，多是些拄棍捣杖的老头老太，或者是个一脸苦相的农村妇女，你讲我写，聚精会神。由于写的大都是山长水远的家书，有时，讲到思念或是伤心处，不免泪水涟涟……王大仁便住笔好生安慰几句。等一封信全部写完，再通读一遍，主顾面露满意之色，点头认可，这才封了信口，贴上邮票，小心投入邮箱。

"文化大革命"来了，邮局门前不见了王大仁。面相清俊端肃的王大仁胸前挂着打上红叉的木牌，每天早上低着头跻身于街头"请罪"的"牛鬼蛇神"队列中。由木牌上我们方才知道，王大仁原来是个"右派分子"。

家书不让写了，而且勒令必须去干重体力活，改造思想，触及灵魂，王大仁只得选择卖水维生。王大仁找来几层厚布粗针纫线纳成半月形垫肩戴在肩上，以保护肩头衣服不被磨破，脚穿防滑的麻耳草鞋，一根扁担，担着两只水桶，桶里浮块小木板，可防晃动时水泼出。在河沿跳板上取了水，踩着石级，一步一步从河底艰难地挑上来……走完那段水巷子，穿街入室，再倒入用户家后院厨房水缸里。水巷子自河底便由一块块条石铺上来，头顶是人家的楼板，两边窄窄的石墙缝里长满叶片肥绿的虎耳草，阴寒袭人。水巷子名字的来历，不仅仅是因为长年不散的水汽，还因为那一截街道是挑水人的必经之通道。

王大仁成了人们口中的"挑水老王"。这样的称呼，或许同我们许多人早年都曾唱过的一首儿歌有关。记得那儿歌是这样唱的："海螺过江，踩到泥鳅；泥鳅告状，告给了阎王；阎王打鼓，打到老王屁股；老王挑水，挑到你个小鬼……"我们这挑水的"老王"，不论谁招呼一声，他都轻声答应一句"来了"。水桶跟着他一波一荡，水巷子也就有了常年不干的水迹，潮湿地长满绿油油的青苔。有些人家天蒙蒙亮就要用水，所以他的水桶里常年晃动着细碎的星星和月色，也晃动着水巷子里昏暗的路灯光亮，挑水的路，显得那么漫长。

"挑水老王"进了人家厨间总是憋住力，水桶里不晃不悠，挑满一口四石缸，地上清清爽爽。他的最大雇主，便是东门巷子口陶四九的水罐炉子。大灶旁边靠墙一连排开的四口大水缸，一天要挑入十六担水，到月末，按四百八十担水结账。他每次都是一声不响地从陶四九手里接过挑水钱，道声谢，转身就走。

那时，上街头有一对无儿无女的盲老人，"挑水老王"免费给他们挑水。逢上雨季，山洪下泄，水倒入缸里，"挑水老王"就抄起一根打着小眼、内放明矾的竹筒在水缸里一圈一圈地搅着，他的眼神里，有一种东西很远很远地飘出，浑浊的河水慢慢沉淀变清。

挑水最辛苦，除了两肩，就是一双脚，终日踩在湿草鞋里。草鞋和垫肩，最能表达生活的艰辛，它是挑夫和苦力们的身份标志。瘦高个子的"挑水老王"，身子骨本来就虚虚的，一担水上了肩，两颗眼珠努力朝外鼓凸着，看上去异常吃力。炎天酷暑，挑水爬坡脸上胀得赤红，背上和胸前的汗珠粒比赛往下淌。数九寒冬，水巷子里结一层冰，湿漉漉滑溜溜的，肩上负着重，稍不小心，就会一步驰出去，两桶水全泼洒光。好不容易从河里挑上来的一担水，也只能换来捏手心里的两分钱。两年不到的工夫，"挑水老王"就肩胛紫黑，四肢乌瘦，身子明显佝偻下去，真正脱胎换骨了。

苦撑两年，那水实在是挑不动了，幸好有个熟人介绍他去长江边一个地方划接江船。那里长江水道虽有客轮通航，但沿途尚有少许停靠站未建码头，轮船无趸船可靠，上下旅客全凭渡船接送。这种小船每天专接上水下水两班轮船，称之为接江船。远远地望见客轮身影，等候旅客争相上了接江小船，"挑水老王"同另一艄公划桨逆行，几乎和轮船同时到达停靠水域。接过水手抛来的缆绳，小船迅速靠上大船，旅客先下后上，小船又满载客货划向岸边。风平浪静还好，若遇风浪，艄公吃力，旅客更担惊受怕。为了安全，遇到大风浪，轮船在很远处就鸣笛发出拒靠信号，久候的旅客无可奈何。搭帮手的那个艄公便宽慰大家说：明天再来吧……明天一定是个好天气！老王便望着江面出神，明天……自己会有明天吗？

到了1980年元月，头顶上终于吹来了早春的风。县里成立了落实政策办公室，提出了复查冤假错案具体操作的十条政策界限，不久，全县532名"右派"全部平反改正。"挑水老王"王大仁是最后摘帽解除枷锁的一位，申诉的问题得到了改正，很快办理了退休手续，并领到了一笔补偿工资。

"挑水老王"本想奔走相告自己获得平反改正的好消息，可是亲友寥落，往事不堪回首……只得重又回到邮局前代写家书。无奈今不似昔，找他写家书的人越来越少了。刚好镇上建了自来水站，是一间低矮的房，一窗一门，两根自来水管从墙内引出，管口呈90°垂直向下，"挑水老王"就在房内窗口扭转着水阀卖水。自来水站前排成购水长龙，小点的桶收一分钱一担，大点的桶两分钱一担。再后来，有人给他撮合了一个只有三十来岁的刚死了丈夫的瘸腿女人。

两人合铺盖的那晚，"挑水老王"把自己给灌醉了。喝醉了的"挑水老王"，把一串苍凉的嗓音送入窗外的沉沉夜色里："我王大仁……一个学水利的……呵，也算和水打了一辈子、一辈子交道……"

何 先 生

何先生早年念过上海一家大学的法律系，可恨的东洋鬼子打来，断了学业。何先生投身行伍经年，挂职回乡当过两年参议员，后来跟什么有势力人闹翻，不干了，就在家乡小镇上设帐教起了私塾。何先生大名叫何叙兰，却长得高大板挺，方正的脸，浓眉，上唇蓄一排深黑的短髭，相貌威武，气势不凡。

那时，镇上有四五家茶馆，每天从早到晚，自耆宿名流到工匠农夫，三教九流的人，将茶馆坐得满满的。茶馆里可以品茗吃早点，可以议事、叙谊、谈生意，或者什么也不做，泡茶馆只是每天的习惯。堂倌肩搭毛巾手提长嘴铜壶，迂回应酬，循环往复轮番给茶客续水，眼观六路耳听八方，嘴快腿快手快，方能照应周全。只要有人招呼，堂倌应声而至，立身一定距离外，右手揭开茶壶盖，左手拎高铜壶，长长的壶嘴冲下一点、二点、三点，热腾腾沸水注满茶壶，桌上滴水不落，行话叫"凤凰三点头"，堪称一绝。那些气定神闲的老茶客，茶斟上来，端杯闻一闻，轻轻呷上一口，却并不急于咽下，而是闭上双眼，含在口中，尽心去融入彼此……有时一干人围桌而坐，谈兴正浓，忽然走过来两人，一个老者操琴，悠扬悦耳的胡琴声响起，便有十七八岁的背后拖着长辫的姑娘唱了起来，唱些京戏选段或地方小调，最凄惨哀婉的便是《孟姜女》，还有《十八相送》。你可以很有兴致地欣赏，要是觉得误了谈正事，只须摆摆手，摸出若干小钱递过，那两人便叩谢而去。

奇怪的是，还有一种所谓吃"讲茶"的，就是把一些民事纠纷拿到茶馆里评理。堂倌将几张方桌拼起来，双方摆开阵势围桌而坐，各自陈述理由，边喝茶边辩论，让众人评论。邻座的茶客也可以旁听插话，最后由一位较有声望的人仲裁。胜败定论，当场调解和谈，方告散席，全部茶资由败方承担。此种裁判具有很大的社会约束力，失败者即使再写状子上诉法庭，转败为胜，社会舆论也不承认，说他是买通了衙门。这能行使裁决权的人物，当然非何先生莫属了。

每当有人请何先生吃讲茶时，镇上老老少少大致都知道事由了，因为这之前通常已闹出来不小的风波，从讨债要账、争讼田产、男女纠葛请死上吊到两姓争水宗族打架，啥事都有。那天，茶馆俨然成了法庭，双方都请了能说会道的人申述理由，和现在的律师辩论差不多。面色凝重的何先生就坐在正中的一张茶桌上，像个法官，掌控着场面，那些孵茶馆的老茶客就是陪审团。何先生头顶上方有一副对联：放鹤去寻三岛客，任人来看四时花。若是场面沉闷，形成不了讨论的气氛，何先生就载手朝谁一指，让谁说话谁就说话。遇有证人胆小嘴头打结，何先生就会低下头饮几口茶水，再抬起头来时，尽量和颜悦色鼓励人家把话讲周全讲透彻。有时抓住了一个问题，尽可能将话题引向深入。何先生学过法律，善于引导和启发，家中的书箱里又有全套的《六法全书》和讼词辩词集粹《刀笔精华》……他却从不替人写诉状，也绝不做代理人上县衙答辩，说自己只愿在民间秉公裁断而不跟官家往来。

但何先生有一回却彻底栽了。那已是新中国成立以后了，镇上看守水闸的周老二家姑娘讲了一门亲，后来男方病亡，但未过门的婆家一定要让死者的弟弟接替跟女方成亲。周老二当然不同意，闹开了，被人家砸破头且打伤了腰。好在无大碍，这事就不难处理。没想到那天吃"讲茶"时，男方的一帮人一听裁决对己不利，就吹胡子瞪眼大骂山门，大打出手，打得茶壶茶杯乱飞，板凳桌子断腿……原来他们是仗着有个本族子侄在县里公安局做副局长，才敢如此放肆。自那以后，何先生就谢绝了所有的吃"讲茶"，不再给人评理了。1956年夏天，何先生的私塾被改造，他本人被吸纳入公办学校体制内，成了一名拿固定工资的人民教师。

仅两年，他又辞掉了工作，说是受不了公职学校的拘束。自那以后，他的生活散淡如云烟，碰着茶客谈交情，见到文人谈诗文，遇上农民说年景，很是放浪不羁。再后来，喜爱上杯中物，常常口里念着"我本楚狂人，凤歌笑孔丘"……言行举止与先前殊异，无端歌哭无端笑，竟为自己赢下了一个"何疯子"的绰号。

晚年的何先生以编蓑衣为业。他在每年的立秋前后去河湾里割来一堆又一堆蓑衣草，晒干了用木棒仔细捶软，一捆捆码在檐墙下备用。有一个关于蓑衣的谜语，叫"千疙瘩，万疙瘩，猜不到，憋死他"……一件蓑衣，就是由无数根蓑衣草打成一个个菱形疙瘩连接而成,每一个疙瘩都大小相等。它们外表毛茸茸的像个怪物,但内里平滑柔软透气,就挂在茶馆门口待售,有个专门称呼叫"何先生蓑衣"。乡下人买回去,雨天遮雨不湿身,晴天遮阳晒不透,同时,还是田间、地头、树荫下休息时最好的铺垫。

何先生养了一只乌龟,让它在铜盆里自己磨皮擦痒消磨着岁月。有时,他身披蓑衣,把乌龟用帽子托了,捧在手里招摇过市。可笑的是,帽子上还飘一张字条,上面有毛笔写的墨字:

　　千年老鳖万年龟,
　　一入江湖浑不悔;
　　甲骨犹存酩酊字,
　　缩头始信是无非。

石裁缝

石裁缝的老子是早先的石针匠。老一辈人都说,方圆百十里的裁缝师傅,还没有哪个人的手艺能超过石针匠。

石针匠缝制的对襟衫,上点年纪的人穿上显得年轻、精神,缝制的掐腰旗袍,年轻女人穿上身,该窄削处窄削,该挺括处挺括,显得更加妩媚窈窕。石针匠能和大布商王个移的三姨太暗度陈仓相好一场,就是因为他旗袍做得好,俘获了女人心。但1944年,日本鬼子把石针匠打死在上街头的河滩上。石裁缝那时还小,学艺未成,这就造成了他终身技术缺憾。常有人摇头说,唉,这石裁缝,比起他老子,差的不是点把点……

差到什么程度?街坊都知道,石裁缝做裤子还将就着穿,做褂子,不是两边不对称就是前后难协调,总之穿上身,用我们那里专为石裁缝准备的评语,叫"像吊鳖的样子"。那时候裤裆口没有拉链,全是扣子,密密的一排。石裁缝挖的扣眼不是大就是小了,有时候内急,真的很慌张,生怕扣子被扣眼卡死解不开,尿了裤裆。尽管石裁缝收费低廉,但我们小时每每让大人领着到石裁缝那里量体裁衣,心里总是气鼓鼓地老大不高兴。

系着蓝布围裙、脖子上挂根皮尺的石裁缝却丝毫不受影响，哈着腰满脸堆笑地一律称我们为"小同志"。他不紧不慢地帮我们量尺寸，手指凉凉地滑过我们的脖颈，很异样的感觉。量过之后，拿了粉饼在布料上做记号，嚓嚓，嚓嚓，布料上现出一道道粉色的线，空气中，弥漫着棉布的味道。我们搞不明白，鬼子打死了他老子，可他一点不恨，偏偏留着电影上常见的从中间两分的那种汉奸头，还镶着亮晃晃的大金牙，就差没在身上斜背一支王八盒子枪了。

入了冬，也有人把石裁缝请到家里做衣裳，他随身带一个厚厚毛毡布针线包，上面别着各式各样的针，裹着一把剪刀和一支竹尺。还有一个生铁的又黑又沉的熨斗，熨衣服时就在里面装入点燃的木炭，含一口水喷在衣服上，把衣服喷潮湿再烫。他一般会叫当家的女人或姑娘们做下手工，如缝纽襻条、开纽扣洞等，还教她们穿挽布纽珠，制作盘香纽、琵琶纽等。一边忙手里活，一边与打下手的人说说笑笑，似乎很得女人心。也有男人们看不惯他的这副奶油腔，怀疑他心术不正。

"文化大革命"初起时，不论男女老少，人人皆以穿军装为荣耀，大街小巷到处充斥着草绿或屎黄的还有自家染出的绿一块黄一块斑秃一样的伪劣军装。那一阵子，石裁缝带了两个女徒弟加上自己的老婆，日夜不停地干活仿做假冒军装。直到一年后，他将其中一个最漂亮的女徒弟肚子搞大了，女徒弟未过门的婆家来人好一通大闹，砸了裁缝店，不但把石裁缝头打破，还逼得石裁缝远走他乡。

两年后，石裁缝悄悄返乡，且带回了一项包括成套工艺在内的先进技术成果,就是生产"假领子"。虽然,他旁边的案板上照例放着剪刀、粉饼、直尺、裁剪好的布料、零碎的布头,但是已不大对外接活,而是一心专务"假领子"。"假领子"又叫"假衬衣",20世纪70年代中期深受年轻人喜爱。衣领并不假,是真的,但半截领身仅仅几寸长,有三粒纽扣,领口有风纪扣,只是第三粒纽扣再往下就没有文章下落了……唯在两边腋部用细带子襻了,套在身上,外衣一罩,露着里面漂亮的领子,别人不知下面的真实内容,看上去很是体面。

那时物资匮乏,一般人家多少年也很难添置一件新衣,虽强制在灵魂深处闹革命,但野火春风,爱美之心难死。石裁缝做出的足以乱真、很是撑面子的"假领子",可说是顺应民心,风光无限,一下占领了市场。石裁缝这回又带起了五个女徒弟,加上自己的妻儿,组建了一个作坊式生产流水线,只是他老婆长了心眼,看得紧。他那不大的屋子里,终日挤满了人。一年过去,外人还看不出有哪个漂亮女徒弟肚子变大的迹象。倒是石裁缝抓住机遇,口袋里很是进了不少钱,并且终于撬掉了那颗刺眼的大金牙,梳起了油光锃亮的大背头,脸也往横阔里长了不少。

石裁缝倒霉也离奇。那一次,在乡下一个女徒弟家吃多了酒,深夜归来腹胀如鼓,蹲在河滩边草丛里解手……突然不知打哪蹿来一只野狗,往屁股瓣上狠咬一口,生生扯下了一大块肉,半年不得复原。

石裁缝的大儿子叫石小军,约比我们年长五六岁,长一脸的粉刺疙瘩,喜欢在外游荡,无心学艺,曾因偷看女生解手被人抓住,气得石裁缝一巴掌将他耳朵扇出血来。那一阵子我们教室给征兵办借了做体检,学校放假,我们没事就跑到教室窗子外扒着看验兵。正好看见石小军进了一间写有"耳语"两字的教室,我们就跟过去看。教室一头的桌子后面坐着两位女医生,见石小军进来,示意其站在门边一道石灰线后,其中一位轻声说了两个字"祖国"。石小军回复了一句"赌博"。另一女医生说:"台风。"石小军迟疑了一下,复说:"裁缝。"两个女医生看着他摇了摇头,石小军脸上红了。"你再辨听一次吧。你听好——将领。"这回女医生音量略有提高。石小军辨听有顷,仍是不敢断定。两位女医生眼光一直盯着他,甚至其中一位又放慢声音给重复了一遍:"将——领。"石小军终于吞吞吐吐复述道:"假……领……"窗外轰的一声笑翻了天。

磨刀老爹

"革命样板戏"《红灯记》里有个磨刀人,是来跟李玉和接头的地下党,出场时喊的"磨剪子来———抢菜刀———"中气十足,极有韵味,让我们都喜欢跟着模仿,时不时就拖腔拉调地吼上两嗓子,弄得街头巷尾到处都是"磨刀人"。但那是在游戏里,我童年时代常见的真实磨刀人,却是一个很瘦小的老人,连胡茬都花白了,肩上戴一副看不出颜色的帆布坎肩,扛一张同样骨瘦如柴的矮条凳,挂上不几样简陋家什,一声声喊着"磨——刀来——""磨——刀来——",巷子里响着着悠长而苍凉回音。老人黧黑脸面上的刻纹,就像他扛着矮条凳面对的一条条曲折巷道一般深深浅浅,纵横交错。

要是有人喊:磨刀老爹,我家有刀磨。老人就停住身,找一处避风且平坦的地方,把那条绑着磨刀石和一只推铲的矮条凳缓慢地从肩上卸下来。当他从主顾手里接过一把刀或是一把剪,瞅一瞅,用拇指刮一刮钝了的锋刃,便已了然该磨该抢的下手角度。老人骑坐到矮条凳上,将凳头的磨刀石调整一下,再用缠绕着布条的小棒从绑在凳腿上浑浊的水罐里蘸了水,分别淋在刀和磨刀石上。接着，就右手握着刀柄，左手把刀刃摁在磨刀石上，前倾了本已十分佝偻的身子磨起来。他磨得非常娴熟又有节奏感，从刀的前锋到后锋，一点点地磨过去……磨几下，用水淋一淋，然后拿拇指轻轻刮一刮。那张苍老的脸上没有任何表情，只是嘴不停地颤动，让人看着有一种莫名的感伤。

不知打何时起，街坊们都喊他"磨刀老爹"。年复一年，似乎他一辈子都干着这个，磨呀磨……张家的菜刀李家的剪刀都是他磨。只听他说话稍带江北口音，但谁都不知道他姓甚名谁，家住何处，有无儿女，等等。那年头，平常人家过日子，一把菜刀，一把剪刀，用场最多。菜刀不用说了，剪刀用处也多，剪布头，剪鞋样，剪草绳，剪头发，连接生婆剪婴孩的脐带也用它。冬腊年底，家家户户的刀剪都要拿出来磨，是老人最忙活的时令。如果人少，老人当场就给磨好让你拿走，如果送来的刀剪比较多，老人家会细心地给每把刀和剪子做上记号，等主人有时间再过来取走。

一帮小孩子围在一旁看他做活，看他不时用缠绕着布条的小棒蘸水淋到刀上。磨刀修剪，有时少不得要动用推铲一般的抢刀用力地铲削一番。如果磨的是剪刀，似乎更费工夫一些，一双粗糙的有不少裂口的大手，横捏着剪刀的柄和尖，就那样磨呀磨……磨好了，老人拿抹布擦拭干净，给顾客试试，碎布片上剪一刀，快不快？是不是满意？有时剪子松了，还得给"琢一琢"，就是拿个小锤把剪子的铆钉敲打几下，使其紧密，顺手好用。

起先街坊们情愿多给他三两角工钱，但老人总是不声不响将多给出的部分还给你，渐渐地大家都习惯了，磨菜刀两毛，铲一下外加一毛，剪刀连磨带修理也只两毛。倘碰上正是吃午饭时，老人会找人家讨碗开水，再从凳头吊着的口袋里倒出点锅巴或炒米泡上吃下肚子。有时，老人的头发太长了，像个刺猬，到了老刘剃头挑子跟前，就让老刘给他剃个头。老刘看他太艰辛，不收钱，他就拿过老刘的刀剪一下一下认真磨起来，最后是两不找。

秋天深了，剪子反口了，刀钝了……怎么还听不到那苍凉的吆喝声呢？

整个冬日里没见磨刀老爹再来。

翌年春天亦没见磨刀老爹再来。

张　爷

　　他是一个下甜酒酿子的老人,别人都喊他"张爷"。
　　江南人多喜欢吃甜酒酿,数九寒冬的夜晚,街头巷口的路灯杆子下,所多的便是下酒酿的摊子,两三张小桌随意摆放着,让你老远就会闻到那种弥散在空中的酸酸甜甜的气味。从戏院子或电影院里散场出来,坐在这样的桌前,将一碗醇香甜润的又加了水子的酒酿子热乎乎喝下肚,整个冬夜便温暖起来。
　　身腰佝偻、戴着旧绒线帽的张爷便是下甜酒酿子的。没有固定的摊点,十字街、船码头、影剧院门口都是他常挑着担子转的地方。张爷的担子上,一盏风灯当头挂着,玻璃方罩内燃着煤油浸的棉纱捻子,暗红的灯火,随担子晃悠。担子一头是炉子和锅,一头则装着酒酿钵子和一摞蓝花小瓷碗,还有同样的蓝花瓷调羹。夜风吹过,风灯和炉火都是忽闪忽闪,枯叶起舞,在担子脚边打转转。
　　"下——酒酿子哇——"张爷喊着,拖长的声腔凄凄的颤颤的,就像担子一头灶膛里摇曳晃抖的火苗,有着一份与冬夜、与风烛残年相应和的穿透人世沧桑的力道。这样的酒酿担子,曾在丰子恺的那些粗黑线条的漫画里铺陈出满纸况味，让人不胜唏嘘。

夜晚下酒酿子，白天，张爷就挑着装满甜酒酿瓦钵的箩筐，走街串巷，四处叫买。还搭售"水子"——一种比黄豆稍大的用糯米粉搓出的小圆子。买回家，先下在开水里，翻两滚后掭一勺酒酿放入，即"酒酿水子"。递上两毛钱，就可以端走一钵甜酒酿，"水子"则是二分钱一小勺。酒酿可以倒入自带的容器内，也可以端回家下次再还上空钵。老人不多言语，眼睛也很少往别处看，只默默做自己的事。也有人什么都不买，只买一小纸包糖桂花。看着那些晶莹润泽的糯米酒酿，珠圆玉润的粒粒水子，就会想到点缀着星星点点的黄色桂花、随着热气飘散的动人醇香。

张爷有一间砌得严严实实的大柜子一样的仓屋，下面是个能烧火的炉灶。张爷把糯米洗净蒸熟，再用清水淘成清清爽爽的颗粒状，等沥干了水，倒入一个大盆里。半温半凉时拌入捣成粉末的酒曲，再一勺一勺掭了，装入一个个比碗稍大一点的紫黑陶钵里，四周抹平实，只在中间留一个锥状的洞，稍许泼上一点温开水。目的是让水慢慢向四周渗，可以溶解拌在米中的酒曲，有利于均匀发酵。拌酒曲是关键，拌的时候，如果水放得太多，形成"跑酿"，最后糯米是空的，不成块，一煮就散成一锅粥。如果发酵过度，糯米也空了，全是水，酒味浓烈冲头脑子；发酵不足，糯米夹生粒，硌牙，甜味不足，酒味也不足。

张爷将那些陶钵摆满仓屋的横档隔层，上面搭好遮尘的布帘，关上防鼠的栅栏门，就算完工。冬天时，就在仓屋下面的炉灶里生火，用炉灰压上一截半燃的柴蔸，能保持一天一夜的室温。在几天的等待中，随着渐渐发酵，有一股诱人的甜香不可遮挡地散发出来。陶钵中间那个孔洞会渗满清亮的汁水，映得钵体泛出湿漉漉的幽光……这就是甜酒液，闻那味道，就知道好醇润呵。酒液越渗越多，最后那一大团缠结成饼状的酒酿子就浮在酒液中了。

做酒的糯米，张爷选的一种叫"白壳糯"，粒形饱满，蒸饭不黏，出酒香醇。梳着巴巴髻的张奶奶，总是坐在小凳上端着一簸箕糯米，将混在其中的稻壳、稗子、沙子还有碎米粒仔细拣出来。张爷住的那幢老屋的后院里，一字排开四棵高过屋顶的桂花树。每到深秋，枝丫间一片金黄，醉人的醇香传出几里路远。张奶奶把家里所有的被单都拿出来，铺在树下。微风起处，花落簌簌，一天下来就能收满好大一堆桂花。洗净蒸透，放太阳下晒干，拌上白糖腌入一口大缸里，就成了糖桂花。无论是做酒还是下酒酿子时放上一点，黄色的桂花在酿汁中起起落落，啜一口，那味道真是轻盈香远唇齿留芳呵。

镇上人都知道张爷做的酒酿甜美芳醇，令人陶醉，许多不善饮酒者单独买回甜酒液灌入瓶子里，当作酒水，即使不在年节的日子里也可自饮自乐。到了腊月里，常有人上门来买一些带桂花的酒糟回去糟鱼糟鸡，糟猪头猪大肠……糟出深红酣畅的色泽，蒸在饭锅里，热汽上来，酒香肉香就缠绕裹拥，未至上桌，已酿醇一室。

听人说，张爷是大户人家子弟，年轻时迷上无线电，抛妻别子到欧洲学电讯，抗战时回国的，怀着梦想去了重庆大后方，以后留在上海闯荡。其间一波三折难向外人道，最终凭着精湛的技艺，连卖带修理在上海滩开了一家电讯器材部。新中国成立后，他拥护新中国，抗美援朝时捐钱捐物，是各次运动积极分子……然而有一天，噩运突降，张爷的一个朋友带了个老头去投宿，作为主人，自然热情招待。谁知那老头是个有血债在身的逃亡地主……张爷一下子就倒了霉，因留宿反革命分子而被审查、判刑、坐牢。出狱后，上海不给留，遭返家乡原籍劳动改造。

20世纪70年代中期，约是中美建交后的第二年，从上海发来一份协查通报，要求秘密查找一个叫张安国的人。此人曾为当时帮助中国人抗战的陈纳德的飞虎队工作过，成效卓著，所以美国人记住了他，并为他建立了详细的档案。这一回，从大洋那边过来一个经贸友好访华团，那个团长提出一定要见见当年的战友。镇上革委会头头脑筋算是转得快，立刻想到这"张安国"一定就是卖甜酒酿子的"张爷"，赶紧通知人去接。很快，张爷和张奶奶一起被专车送去上海。

那正是桂花开得最芳醇酣畅的时候，风起花落，却没有人来收拾满地的落花，真是可惜了。

翟大贵

在我们那里，馄饨被称作"饺子"。不知为什么，下"饺子"只有担子而没有铺子，一年四季，"饺儿担子"可算是街头最寻常的风景了。

乡下唱大戏、放电影、玩灯、赶庙会，只要是有人聚集的地方，肯定就有下汤圆下馄饨的担子。担子的一头，下面放着干燥的木柴，上面是烧柴炉，炉子上放着一口锅，锅里是待开或已经泡泡开的沸水。担子的另一头，是个简易的柜子，里面有碗勺和铁丝笊篱，上面放一方形盘子，摆着包好的馄饨和没有包的馄饨皮、肉馅、葱、胡椒、猪油、酱油、醋之类。翟大贵挑着这样的担子，平衡的功夫极好，不要手扶，手里拿着两块竹片一边走一边不断地敲打，人们听到这种响声，想吃馄饨的人会闻声而来。有时他也把担子停放在街头巷尾，手里竹片发出清脆有节奏的响声："嗒，嘀嗒，嘀嘀嗒……"

翟大贵家从爷爷那一代起，就靠下馄饨谋生了。翟大贵四十来岁，面色不错，却顶着一头早白的发，说话声音麻沙，是因为小时得百日咳把嗓子咳坏了。深夜街头昏黄的路灯下，总能见腰系围裙的翟大贵在弓身打理着。担子的一头柴火红红,上面锅里热气腾腾,另一头的极小的案板上码放着油瓶、馅碗、皮子以及包好待下的成品。旁有小桌小凳,有人过来,招呼一声,或是抓一把成品下到锅里,或是现包现下。翟大贵包馄饨手法极快,左手托皮子,右手小竹棒挑点肉糜往上一抹,手指捏着一窝,扔到一旁。再看这边锅里,水滚馄饨浮上,反复几次,皮薄能看到馅心的一面朝上,必熟无疑。几分钟光景,一大碗热气腾腾、汤波荡漾的馄饨就下好端上来。这种皮子薄到透明的小馄饨,只须喝吸,入口即化。那香气,那暖暖的感觉,总能诱惑夜归的人。

翟大贵的家,在一幢带天井回廊的老旧大屋里。有时阴雨天不出摊,不少人会拿着大号搪瓷缸或是端一只小锅穿堂入户去他家中等候。去早了,看他剁馅打皮子,也就知道其中是很有讲究的。馅要用当天宰杀的猪前腿夹缝肉,八分瘦两分肥连筋带肉的,若是纯精的后腿肉反而不好。头发雪白的翟大贵,双手各持一把刀上下翻飞,直把一小钵子肉剁成肉末。再用一根圆筒状的槌棒敲打,肉打得越久,越熟,越打越膨胀。打到最后,喷起的肉茸会起丝,极"黏"包馄饨的竹棒。

擀面皮的是他老婆,一个穿着碎花旧衬衣、头发总是有点凌乱却不掩姿色的小个子女人。擀面皮要入碱,分量掌握不好跑了碱,在猛火沸汤里一煮一冲,馄饨就会破皮。擀面时加入鸡蛋,能擀出最佳效果,所谓"薄如纸,软如绸,拉有弹性,吃有韧劲",就是这效果。这边,翟大贵老婆把擀好的皮子垛起来,拿刀切成二寸见方若茶干子大小,一般十张皮放秤上称一下正好一两,再裹进一两馅心,便是一客小馄饨。人家都说,翟大贵一家人个个细皮嫩肉水色好，就是自家小馄饨喂出来的。

可是，小馄饨不似水饺和面条，不是用来撑肚子的。吃这种小馄饨，纯粹就为了味道，为了享受那碗热气腾腾的鲜汤——不求吃饱，只求口味。小馄饨要的是皮薄，肉馅不能多，多了就荒腔走调不是那味儿。小馄饨汤水甚为重要，先在碗里放好盐、酱油、猪油，用开水冲兑，以免汤水混浊，再用笊篱捞入小馄饨。十个似穿了柔软蝉衣的小馄饨在碗里还轻轻地打着转，几颗嫩绿的小葱撒在上面很是养眼好看，用汤匙稍稍搅动，但见一片片羽衣缥缈，裹一团团轻红，上下沉浮飘摇……舀上一个吹一吹，牙齿轻轻一叩，满口的汁水，真上香鲜透骨！

翟大贵的大女儿叫大玲子，细细的腰身如柳枝初舒，衬托得胸脯愈发饱满，水汪汪一双大眼，像有许多缥缈的花瓣在里面轻轻打着旋。大玲子平时在家搭帮着做一些剁馅打皮子的事，顺带去供销社的肉案上取取肉，去粮店里买回50斤一袋的富强粉，也没有多少事可做，难免时常坐家里一只手斜支着腮帮发呆。那时的春天，花事格外繁盛，槐花、桃花、梨花，远郊近野的油菜花，以及河滩上林林总总不知名的野花，会让整个城镇置于浓郁的香馥之中。

大玲子端一盆衣下河，河埠头上排满了声声捣衣的浣衣女。河面上有连成长阵的竹排顺流而下，排上搭着小棚，有人有狗，还有袅袅升起的炊烟，荡漾着粼粼的水波，在春天的暖洋洋的阳光里，很容易把身体深处某种躁动的欲望唤起。那些竹排木筏都是要漂向下江的大码头，不知为什么，有时却会在镇尾的河湾里停上许久。一些裤管挽得高高露出小腿上鼓绽腱子肉的年轻人，就会走到街上来买买东西，理个发，寄封信，东游游西逛逛。

自有那长得潇洒眼神活络像是念过书模样的，让大姑娘小嫂子看着眼热，会主动找他们搭话："小哥哎歇会子噢，排上闷得慌吧……""小河放排大河淌，小哥哥今晚歇哪嗒呵？""大河涨水小河满，哥哥我今晚歇在柳树湾……"这样的对话，听起来有点油嘴滑舌，但又像对歌一样充满情调。

大玲子失踪了，上午去河埠头洗衣，就没再回来。同时失踪的，还有姚篾匠家一个叫春香的侄女儿。那天下午，翟大贵没有出摊，领着他老婆来到姚篾匠家，一干人紧张而神秘地商量着如何去把两个女孩找回来，推断她们肯定是跟着放排人一起走的，因为这种事前些年已出过好几回。翟大贵去镇上开了一张证明，和另一个年轻人连夜去往下游追，但人家要是不停排，靠不了岸还真有点麻烦。过了两天，姚篾匠侄女儿春香被追回来了，大玲子却没回。别人询问情况，翟大贵却埋下头什么也不说……任他老婆在一边哭哭啼啼的。

翌日一早，翟大贵将他停歇了三天的"饺儿担子"又挑了出来。

驼　叔

镇上有好几家养蜂的，养的都是土蜂，即中蜂，没有意蜂。

那一年暮春，不知从什么地方飞来的一窝蜂，嘤嘤嗡嗡结成黑乎乎一大团，挂在我家隔壁驼叔后院的老槐树上。驼叔把一顶草帽抹满糖浆，扶着木梯躬身爬上树，小心地将蜂子引到草帽上。捧着沉甸甸的草帽从树上下来，又让驼婶拿出家中蒸饭的木甑，在内壁涂抹上糖浆，然后轻抖草帽倒了进去。驼叔家里原本就有一桶蜂，加上那桶捡到的蜂，几年养下来，最后变成了六桶蜂。驼叔夏天在桶下放盆凉水降温，冬日用旧衣破絮捂紧蜂桶保暖。蜜蜂多了起来，飞来飞去，进进出出，有时落在人头上或肩上。

驼子通常都瘦小，但驼叔却身架高大，一张门板样阔背约有15°的弯曲，不算太驼。驼叔二十多岁时得下强直性脊髓炎，两腿关节又红又肿，整天弯腰挓挲着两只长手臂，像个大虾公，痛狠了就吃止痛片，省里大医院都没办法治。家里人甚至找"圣姑娘"来看过，"圣姑娘"算定是被人放了蛊，指着水塘边一棵极其弯曲的柳树说，马上砍掉！这当然是扯淡，家人遵其言砍掉树，驼叔的身子也没有变直……最后，中医师刘延庆出手，说是死马当活马医,先是泥炭疗法,将泥土块在火中烧成黑黄色,再调成湿泥包在两腿膝盖上,坚持一段时间,比吃药好。接着又让蜂子蜇,叫以毒攻毒。初始两膝上各搁一只蜂,以后逐日加一只,至第十天用十只蜂,连续蜇了两个月。五六年过去了,能起床能活动,驼背也渐渐硬朗起来。

每年春冬,驼叔在家各取一次蜂蜜,分春糖和冬糖,每次能取到一小桶。驼叔打开圆桶,拿出爬满蜜蜂的蜂房,把蜂房中含蜂蜜量较多的部分切割下来,然后双手用力使劲挤捏,亮黄的蜂蜜就会从手指间源源不断流出,滴入放好的小桶里。驼叔做这些事时,总是赤膊上阵,许多蜜蜂就歇落在那张弯曲的光背上,爬来爬去。身有异味易激怒蜜蜂,驼叔就故意在口里嚼葱蒜招蜜蜂蜇刺,给自己治病。

春寒料峭,有的蜜蜂就迫不及待出外采蜜了。但往往刚飞回就冻僵在大门前,驼叔一只只捡起来,有时要捡起一大碗,再小心翼翼地放回蜂桶里……他真是很爱它们。到了人间四月天,街头街尾人家院子里的桃李杏花和郊外的油菜花竞相绽放,像小喇叭一样的紫色泡桐花,一嘟噜一嘟噜挂出,在春风里摇曳。更有叫不上名字的小野花,或浅黄,或雪白,或嫩红……一片片一簇簇,浓浓淡淡地开,浓浓淡淡地香。蜜蜂们飞进飞出,一派繁忙景象。

蜜源旺盛年成好,一窝蜂里诞出新王,蜜蜂就要分家了。驼叔必须在很短的时间内将新王捕获,否则,它们将很快飞离暂时落脚筑巢的地方,抱成一个黑乎乎巨大的团,随后携着新王消失不见,成为某处林子或山崖洞里的野蜂。驼叔捕捉分离出去的蜜蜂的方法，既像在冒险又像在表演：拿来一个篾编的喇叭篓子，在里面抹上少许蜜，然后扶着木梯靠近蜂群，一手持篓对准蜂群，一手像扒稻米一样朝里赶……最后拿下新王，即大功告成。说来也怪，如果别人这样干，准会被蜇得一塌糊涂，但在驼叔的手底，蜜蜂们无比驯服，任凭摆布。

驼叔说，蜜蜂你不去惹它，它不会蜇你。因为蜜蜂蜇人后，它自己也活不成了。有一回，不知为什么，一只蜜蜂在我手背上蜇了一下，那有倒刺的细微箭头扎在肉里，在皮肤上留下一个黄色的芝麻粒大脂肪点，还会动，那正是一小截被拉出体外的肠子。我叫痛不迭，驼叔走过来安慰我，说我这辈子不会得风湿病了，蜜蜂给我打针种了疫苗。

和人类一样，蜜蜂也是有着极其合理规范的社会分工，采花的采花，酿蜜的酿蜜，衔水的衔水，搞卫生的搞卫生，还有当保姆的，站岗放哨的，各司其职，从不乱套。每个蜂巢里都有一只蜂王，蜂王具有至高无上的权力，什么事也不干，好吃好喝侍候着，只管生儿育女。一旦蜂王离巢，一箱的蜂会跟着走完。站岗放哨的责任重大，每有强敌来袭，就要义无返顾冲上去，以命相搏。但袭来的如果是马蜂或虎头蜂，它们就惨了，几无还手之力。马蜂有小指头粗细，屁股和腰上黄一道红一道的，飞行速度特别快，那些站岗放哨的蜜蜂太可怜，经常看到它们被块头大得多的马蜂攫走捕食。

于是，驼叔鼓励我们捅马蜂窝。其实不被马蜂蜇到很简单，先是不能让马蜂注意到你，一旦暴露就玩命地跑。驼叔说不管什么蜂蜇人，总得要停歇在你身上才行，你飞速狂奔，它就没法扎下针。但我们谁也没有一路狂奔的本事，给马蜂追撵真的好恐怖……最好的办法就是往水边逃，一个猛子扎到水底躲起来。马蜂的家族特别庞大，大的一窝蜂，总有成百上千只。它们的窝挂在树上或是屋檐下，有时也悬吊在人家被烟熏黄的木梁上，像个葫芦或是葵花盘子，撕开来，里面藏着好多白白胖胖的幼虫，有手指头粗，蠕蠕而动。我们开始不敢吃，嘴里总是爱叼着一根草棍的驼叔就让我们抱来干柴，烧得啪啪响，我们就吃上了，味道果真不错，又香又脆……只是蛋白质超高，大补之物吃多了会流鼻血。捅下来的蜂窝，驼叔会拿回家泡药酒，据说也是"很补的"。驼叔抓住一只马蜂捏在手里，它拼命挣扎，屁股上的箭一伸一缩不断地抽动着，有米粒那么长，朝不同的方向寻找攻击的目标。我们亲眼看着驼叔将那只马蜂放到自己裸露的膝盖上，马蜂屁股往下一沉，就将一根刺扎进穴位了。驼叔闭着眼，一副很享受的模样。我们知道，蜜蜂的细刺对他来说已不起什么作用了，只有给马蜂蜇着才过瘾。

为了治病和保住家中的蜜蜂，驼叔到处捅马蜂窝。只要看到一只马蜂，跟着它，就能找到它的窝。驼叔自己不怕蜇，还传授我们一套防蜇的"魔法"：给我们每人一把洗净的七星草，放嘴里嚼。"生嚼七星草，可以解蜂毒"，说只要一直咬着自己的舌头不讲话，马蜂就不蜇人了。可我们谁也不敢真的冒险试一下，所以也不知这七星草到底是不是真的有用。我们和驼叔不同，驼叔常年经受蜂疗，对蜂毒产生免疫力，估计就算一下遭数百只蜂蜇，也不会发生中毒症状。

马蜂厉害，还有一种通体灰黑的狗屎蜂，毒性也大，人被蜇了会周身浮肿。它们的巢一般都筑在阴暗的屋檐下、墙缝里和草丛中，很难防范。我们中的毛伢子喜欢干点损事，一次，看到上街头同他结过梁子的一伙二吊蛋远远走来，到我们地头上翻砖头缝逮蛐蛐子。他就用弹弓射中檐墙下一个灰白的蜂巢，自己悄悄跑了，不一会就听到那边传来鬼哭狼嚎的惨叫声。但很快毛伢子自己就遭报应了……那一回我俩在下河沿吊脚楼间杂物堆里翻找做弹弓的旧皮子，哪知里面藏着一窝蜂，受惊的狗屎蜂们如同战斗机一样蜂拥而起，疯狂地向我们扑来。我叫声不好翻过衣裳包了头撒腿就跑……毛伢子只慢了一步，惨叫声里，头上就留下十几个箭，眼睛肿成了一条缝。当晚，驼叔从驼婶怀中挤了大半碗奶汁，给毛伢子搽抹，又将洋葱切片敷在伤口上，配上七星草捣汁内服，弄了一个多星期才好。

老瘪子

瘪嘴分两种:"天包地"和"地包天"。"天包地"属猴子嘴,看上去就能吃能啃。炕烧饼的老瘪子却是个上嘴唇陷落下嘴颏前凸的"地包天",人家笑话他,说老瘪子你那嘴张得再大,也啃不成自己炕出来的喷香烧饼呵!老瘪子一笑起来,嘴腮就愈发的朝里瘪了,牵扯额际两边皱纹条条呈现,说你吃你吃……你吃,比我吃着香呵。老瘪子中等身材,三十来岁的样子,脸小,稀稀的牙,人就显得越发瘦,却很有精神。人家来买烧饼都是直呼其绰号,老瘪子努力抿住嘴唇乐呵呵地回应着,一手接过钱,一手递过几个热乎乎的烧饼。

炕烧饼又叫打烧饼。无论是春夏秋冬,老瘪子上衣只能穿一只袖子,像穿藏袍那样一只手和半个胸口露在外面,这是因为打烧饼的必须把半个身子探进炉膛中干活,什么样的衣袖能不被炕焦?老瘪子常说,皮炕脱了不要紧,还能长起来,衣服炕坏就长不起来了。他炕烧饼的炉子,由一个美孚汽油桶改制成,内壁填着一层厚厚的黄胶泥。长长的案板上,一头放着已经"醒"好的面团,用潮湿白布盖着;一头放着一个钵子,里面有用猪肉末和葱花调成的馅子。炉子里烧的是从山里买来的栗树炭，一来火紧，二来无烟。

老瘪子在案板上撒一层干粉，拿刀从"醒"好的面团上飞快切下一块。揉成长条状，再揪成一个个大小一致的剂子，用手按扁，做成圆型饼坯，麻利地抹上馅子，包好，用手掌一一拍打，啪嗒、啪嗒地响，打烧饼之"打"，或许即来源于此。打成茶杯口那般大小，撒上芝麻，然后一一贴到灼热的炉膛壁上。炉火熊熊，烧饼由白炕成橙黄，一个一个隆成了小包。四五分钟后，炕熟的烧饼散发着扑鼻的浓香。老瘪子拿起火钳去炉膛内取烧饼，微微侧头从炉口看准要夹的烧饼，火钳探进去，贴着烧饼边缘轻轻向里移动，手臂向上一提，便将一个散发着熟透面香味的烧饼夹出来，丢进篾簸箕里。细看一下，这火钳有点特殊，它的顶端是扁平的，便于从炉膛胶泥上铲下炕熟的烧饼。

每天清晨不等天亮，老瘪子就得起床发面，把一袋面粉倒入大钵里，面粉是白布袋装的，每袋50斤。发面这个环节非常重要，把面倒入一个大钵子里，和上水，加入碱，用手抄着揣，揣到没有干面的时候，还要再揣……一直揣成不粘手的软面团，放在温暖处"醒"10分钟。放碱的分量也要掌握好，碱多了，吃起来涩涩的"夹口"；少了，在嘴里粘牙，不爽气。咸烧饼的面是咸的，馅子里再放入葱花、椒盐或是萝卜丝起香，并在饼坯上按下两个指印以便识别；如果做成甜烧饼，就用一个毛刷子在馅里抹一层糖稀，外面也抹，好粘芝麻。只要"打"和"炕"的功夫做足了，这饼没有不筋道、不喷香的，外酥内嫩，入口化渣。要想吃软点的，最好刚出炉时立即趁热吃；想吃脆点的，得稍稍冷却一下才好。

炕烧饼这一行很吃苦,夏天太热,炉子里火既炕烧饼也炕人;冬天太冷,面团触手冰凉,和面揣面前先要将手搓上半天,恨不得马上就将事情做完。早上一段时间最忙,到了半上午,买烧饼的人渐渐少了。篾簸箕里黄隆隆的烧饼渐渐堆积了起来,老瘪子将有些烧饼上沾的炉膛黑灰和焦壳一一擦去,方才可以歇息一下。他双手捶捶腰,再从案板下的那个放钱的小口竹篓里摸出一包"大铁桥"或是"丰收"牌香烟,抽出一支,伸到炉膛里面点燃,努力抿住嘴唇美美地吸上一口。

下午,老瘪子偶尔也为人加工肉烧饼。想吃肉烧饼的人,先去肉案上根据自己喜好买回猪肉,或肥,或瘦,或肥瘦兼而有之,在家剁好放入调料,拎到老瘪子炉子案板上装馅。老瘪子像是做包子那样,把面剂子直接用手掌压成扁平,填入新鲜的猪肉馅,从四周边拢边压,使之成为一个略近圆形的饼坯,然后用手托起简单地修整一下,反手贴在光滑的炉膛壁上。只需片刻,就会飘散出与众不同的香味……

老瘪子在巷子口炕烧饼时,他的女人木香则在家里照管几个分别叫"大饼""二饼"和"三饼"的鼻涕娃,顺带接一些缝缝补补的活做,靠着针线上的修炼,赚两个小菜钱贴补家用。因为来补衣服的多是些光棍汉,或是码头上的船民挑夫,所以这活儿老早时在北方被称作"缝穷",我们那里却另有形象的称呼,叫"补烧饼",是因为大多数补丁都是烧饼那么大。你常见到一些下力气干重活的汉子,一双胳膊肘子那里粗针密线对称补了两个烧饼大圆疤,给屁股瓣上裤子那里补的两块更大的补丁,则叫"补锅盔"。往往是衣裳别的地方烂了,但这两处的"烧饼"和"锅盔"仍然完好如初,有时撕脱下来,那里会留有两块显明的深色印迹。木香还将收集来的一些没用的零碎布拼成鞋垫、垫肩、布袜子、小婴儿尿布等出售,有的上面还绣着花纹,很有美感,结实耐用。

　　这夫妻俩,一个炕烧饼,一个"补烧饼",共同描述着人生的艰辛。

板二爷

板二爷六十岁上下的年纪,一张黑黢黢的脸板板正正的,他是个只给人家架梁做屋的木匠,即俗称的"大木"。都说"木匠斧子一面砍",板二爷熟识各种木料的纹路和特性,使斧子砍木料时,都是顺茬砍,有时还要在前段先轻轻砍几斧,以防劈裂过深过长,损伤木料。一般情况下,板二爷很少亲自动手了,砍砍刨刨的事都由三个徒弟去做。他的三个徒弟,分别是福喜、二来和江小进。板二爷说,师祖鲁班也有三个徒弟:大徒弟叫张大,是个用红漆画记号的石匠,被称为"红线上的";二徒弟叫陈齐,是拉墨斗弹黑线的木匠,被称为"黑线上的";三徒弟叫李春,是撒石灰印子的瓦匠,被称为"白线上的"……这就是俗话说的"鲁班管三线",过去做手艺的人一见面,就会问对方是哪道线上的,答对了就知道你是行家。

想跟板二爷学徒并不是容易的事,那得要提鸡提酒托人介绍,还得当面考察一番,通过了,才可以办一桌拜师酒,算是正式收在板二爷名下。师傅带着徒弟,徒弟自然要受师傅的责骂,棍棒下面出高徒。板二爷家里供着鲁班的牌位,门上的对联是:

曲尺能成方圆器，直线调就栋梁材。板二爷对徒弟一向严厉，师徒之间必须讲行话，比如锯子叫"洒子"，刨子叫"光子"，凿子叫"出壳"，而"百宝斤头"则是斧子，"铁钉子"是钻子……做门窗叫"穿墙"，锯木料叫"洒一洒"，将木料锯斜了，或砍斜了、刨歪了，都叫"飘"了。常看到板二爷背手站在徒弟身后，给他们"上规矩"。凿眼不得歪扭，凿出的直眼要像铸的一样方正。"前打后跟，越掏越深"——是说掏眼，要先从怀里掏起，慢慢往外掏，掏两三凿，叫"前打"，再拐过来往前斜打一下叫"跟"；这样越往外越深，到头几乎掏透，一个眼正好掏一半，翻过来再掏过去，仍"前打"后"跟"掏另一半。推刨子时，大刨刮平，小刨净面。刮刨时眼睛要往前看，刨几刨瞄一瞄，达到平光为准。刮平的标准是放料板时落地不响，特别是刮平的板料面贴面放不许有声音，这既需要有臂力又需要很好的眼力。板二爷说自己年轻时握凿的左胳膊上站个人，那是抖都不抖……左手握紧握牢掌得正，右手落斧砸凿才不会斜。

　　造房子的木匠，都是在户外干活。天气不知道什么时候已经暖和了，青杏和毛桃正在生长，墙角边开出星星点点的一丛一丛的细小黄花，一派蒸蒸日上。接近中午时，板二爷就在自己的无檐呢帽下衬一张伸出的硬纸，遮挡刺眼的阳光。在我们那里，板二爷的名头是很响的，无人能盖过。某一户人家要起新屋了，就拎上见面礼去板二爷家，把大致的框架一说，后面一切就全听板二爷的吩咐了。

　　板二爷做事，一切依着老规距，尤其最是看重上梁的礼仪，这和屋主正不谋而合。上梁放炮竹前，板二爷要亲自爬到高高的屋梁，贴上"上梁大吉"红纸符，再把五尺红布和一副小弓箭挂在梁上。下来后，点燃香火，并向上作拜，转身朝前门一揖，在大门前插一炷香，瓦刀底下插一炷香，开始封梁。然后祭酒，板二爷双手高高举起酒壶道："一请天地水府，二请日月三光，三请开夯老祖，四请紫微中央，五请老君先师，六请风伯雨师，七请玄老师尊，八请蒋太真人，九请九天玄女，十请玉皇大帝……有请众神仙众师尊一齐享用！"做一回屋，板二爷可以得到屋主送的一把伞，家里的雨伞堆了半间屋，那是他一生的政绩也是一生的骄傲。

　　离镇上十余里处的回龙湾有一檀木匠，十分忌妒板二爷，有一次乘着夜色将板二爷次日一早就要架上屋的中梁偷偷锯短了五寸。上梁之前，板二爷眼睛一测，已瞧出端倪，遂不露声色唤过大徒福喜与二徒二来，一番耳语之后，命吊起大梁。板二爷自站一头，将大梁往怀里拉过数寸，两个徒弟在那一头失声惊叫："梁短了！梁短了！"下面的人仰头望去，果真是差了一截……这是十分忌讳的事，屋主脸上勃然变色。却听板二爷一声大吼："蠢货！短了何不拉长？"两个徒弟你望望我，我望望你，傻头巴脑地默然猛拉……梁果真一点点地延长，终于嵌入屋架上的卯榫。众人惊愕莫名，风传板二爷有拉梁之术。疑惑不已的檀木匠，对此百思不解，只有登门求教。板二爷黑着一张脸训其曰："短铁匠长木匠，打铁要短，锯木留长……害人之心不可有，量过还要放一截，不到最后不可锯掉呵……"檀木匠满脸惶愧而回。

葛　华

修钟表的钟国琴是女的，还有一个修钢笔的葛华也是女的。葛华比钟国琴年龄要小，二十刚出点头的样子，剪着露出耳朵根子的短发，细窄的鼻梁，尖尖的下巴，透着几分秀气，乍一看，还以为是个正在发育中的十六七岁男孩子。葛华与钟国琴有一点极相似，都是师承家技，跟父亲后面学的手艺，只不过葛华的父亲——那个脸色蜡黄总是不断咳嗽着的人去世有两三年了。葛华接过父亲用过的镊子、皮管、夹套、笔尖模具，还有一大捆各式各样、长短不一的笔杆，在离镇中学不远的三圣坊旁摆了个摊位。

20世纪60年代，知识分子或者"公家人"的标准着装，就是中山装左胸的口袋里插着一支或两支钢笔。那时，人们经常使用的是"金星""英雄""永生"钢笔，使用量最大的当属一种"新农村"牌子的学生笔，像舶来品派克金笔，那是一种极高贵身份的体现，整个镇上恐怕也找不出三支来。金笔与钢笔的区别，就是金笔的笔尖或笔身是14K到22K的黄金，钢笔则是一种合金笔，价格便宜得多。不管哪种笔，使用久了，磨损一大，就会出毛病，比如剐纸啦，漏水或是不下水啦，笔尖打旋笔帽里的簧片松了啦，要么就是拧开笔帽的笔突然失手落地，笔尖给砸弯了或者分了叉……一旦写不好字，只有赶紧去找修笔的师傅。

葛华经手最多的，当然是"新农村"铱金笔，这是一种比普通钢笔耐用比金笔便宜得多的合金制造的钢笔，笔尖容易损坏。通常的处理，是用钳子将坏损的笔尖拔下，再比照相同的型号挑出一支新笔尖换上就行，但葛华不这样，只要见原来的笔尖没有太大的损坏，就尽量修好继续使用。葛华一丝不苟地打磨着笔尖，她面前的小圆桌上摆着镊子、笔尖模具和一瓶墨水、一团抹布，还有一个看不出颜色的木盒，里面装满被拆开的零零碎碎的皮管、夹套、笔杆、笔胆、笔舌等。葛华从小就在钢笔堆中长大，父亲的工作间里到处都是一些工具和钢笔配件。她印象里，父亲总是穿一身蓝布中山装，上口袋挂着一支钢笔，戴着眼镜弓身坐在桌子前修理钢笔。那时，父亲和修钟表眼镜的师傅一起在刻字社上班，修钢笔不是立等可取，顾客交了钱，会拿到一张二联单据，上面写有取笔时间。父亲最拿手的技术是点白金，他将坏损的笔尖拔下来，小心地夹到那个方盒子一样夹具里，点燃喷灯熔化一根白金丝，用针尖挑起一点点，蘸到笔尖上，待冷却了，再用细砂纸轻轻打磨好，插回笔杆上，就又成了一支书写流利的好钢笔了。当时也只有金笔才如此修理，为此，刻字社专门从上海买回20克白金，差不多能点好几千次笔尖。

别看葛华只有两三年的修笔生涯，但她那双本该属于一个女孩子的柔嫩的双手，已长出老茧……正是这双手，轻轻一划笔尖，就知道钢笔的毛病所在，几分钟就能把笔修好。修好后，有一些特别挑剔的人会在纸上左写右写，反复试写，只要有一点不合适，葛华就会再接过来反复修理，直到人家满意为止。葛华身后的木架上还有一台非常有历史感的修笔机，可别小看这台机器，这是十多年前她父亲自己掏钱从上海买回来的，当时要一百多元，相当于两三个月的工资。这台机器质量很好，一直用到现在，机身多处沁出油渍，经常接触的部位却是磨得光亮亮的。

葛华修过的最贵重的笔，是卖甜酒酿子的张爷当年从美国带回的一支著名的派克金笔。那支黑色派克金笔，拿在手里沉甸甸的，笔尖是一个金黄的大粒子，写起字来，字迹圆润，极其流畅。可惜这笔掉到地面的石板上，笔尖有点折拗了。葛华起先不敢接这个活，张爷却要她尽可放手修，说这笔就像他人一样，到了一把年纪，真要是修坏了，也是天意……何况他一个卖甜酒酿子的老头一年里也写不了几个字，放在家里也就是个不起作用的摆设。这样一说，葛华就鼓起勇气全力以赴修好它。她先用点白金的方法，在上面点了三回白金，一次次仔细打磨。最终，修得和原来几乎没有什么差别。

让人没想到的，张爷来取笔时，硬是执意将这支笔送给了葛华。葛华几乎含着眼泪收下。随后，将这支笔和父亲留下的另两支笔放在了一起。父亲的那两支笔，一支是宽尖的派克笔，一支是德国产的细尖笔。

老　锁

"老锁"是个铜匠，铜匠修铜器不生火，故称冷作。"老锁"本名程少松，早年挑担四处走动，铜匠与锡匠一样也不吆喝，铜匠的担子上挂着许多铜头铁脑的东西，担子在肩头一步一晃，那些物件相互撞击，叮当叮当响声不绝，人们便知道是铜匠来了。于是家里有损坏的铜器，像掉了烟斗头的水烟筒，脱了拎襻的铜脚炉，漏了水的铜水壶、铜脸盆等，还有老式衣柜的铜铰链断了、皮箱的铜包角坏了，都要请铜匠修补一下。有人家搪瓷盆摔掉了一块瓷皮，担心日后生锈穿孔，也拿过来请他修。程少松铜匠担子上带有烙铁和焊锡，烙铁放在人家炭炉里烧红，用砂纸打去瓷盆破损处锈迹，拿一根小木棒在瓶子里蘸点硝镪水涂在上面，烙铁蘸上锡，刺啦一声，瓷盆就补好了。

程少松后来在一个雨天里摔坏了腿，就在码头的渡口边摆摊子，修锁配钥匙，并用白铁皮做了一把半人长的大钥匙挂在摊子上。日子一长，渐渐被人喊成了"老锁"。

"老锁"有一串万能钥匙，不管是老式铜锁还是新式弹子锁，一般情况下都打得开。老式锁不靠弹簧珠子，而由一条簧片绷开卡住，钥匙就是一个长铜条或铁条，顶端"工"字状，套住了锁心里簧片，一捅到底，就开了。万一锁具哪里出现故障给卡住，只要经"老锁"拨弄一下，锁就啪的一响被打开。一把钥匙开一把锁，弹子锁如果遗失钥匙，可以搞清楚弹子的粒数和位置，按实样另配一把。"老锁"有一大圈用铁丝穿起来的钥匙毛坯，配钥匙时，他那个台钳有了用武之地。小巧玲珑的台钳固定在台面上，把根据锁的槽口形状选出的毛坯钥匙牢牢夹住，"老锁"拿一把三角锉刀，一下一下地在钥匙坯上来回锉削，或轻或重，或缓或急，如同拉弓演奏曲子。很快，钥匙坯上出现错落有致的齿槽，用沙纸轻轻打去毛边，一把新钥匙就出来了。如果你担心这把钥匙万一再丢失了又要抓瞎，"老锁"就会将多把毛坯钥匙同时夹在台钳上锉，配出一模一样的"多胞胎"。

　　锁匠们最为看中的硬功夫，是开锁的技术。"老锁"开锁的手感不是太好，有的锁里面只要多加了些机关，对他来说，就不是那么容易开了。例如，那时有一种"马头"牌铁锁，里面有几个凸出的蘑菇头冒充弹子，工具探进去了常会被混淆，找不到弹子，不能有效地避开一些人为的干扰，就不能清晰地找到路径把锁打开。在机械原理过于简单的老式锁日渐被淘汰的情形下，新锁总是越来越多，锁具不断更新换代，"老锁"也就有了很多力不从心的时候，对于一些新锁具，确实没把握一定能打开。

　　锁再难开，也不比人心难测。"老锁"说他最害怕的事，就是被盗贼们利用。平日里，他除了苦练开锁的技巧，就是观察自己的客户。有一次，一个鸦片鬼一样的家伙拿了一团打上印记的橡皮泥来配钥匙，他仔细查问，果然发现是个盗贼。平心而论，那时的锁，防盗性都不是太好，而且许多锁的钥匙孔就开在锁腹上，用卡子轻易一拨就能打开。

"老锁"爱下棋，他身后不远处，就是杨开三的茶叶店。生意清淡时，"老锁"熬不住就丢下摊子跑到茶叶店里跟杨开三杀棋。来来来，我来喂你马屎！"老锁"揎拳捋袖子说。好好好，看谁喂谁马屎……杨开三笑容可掬地应战。有时下着下着，眼看天就要下雨了，"老锁"说下完这盘就回家吧。杨开三说：你又没带雨伞，怎么回？果然，很快就风雨大作。两人一连杀了好几盘，那雨才停。杨开三说，天好了你回去吧。"老锁"却说，雨都停了，我不急你还急什么？然而两人棋品都不是太好，都喜欢悔棋。下到关键处，常常是一方要把走错的子拿回，一方按住手不给反悔……甚至要到对方的手心里去强抠。最后，总是闹得互揭老底不欢而散。有一回两人下得正酣，那边来了人要配钥匙，"老锁"连叫不急，说这盘下完了就来配。那人也正是个棋迷，就过来看，哪知这一看就没完没了。直到尿胀了到一旁小解，回来后，两个下棋的都不见了，四处一看，原来两人在门后面扯着手臂夺车。

传说"老锁"在乡下跟一个寡妇相好，他那腿，就是翻寡妇家墙头时跌坏的。他和寡妇最初相识，说来颇有趣。那天他挑着铜匠担子在乡下转，看到村口一户人家的门上挂一把老式铜锁，竟然是把几乎失传的撑簧鱼锁，一个弯曲插簧从鱼口入，开锁时钥匙中线要正对鱼唇，稍有点歪斜就打不开，这锁又叫"百子锁"。有点激动的"老锁"，就在心里留意了。出了村子，是一截山路，路旁，一个模样还算俊俏的女人独自在割草，一把镂花镶嵌样式古怪的铜钥匙就挂在她裤腰带上。这女人割着割着，抬头突然发现一个陌生男人眼睛直勾勾朝她裤带那里看，心里害怕起来，转身走开，"老锁"就跟了上去。女人加快脚步，"老锁"也加快脚步。女人跑，"老锁"也跟着跑。到了半山腰，女人跑不动了，气喘吁吁地坐在石头上说，你想干什么？"老锁"说我想看看你拴在裤带子上的东西……就是那钥匙。女人长吁一口气，说，就是为这个呵，为什么不早说……我以为你想……想抢我的镰刀呢。

可是，一直到那女人另行嫁了人，"老锁"都未能将那把"百子锁"的奥秘解开。

项　叔

　　他是我父亲的朋友，我呼为项叔。项叔是个刻章的，因为手艺好，生意一直不错，上门刻章的人络绎不绝。项叔原是书店里店员，因为写得一手好字，喜欢雕雕刻刻的，20世纪60年代初从原单位转行加入刻字社。因为刻字社是个松散的行业联盟结构，不久，他就租了间屋单独经营。门脸小，靠的是口碑，一传十，十传百，生意倒是特别好。单位公章、个人私章……项叔不知刻了多少，小小图章红火一时。项叔刻章那是一手绝活，各种字体，规格大小、阴刻阳刻、正刻反刻均娴熟于胸。

　　那时，私章就是身份的象征，领各种票据，领工资，立字据，样样都需要盖章。就连邮递员送邮件，特别是送汇款单和包裹单，大声喊着收件人名字，同时会补充一句："把章拿来敲一下！"一个成年人如果没有私章，可以说是万万不行的。

　　项叔刻一个私章五毛钱，一个公章一元二角。没有介绍信和证明，公章和专用章就不能随便刻。刻章的材料很多，牛角、象牙、玉石、铜、有机玻璃，不同的材料，要用不同的刻刀，把握好不同的分寸，其软硬粗细都不同。刻好一个章后，项叔仔细地把笔画间的细屑清理干净,又反复端详一会儿,才收刀。从抽屉里拿出一盒印泥,认真地拓了拓,然后在一个小本子上盖了个样章。如果发现有什么地方不妥,如笔画间拖泥带水或笔画粗细不一,便立即修正,直至调整到自己满意为止。

刻章不光要懂得锉刀、钝刀、切刀等刀法,而且还要有一定的书法功底,简体、繁体、楷书、隶书、行书等基本字体都应该掌握,这样,刻起来才得心应手。时至今日,就我的审美与修为看项叔留下的几枚篆章,还是很有些汉印的味道,工整而严谨,只是稍嫌受制于规矩而放任不足。毕竟,他只是一个街头刻章的手艺人,而不是篆刻艺术家。作为一个谋生的行当,刻章与书法篆刻并不完全是一回事,图章也追求艺术的完美,但更注重于写实的创作与模仿。我父亲有点书法和治金石的功底,他与项叔能谈得来,多是谈一些笔画钩带方面的感受与技巧。

项叔的刻字铺也在幸福巷内,与李梅村的年画店是斜对面。里面陈设很简单:一个镶着透明玻璃的柜子,展示着一些不同质地和字样的印模及材料,供顾客对比挑选。一张带抽屉的桌子上,放着刻刀、粉刷、印模、印泥、砂纸等工具,刻床是一个长方形的匣子,印章坯子放进去,拧紧两头的螺丝,就固定了。浓眉毛青下巴的项叔,两眼有神,腕力更是骇人,抓一颗核桃在手心里,稍稍一使劲,核桃就碎裂了。在刻章这个行当里,看一个人的腕间运力,就可以知晓其雕刻功夫的高低来。

通常,一位顾客来了,自己挑选出章坯,圆形的、方形的、长条的、扁的,全凭自己喜爱。只要大致交代好要义,接下来,就看项叔干活了。先将章坯打平,随后便是写反字。把章坯在宣纸上按个印，然后在上面用毛笔蘸墨水写好字，顺着印记按在章坯上，再用半湿的软布轻轻地按章坯上的宣纸，直到宣纸上的墨水印到章坯上，这样就可以开始刻了。刻章是精细的活，点画之间，稍有闪失，轻则材料报废，重则伤及身手。刻刀有尖口刀和平口刀，皆锋利异常，运刀要稳、准、狠。先用刻床把章坯紧紧固定，屏气凝神，集中精力，一气呵成。刀法、笔意统一时，一件佳品就出来了。

由于工艺刀法的深浅和笔画立体斜度的多变，使得项叔的刻字不仅具有独特的艺术观赏性，同时还具有一流的防伪性能。因为图章上那些字体，几乎都是独创的，就像按上的手印一样独一无二，别人不容易仿冒。据说，有时连项叔自己都无法刻出两个一模一样的章来。所以，许多单位的公章都是来找他刻。

但有一天项叔遇到了一个上门寻衅的。一个穿戴整齐、面相严竣的中年人走进刻字铺，四周打量了一下，直视项叔说，他有一枚祖传玉石，想刻个私章，今天特意慕名而来……说着从怀里掏出一个精巧的小盒，打开来，里面红丝绒上衬着一颗比指甲盖大不了多少的羊脂白玉。那人递过自己的名片，上面写着三个字：橐懿虢。项叔立刻明白此人是上门操事的了。只听那人接着又说，此玉怕光，雕刻时切记不可开窗开灯。项叔沉沉扫了对方一眼，一字一顿地说，玉月有缘，今晚正是月圆，我就在月下为先生治刻此章，先生明日可来取货。当夜皓月银辉，树影清寂，项叔的身影长了短，短了又长……次日，项叔交出一方小篆体的"橐懿虢印"，那人看了又看，最后禁不住叹息一声：果然是名不虚传呵，我算服了！

后来到了"文化大革命",各种杂如牛毛的组织和派别,都有一个响亮的名称,自然也就少不了相应的图章和大印,且又因为这些组织和派别走马灯一样变换更迭,图章和大印也随之不断花样翻新。同时还要大量雕刻一种毛体"为人民服务"印模,以及当作印戳盖的领袖头像……这让项叔着实红火了一把,最忙的时候,全家人一齐上阵。

"文化大革命"结束那年,项叔在一个月夜去世了。项叔不知在哪里吃多了酒,带着浓浓醉意回家,是夜中天朗月,银辉似水,在路过二道桥时,项叔不知怎么一下失足踏空,跌入那个即将填埋的废水道中,溺水而亡。

牙医刘心文

镶牙在我们那里叫包大金牙,街上常能见到咧着嘴笑的人,为的是展出他们口中黄灿灿的大金牙。刘心文有一手镶牙的绝活:镶金牙、银牙,还能嵌植宝牙。在许多人眼中,他是一个很有本事的人。

刘心文既对付坏牙,也对付好牙,他在对付坏牙的时候是牙医,对付好牙的时候是镶牙的。刘心文对付坏牙齿的主要手段,就是用特殊充填材料塞进坏死的牙洞里,要是塞了好多次仍然疼痛不减,就干脆用锤子加凿子将破损的病牙敲下来,算是"彻底根治"。对付好牙的主要方法,就是用锉刀将牙锉小,然后包上刺目的大金牙。尽管民间认为有真金在口心里踏实,夜里不做恶梦,但镶牙的最大吸引力,还是觉得那是一种脸面和身份的象征。

俗语说"镶金牙的自来笑,留分头的不戴帽",可见那时留个分头也是身份的象征。其实这句俗语后面还有两句,"戴手表的撸衣袖,穿皮鞋的走石条",皮鞋后跟上都打了响钉,走在石板地上咔咔响,很威风。我们那时有一拿手好戏,就是把香烟盒里的锡纸箔揭下来,贴在牙上,亮晃晃的,说是镶的"银牙",看到有包大金牙的人走过来,比如石裁缝这样的人,就悄悄地龇着牙跟在他身后跑,惹来一阵笑声。

刘心文的牙医诊所外面,飘着一面白旗,上面画着满口的牙齿,巨大的两个字"镶牙"嵌在其间,很是引人注目。可见,刘心文是把镶牙看成自己业务的主攻方向,这就说明刘心文是手艺人,而非治病的医生。刘心文的专长技术叫"吹焊",就是点起一个小酒精灯,然后口里衔一根古怪的紫铜弯管,对着灯焰吹气,吹出蓝蓝的火头,集中到一点,将一个小小的金豆烧化,最后能套到牙模上才算成功。由于长年累月地吹,刘心文的腮帮都吹肿了,吹歪了。如果是要补牙、植牙,刘心文的第一道工序,就是打牙模,用热水化开红色或蓝色的打样糕,调匀后放进牙托里,然后伸进患者大张的口中,往下一按,就打好模了。接下来,就是次日或若干日之后来装牙。等到牙装好了,刘心文照例会问感觉怎么样?人家说有点不习惯。刘心文说刚开始都是这样,习惯了就好了。在平时生活中,刘心文只要是同别人说话,眼睛总是很注意地朝人家嘴里看,这是他职业养成的习惯。人家都说,刘心文最爱的一种人,是嘴里没有一颗牙的豁巴子,试想一下,这样一无遮拦的嘴中,做出满口的牙,岂不是一笔大生意?其实,这种人逮眼就能认准,只要腮帮子是瘪进去的,嘴里的牙肯定不多了,保准是笔大单。刘心文有一种特别便宜的植牙材料,是用生石灰、苎麻丝、桐油三者搅拌而成的,这种东西干了之后,的确坚硬无比,但不耐磨,也缺乏韧性,基本上一年之后在嘴里就找不见影子了。

凭良心说,刘心文并非黑心之人,起码,他给人弄的金牙都是成色能讲得过去的真金,不像有些游医,给你贴的是黄铜片。镇上小学看门的老鲍,就是因为贪便宜吃了个闷心亏。你没听老鲍经常叹息:"唉,现在镶个金牙也不亮啦!早先有牙粉,金牙用牙粉一擦,闭住嘴也能冒出光来。现在不行啦,你看我左边这个牙,还黄亮亮的;右边这个,像他妈破铜片子,都快长了绿铜锈啦……"

住三圣坊的张妈有一对耳丝,连同一个戒指都是当年自己母亲给的纪念物。张妈已经把那戒指给过儿媳妇了,可是儿媳妇一直想把耳丝也要到手。没办法,张妈就找刘心文用吹枪把耳丝化了,做了一颗金牙镶在口里。不久,老太太身体渐差,在床上睡了两个月就去世了。老太太死后,儿媳发现她自己的那个戒指也不见了,找了好几天也没找到……突然想起,好像听给婆婆殓容的老头说,死人嘴里有两颗金牙……两颗牙,这不是多出来了一颗?就去问刘心文到底给老太太镶了几颗牙,刘心文肯定地说只镶了一颗……这就怪了,那女人怔怔了半天都回不过来神。

刘心文的老婆叫桃花,湖北天门人,也是做牙医出身的,不过说出来有点让人笑话,她是跟着父母挑牙虫才到这边来的。江湖骗局挑牙虫,是以一种树叶晒干磨成粉末,藏在指甲里,当患者前来求治时,挑牙虫的把挑虫的筷子或银针放在患者口腔里,在藏粉末的指甲边一拖,指甲里的粉末遇到水,就成了牙虫的形状。挑出的牙虫论条数跟你算账,少则三五条,多则十数条。桃花的父母则是施的另一路法术,将一种有韧性的物质切成虫状,干燥后粘在银针的凹槽里带入口腔,遇到唾液泡开后,如同白线头般细蛆,泡在水里蠕蠕游动,活灵活现。同时也挑眼虫,手段大致相同。至于耳里有虫，则要把韭菜籽放烧红的锅铁片上再倒菜籽油熏，熏耳虫要堵住另一只耳，闭口，捏紧鼻孔。

那一回，十八岁的桃花雏莺初啼，独当一面做活计，正好撞到刘心文枪口上。刘心文见这姑娘生得杏眼柳眉，面白腮红，不禁心下暗暗一动，便故意设了局。桃花被勘破，好在并未当众出丑，人家温柔地留了一手……桃花心里有数，一来二往，两年之后做成了一家人。刘心文当然早就不准她挑牙虫了，让她穿上白大褂子，给自己打下手做石膏模子，学会用医具在患者口中叮叮当当敲击一阵子，然后说出一些正经的医治术语来。因为这女人的手法特别轻柔，在诊治患者过程中有省去打麻药的功效。

郑五八

打铜巷里的郑五八是钉秤的。制秤之所以叫钉秤，是因为秤杆上的星花全部是手工一个星一个星钉上去的。郑五八的叔叔也是一个钉秤匠，在叔叔的影响下，郑五八自十二岁起就跟随叔叔学艺，十八岁那年，便接过叔叔特意给他准备下的钉秤家当，来到我们镇上另立了门户。

早先，郑五八都是自己做秤杆，一般挑选纹理细腻且质地坚硬的材质，如柞木、枣木、红木等。为了保证做出来的秤杆不开裂，选好的料要堆放两个伏天，干透了后才能使用。做秤杆的材料刨成笔直的细长棍，再用碱水浸泡，拿细砂布打磨光滑，也有的用蓼珠子来回擦拭，等到两端都包上亮闪闪的金属皮，秤杆才算初步成形……后来，郑五八嫌这些工序太烦琐，就听从了一个同行的建议，从外地购进已安装好秤纽、秤钩和铜皮包头的半成品，到他手中只做校秤、分刻度、手工钻眼、钉星花、打磨着色等工序，方才省了不少事。

不过，一根秤杆上动辄要钉进成百上千个星，如果没有足够的耐心，还是干不了这个活的。而弹线定星位，则是做秤的关键工序，墨线直、星位准是最起码的要求。提绳的位置，秤砣、秤钩或秤盘的重量，秤杆的粗细、长短，都直接影响星点的定位。郑五八将秤杆挂上秤盘确定支点，用砝码校验。他左手不停地轻轻拨移秤砣，当秤杆处于平衡时，就用双脚规在秤杆背面画一道印记，在此位置钉出的一排星叫定盘星，后面的重量刻度一一标明，所有秤星都是根据定盘星确定。一杆度量为30斤的秤要钻近300个眼，他用一把极为精致的小旋钻照着刻下的记号打眼，一杆秤上有多少星，便需多少眼。

鼻梁上架着眼镜的郑五八，每天坐在他的铺子里，埋头给一把把秤杆钉星。地上散乱地摆放着一些制秤工具，墙上则挂着各种杆秤的成品和半成品。郑五八膝上铺块麻布，一手拿刀，一手拿一段细铜丝，先将铜丝插入已经钻好的星眼，然后用刀贴着秤杆割断铜丝，掉过刀背在秤杆上轻敲几下，然后再插下一个星眼，再割断……动作既连贯又快捷。最后统一锉平，拿细砂纸一打，一个个闪着暗光的星星点点就钉在了秤杆上。各个秤匠会排出不同的星点，不同的星花图案，也成了各秤匠之间辨认自己产品的标识。听说外地也有些秤匠图省事，直接将水银抹入星眼中。

最后一道工序是上色。需要青黑色秤杆的，用五倍子、青矾捣碎调水涂抹；喜欢红褐色的，用泡过的红茶渣、石灰搓揉抛光……秤杆的颜色完全凭客户的喜好决定。所谓"秤不离砣，公不离婆"，强调的就是不离不弃。秤砣都是铁铸的，早先的殷实人家和富有的商行店铺，还在秤砣上浇铸自己的堂号和商号。

小秤以"钱"进位，大秤以"两"进位。有一种大抬秤，秤杆有小孩子的手臂粗，一百斤以上的重量才能够得上称，一百斤以下一般为中秤的称量，而那种带秤盘的小秤，通常是小贩们用的，只十斤以下的称量。那时的民间，都是通行十六两制，即十六两为一斤，半斤则为八两，"半斤对八两"即比喻"两个都差不多"。

钉秤是一项良心活儿，有黑心人会在秤上做手脚，这就是被人称为"做鬼秤"的，有了"做鬼秤"的，就有"卖鬼秤"的。有一天，郑五八的铺子里来了一个黑汉子，未曾开口说话，先掏出一把钱，把话挑明了说工钱可多付，但一定要把秤钉"老"一些，即多于标准斤两，因为他要去山里收茶叶。郑五八看了看这人，没说行也没说不行，起身给他倒了一杯茶水，说，你先喝口茶，我给你讲一个故事。

郑五八讲的是从前有个靠卖馍发家的王老板，刚做生意时，他要钉一杆如意的好秤，于是对请来钉秤的人说，你钉秤钉"嫩"一点，若能将15两馍称成一斤，除工钱外，再赏你二钱银子。王老板出门后，老板娘对钉秤的人说，你钉秤钉"老"一点，若能将17两馍称一斤，除工钱外，我会赏你五钱银子，但要对当家的保密。于是，"老"秤称馍，称出奇迹，顾客盈门，王老板生意越做越红火。你想想，倘用黑心"嫩"秤克扣顾客，他这生意还发得了吗……赵五八的故事讲完了，那黑汉子怔了一会，然后起身收起放在桌子上的钱，朝着赵五八恭恭敬敬掬了一躬，头也不回地走了出去。

过春节时，那人给郑五八送来了一副对联：制衡奇偶求公平，斤两重轻照眼明。

乔达子

乔达子是个六十岁左右的干瘦的老头，嗓音低沉，言语不多。每到冬腊年底，乔达子家里走动的人就多起来，进进出出，来来去去，显示着一种肃然的气氛——他们在筹划正月里耍龙灯的事。乔达子是耍灯的师傅，即俗呼的"灯师"。"灯师"不单经验丰富，更要威望出众，一个眼神，一个手势，比说话都管用，扎灯、演练、祭灯、出灯，各项派活，乃至联络交往诸多事宜，都要听他的。

我们那里耍的龙灯有两种，一叫"滚龙"，又称"地龙"，另一种是"板龙"。乔达子每年领着人闹腾的是"板龙"。

大约在腊月初八这天，乔达子把人召到家里，说明思路，各抒己见，厘清头绪，相当于开一个筹备会议。但这个会的效率很高，因为分工派活特别是准备扎灯的材料的事当场得以拍板落实。大约是看主帅升帐点将的戏看多了，那些叫到姓名受领了任务的人，竟也不自而然双手当胸抱拳一揖，就差没将口里喊出的"是"换成一句"末将领命"。

第一桩事是扎灯。自有会木匠和篾匠活的人不请自到，锯木、剖竹，刨出一块块光净的板，扎成一个个圆的竹筒，竹筒上饰以各色花纸，如果以红纸为基调就是红龙，以白纸为基调就是白龙，以黄纸为基调，当然就是黄龙了。龙头、龙尾均以竹篾扎成，再糊上彩纸，饰以龙须、龙眼、龙眉、龙角。每一道工序都是手工活，来不得半点马虎。龙头是整条龙的关键部分，必由乔达子亲自带人制作。有多少块板，就有多少节竹筒，一块一节的，接成龙的身子，也就是龙骨。"板龙"气势雄伟，别具一格，龙身每段用板凳面大小的木板作底座，两端凿圆孔，用一尺多长的木棒连接，既可直线行走，又可左右盘旋。龙身上画着"八仙过海""岳母刺字""穆桂英挂帅"和"桃园三结义"图案，一板一出戏，是板龙最具特点之处，那是要专门请画师来画上去。"板龙"龙身长短不一，视具体情况而定，风调雨顺好年成，太平世道，人心欢悦，龙身长达一百多板，几百米长，首尾呼应走动起来，气势非凡。

　　乔达子既要监工扎灯，又要到场指挥演练舞龙的动作套路。相对一些"纱龙""纸龙"和"草龙"，"板龙"结构粗重，风格古朴刚劲，基本动作有"翻滚""绞缠""穿插""蹿跃""叩首"等。每条"板龙"数十块龙身板，一人一段举之，龙头6人擎，3人摆舞龙尾，一个手持红绸宝珠的人在前引龙戏舞。持珠人头扎绣巾，扎腰束腿，鞋尖上缀着红绣球，扭、挥、仰、俯、跑、跳，珠行龙行，珠退龙退，珠伏龙伏，珠绕龙绕……先前，这个持珠人一直都是乔达子自己担纲，后来上了年纪，才交给别人。被挑选出来舞龙的，是身体素质较好的青年人和中年人，一般都是老面孔，年年耍龙，知晓套路，是队伍里的基本成员，无须多讲，训练起来省事。

到了腊月二十八的晚上,整个演练及扎灯贴彩的最后几道工序全部结束。富丽堂皇、神采奕奕的"板龙"停在一所空闲的大屋里,轩敞的大堂被打扫得干干净净,神龛点上灯,燃起香,摆上各色供品。长出了几十条腿的龙,被盘在堂屋中央,龙头高高昂着,乔达子领着人作揖磕头,将贴在龙眼睛上的两片金箔揭去,叫作"点龙睛",龙身各板皆点上蜡烛,叫作"放龙光"。

正月初二出灯,出灯前,乔达子再次拈香跪拜,放过二十八支双响炮,抬着龙去码头渡口边,见过"圣水",还要在镇上巡游一周。唢呐锣鼓相随,吹吹打打,好不热闹,小孩子奔走欢呼,出灯了!出灯了!游龙首巡第一站是十字街口,表演了"龙头钻阵"和"游龙戏珠"还有"金蟒脱壳"之后,就前面摇头后面摆尾地朝万年台蜿蜒而去。耍"板龙"灯,盘龙是压轴戏,在万年台开阔的场地上,整个盘龙表演翻腾变化莫测,盘旋的圈数一般为顺时针3圈、逆时针3圈,盘旋的速度随着鼓乐由缓到急,时而转龙门阵,时而变天门阵,时而转五大循环阵……锣鼓喧天,鞭炮齐鸣,掌声、喝彩声、打哨子声,一浪盖过一浪!晚上盘龙那一场最好看,盘到高潮时,宝珠光影闪动,金碧辉煌的龙头、龙尾时分时合,近看似火龙翻滚,远望如满天流星……龙嘴里一阵阵喷出耀眼的火焰,那是乔达子用谷糠掺上黑火药做出来的;龙身子里插的蜡烛,是把棉花缠在芦柴秆上蘸羊油、牛油制成,跑动时风吹不灭。

初三一早,乔达子举着一面小小的三角龙旗,领着"板龙"下乡。过渡口时,抽掉板与板之间那个插孔里的圆轴,龙身就拆断，分散上船，约需半个多小时方能全部渡完。离渡口最近的村里走过来两位老者接灯，乔达子迎上去，一番打礼，从两老者手里接过用红布包着的"封包"和香烛篮，有年轻人随后放响冲天炮。进村前，乔达子手中三角龙旗一挥，命持珠人领着长龙从庄稼田里踩一趟，说是"龙踩脚"，逢着麦苗踩麦苗，逢着油菜踩油菜，田块被龙踩过，意味着当年会获得大丰收。从田里上来，这条巨龙就前面摇头后面摆尾地往村里的稻场上而去……盘龙开始，鞭炮鼓乐齐鸣。

老山根的沉默生涯

　　石磨多用青岗石或花岗石做成，坚硬，麻糙，一点都不匀光，很能显示生活本质的粗砺。石磨有夫妻相，上扇比下扇厚，没两人抬不动，这有利于以自身重量加强碾压。下扇固定，朝上挺立一截两寸长铁质或木质磨轴，套入上扇磨心处包铁小孔里，旁有一个插磨担轴的木柄，磨担转起，带动有木柄的上扇磨盘……上下齿槽回环压研，通过磨眼流下的谷物，就会被磨成粉末或浆汁。

　　石磨不说家家都有，但家家都要同石磨打交道，使用很频繁，时日一长，那些曲曲折折的槽槽道道给磨平，犹如牙齿被岁月磨钝，难嚼碎东西。勉力再磨，流淌下来多是"消化不良"的渣渣。这时，就要带信喊洗匠老山根过来洗磨子。

　　洗磨子是门硬碰硬的手艺活，一般的石匠都能干，但洗磨子的洗匠未必能干下来石匠的雕、刻、鎏、描等高精技术活。就像箍桶匠只能屈于木匠之下一样，洗匠勉强只能算是二流石匠。但因为术有专攻，让正经的石匠和木匠来洗磨子和箍桶，技术上肯定差了一个层次。

　　一袭黑衣，腰板挺直，满脸胡楂配着阴沉目光的老山根过来了。"哗啷"一声放下背着的破麻袋，掸眼扫过要洗的石磨，弯下身撮口吹去上面浮尘，双臂一使力，把厚重的上磨石掀开，端起，放地上摊平。摸摸上面齿槽，根据石质和纹路深浅估摸所需工时，然后朝主人伸出手指，三根指头三元钱，五根指头五元钱，若是先竖一指再圈起拇食二指成一圆环，就表示要收十元……都是一口价，也不言语，成则接活，不成便走人。因为手艺好，名头响，更主要是从不瞎要价，所以他一出指便成交。要是收六七元以上，通常是磨损已经很严重，需干上两三天活。

开工前，老山根打开破麻袋，从里面掏出折叠的帆布小马扎，再掏出一个死沉的灰旧布包，一层层解开捆扎的麻绳，露出小锤和一排长短不一的錾子。挑出几把前端亮晃晃的錾子，先用粗砂纸打一打，再在砥石上磨几下。然后，往磨盘上淋水，仔细觑过，拿抹布擦净。抄来小马扎坐下，一手使錾，一手挥锤，叮叮当当声响起。錾子一会直，一会斜，一会顺，一会逆……凿凿擦擦，吹吹刷刷，分寸全凭手感把握。力道小了，錾子吃不上劲，出力猛了，不小心把齿槽凿豁，废了一扇磨，就要赔钱。

这中间，老山根要起身换几回錾，或是将錾头用砥石打磨几下，饮点主人备好的茶水，再从一个布兜里掏出一小把莹白的鸡头米嚼食充当点心，补充力气。当那些凹槽和凸齿再次被一道道清理出来，不深不浅，不厚不薄，展示着一片青亮宜人的錾痕，磨子也就洗好了。两扇磨盘合拢一起，插上磨担，推拉几回，空空的磨腔里，那从前研磨谷物、米粉、豆浆的欢快声音又回来了。

从请进家门，到结账走人，老山根说不上三句话。他的沉默，就像一座山，或许这便是他浑名的来历。

也有可能，山根就是个真名，冠上姓，还是很顺口响亮的。至于有过什么样波澜起伏人生经历，似乎是个谜了。

有人说他过去干过国军的营长，打日本鬼子时负伤，就落职为民了……又说他干的是解放军营长，在战场上私放了敌方团长受惩罚逐出部队，因为那个团长是和他一起长大的少东家。老山根的几年山里日子，都是交给观里当了道士。南方道士多属正一派，可以食荤，但吃的须是所谓"三净肉"，即不见杀，不闻杀，不为己杀。道士讲究养生，老山根虽已改职做洗匠，但一些特殊行为却保留下来，比如常年嚼食能生津益气的葛根和鸡头米。

有人招老山根干活时去过他的窝棚，外面种着玉米，都长得惨不忍睹，只三两寸长，无精打采，干瘪空洞。一旁，堆满灰干的鸡头米的刺球一样苞壳，非常扎眼。周遭一转，皆窄小沟塘，鸡头菜浮生水面，看似挤挤挨挨亲密无间，实则其叶、梗、苞无一不满布尖刺。它们结的球形果，顶部似鸡头，刺长且密。很多人都知道，十多里外有个大淖，荒天野水，特别肥大的鸡头苞圆盾形绿叶，像被擀面杖擀开一般，每一张都有洗澡盆大！

深秋水还不太冷的时候，便有一个满脸胡楂的黑衣人来大淖收割鸡头苞。黑衣人沉默无语，眼睛也很少抬起。从水下割出一堆鸡头苞，就坐在塘埂边剥刺，用脚踏住一只，拿镰刀对着外壳轻轻一拖，脚一碾，皮就脱掉。将一个个白色紫色海绵泡包裹着的石榴状果实摊在地上晒，到晚上就半干了，收入两只麻袋里一肩担走。

黑衣人的扁担上有暗槽，内藏一截钓竿，随身携带着一个小酒壶和一个小罐。每到近午时，就地用镰刀掘个灶洞，再从掘出的土里捡几条蚯蚓，往塘口撒一小把米，钓竿一伸就有鱼上钩。太大和太小的鱼一律放回不要，只留下巴掌大鲫鱼，收拾到罐里，灶洞塞进干草点燃，一会工夫便有香气飘出。他便掏出小酒壶就着云淡风轻，慢慢咂着……

渡人渡己的丁三

俗话说，隔河不隔渡。长长的河岸，隔数里远便有一处渡口。

上河街和下河街都是乡镇接合部，两头各有渡口，丁三掌管的便是下河渡。有句古诗，叫"君看渡口淘沙处，渡却人间多少人？"大路要道上渡口，就算春潮带来细雨，也断无覆水新篁那般荒远意境。河水清澈，波光粼粼，一船摇摆两岸客，来去多是有缘人。

上船过渡，近邻周边人不必给船资，摆过来渡过去每趟都掏钱收钱，麻烦不说，乡里乡亲面子上也抹不开。于是，每年腊月尾，摆渡的丁三挑两只空稻箩，挨家挨户地去收"渡乡"。乡人和街坊见丁三来了，倒茶递烟，寒暄几句，有钱给个三元五元，没钱就从米缸里舀几筒子米倒进箩里，也有人用葫芦瓢端来些鸡蛋鸭蛋……丁三不计较多少，一律收下，口里道声"多谢"，转身去另一家。周遭一带收下来，据说也能抵上十多担稻子，除了养家活口，还可挤出一点资费修补渡船。

渡船没有篷，憨实样子，船头宽宽正正，船尾稍翘起，舱内有横档，隔成几个小格子，船身经桐油油过多遍，呈深棕色。下河渡那条净光的大路有多少人踩过？没人能说得清，反正很早的时候精瘦的丁三就在这摆渡了。实际上，丁三也才四十岁出点头，但长得太老相，脸皮如船身一样棕红粗糙，还有他那紧握船篙的大手，骨节嶙峋，青筋凸现，全无这一汪碧水带来的灵秀，所谓"干精精，瘦壳壳，一餐要吃五钵钵"。但有的孩子起哄唱"丁三丁三，不坐船帮，屁股焦干，生个鸭蛋"，不知是何道理？

丁三摆渡，靠一支带闪亮钻头的手腕粗竹篙，黄梅天满河大水，竹篙触不到底，就从家里扛来一支木桨装到船帮沿桨桩上。竹篙一插到底，桨是斜平着挂水，所以人们把摇桨说成"摊桨"。平时，船上很快能坐满人，但有时半天才上来一两个人，要是急着去对岸，丁三就拔出插在船鼻子里的竹篙，往岸上一点，再一使劲，船就离了岸，掉头往河心而去。丁三立身船头，凭一支竹篙，左撑一下，右撑一下，碰着船帮咚咚响，或是胸脯抵住篙梢踩着帮沿从船头走到船尾，船便在河中缓缓而行。微微风起，碧水澄清，侧身能看得清附在船底茸茸的青苔。要是碰上退水，岸边一片烂泥，丁三就从船头踢出一块跳板搭上，跳板上缠着一道道草绳，防止打滑。

渡船横着过河，会尽量避让上行和下行的船。这通常是运粮、运肥、运石灰、运生产资料的船，体大，桅高，总是有几只水鸟跟着船走，呱呱叫几声，又飞走了。有时，从河的上游不知怎么就漂来了长长一溜木排或是竹筏，搭着小棚，一只或两只白鹭，缩着颈子静静地立在排筏尾，被风领航，载向远方。

丁三很尽职，不管刮风下雨，烈日当头，只要对岸有人叫唤，哪怕半夜三更，也要把船撑过来的。摆渡最苦要数寒冬腊月了，握着湿淋淋的竹篙，真是切骨之寒。下雪天，蓑衣笠帽上一片白色，整个世界银装素裹，河水呈现出一种别样的黝黑，像是一道无底深渊……竹篙起水，两手搓着结在上面的一层薄冰咔咔直响，被称为"捋鸡蛋壳"。但不管怎样，渡都要摆，所以有人总结"世上三样苦，撑船、打铁、磨豆腐"。

外地人过渡，一次收三分钱。如果实在掏不出，或是大票子找不开，也就算了。倘若遇到故意不给钱的，丁三只是不屑地瞅他一眼，然后默不作声走开，去拔篙撑船。倒是船上其他人看不过去，会发话："我说这位大哥，摆渡的手掌心当大路，方便大家，不就三分钱嘛，给了吧……与人方便，自己方便。"那舍不得给钱的人便面红耳赤，讪讪地伸手到内衣口袋里，抠出带有体温的一枚或两枚银角子，轻轻丢入船头一个陶罐里。

每到过年过节和新正月里，是丁三最繁忙的时候。上街下镇、走亲访友都要过渡，提篮子的挑担子的，什么人都有，有的坐在船帮沿上，有的坐在船舱里横档上。一上船便开聊，天气呵、年成呵、国家大事呵，或是张家走了老人，李家添了孙子，哪家盖房子了，还有哪家新媳妇过门才两天跟谁谁跑了……有人干脆对着丁三说：五百年修得同船渡，你这一辈子要渡多少人修下多少缘分呵？老头们笑过，从后腰带上摸出黄烟杆叭滋叭滋地抽着，呛人的烟味就在船头船尾弥漫开来。

慢慢地，船将拢岸了。立于船头的丁三将手中的船篙抵向岸，以减轻撞击力。当船霍一下触岸，丁三的船篙已从船鼻子里插下，牢牢插进淤泥中，口中"慢点""慢点"招呼着……于是，人呀，货呀，全上了岸，走出柳林，步声杂沓，各往各的地方而去。

"过河哟,过河哟!丁三把船撑过来哟!"对岸,又有人在喊了。

要是没人过渡,丁三就弯腰撅屁股地摆弄船舱中的隔板,拿一个硕大蚌壳往外舀干那下面的渗水,再把板一块块铺平整。小孩子似乎又找到拿他打趣的话头:"船板一撬,打到我的腰;船板一脱,打到我的脚,我找丁三讨膏药!"这话是有来历的,因为婆娘一年到头犯筋骨痛毛病,丁三便常向熟人讨膏药给婆娘贴。

实际上,丁三最忙是在唱戏的日子里。镇上有戏班,乡下有草台班,演黄梅戏也演被喊作"倒七戏"的庐剧。栽几棵木柱,扎几根横担,再搭上几块跳板或者门板,中间竖两块摊垫或是大晒箕,便是戏台。有一年秋天,河两边唱对台戏,竟然都把戏台搭在水里,站在开满红蓼花的河滩上看累了,就退后坐在埂坡上看。到了晚上,台上亮灯,水面上也有灯,戏台上人物就像在仙境里飘来飘去。看戏的人看了这边不过瘾,又大呼小叫吆喝着上船去看对面的……人多时,都快把船压沉了!

谁也没想到,这看戏却看出了事……河东一个男的,河西一个女的,不知何时牵手好上了。但是姑娘早被邻村大队书记看中,请公社书记出面做媒说动了父母,婚礼定在元旦。没等到那一天,姑娘投了河。尸体长时捞不到,许多人往下游寻了几十里,皆无着落。

傍晚时,精干黑瘦的丁三从渡船上下来,指着上游一处回水湾说,十有八九,还是沉在那水底……不待众人反应,径自走过去,脱掉外衣一个猛子扎下去。几个兜转,真的给捞了上来。

轧织轧织声如潮

上河街小高埠有些砖墙上顶大屋,几户人家分住,老宅外又接出许多小披厦,屋檐搭着高墙……这有个好处,就是吃饭时端着碗可以穿越多家厅堂,顺便夹上一筷子两筷子菜。大屋中央有一个天井,四转是一圈淌水阴沟,一架老迈的摇车就摆在旁边。上河街小高埠人将纺纱车喊作摇车,纺纱也就成了"摇纱"。

暮色降临,天井上方星星初现了。朦胧的老屋里,飘浮起一片"轧织——轧织"的叫声。

一盏带玻璃罩子的煤油灯,散着昏黄光晕,额上横着层层皱纹影的佝奶奶坐在小竹椅上,不停地摇转手柄。旁边的笸箩里,整齐码放着一个个在搓板上搓出的雪白棉花条子,这是她每晚必须完成的纺量。"棉花条子轻轻捏在手,线纱不断往外抽"……吱呀,吱呀,吱吱呀,摇车轮子的转轴无始无终地响着,把笸箩里的棉花条子摇成长长的没有尽头的线纱。

灯影里,佝奶奶身子微微侧倾,右手摇着手柄,左手捏一根棉花条子,向后,向上,把一根又细又匀的线纱不断牵长……直至再也不能上举和后扬,便停下来,捏住棉条和线纱结合部,以小指挑起绷直的线纱，让依着惯性旋转的纱锭将线纱拧得紧实些。接下来，反摇大纺轮，让线纱回绕到纱锭上。如此反复循环，直到一个两头尖尖的拳头大纱锭形成。摘下纱锭，再把一段卷起的干笋壳插到摇车的锭子上，摇动纺轮，上蜡的车弦细绳便带动纱锭子继续旋转。一般人两晚摇出一个纱锭，佝奶奶一晚能摇出一个纱锭。

我们有人手爪子痒，瞅着佝奶奶起身做别的事，跑上去帮着摇上几圈，大多帮倒忙。力气稍微用大，线纱就断了；劲小了，线纱松散不成样子。佝奶奶也不埋怨，只瘪着嘴笑笑说：这摇纱，哪是你们做的事呵？

每晚，忙完家务的佝奶奶坐在天井边小竹椅上，一手滤着纱头，一手握着摇车手柄，慢悠悠地摇，从春天摇进秋天。挂在檐角的小巧篾笼里，小虫子纺织娘，通体翠绿，薄而透明的翅膀颤动着，头上两根黄褐细长触须也上下抖动着，放出清脆悦耳的"轧织——轧织"声。晚风凉，野花香，摇纱摇到大天亮；今晚摇，明晚摇，到底摇了几斤又几两……

有时摇乏了，佝奶奶就边摇边唱些自编小调民谣，听上去很逗趣："摇车摇车框框，一摇摇到东边山上。东边山上一根线，一拉拉到洪洞县；洪洞县里一根纱，一拉拉到佝奶奶家。佝奶奶哎，捉狗子噢！狗子还没落寨……捉去吧，捉去吧！"

线纱摇够了，就上织布机打。打前，有的线纱要放进蒸笼里蒸一下，或是放进稀面汤里煮沸，这叫上浆，为的是增加韧性。一上一下的经纬线，用梭子从上下交叉的线纱之间拉过来推过去。有时每隔一段还需加衬一根细棍，并顺手将线纱压紧，来回往复，很有点像篾匠打竹簟……一匹有点粗糙的老布织出来了，或者染色，或者不染色，或者间杂着花色，自有人上门买走。

老布又称老土布，书面语就是家纺布吧。虽然街头上晃来走去的人多穿哔叽布和卡其布，挺阔，气派，但老年人仍旧喜穿染色老布。老布摸起来硬邦邦，穿身上透气吸汗，冬暖夏凉，还能"按摩"皮肤。因为特别结实耐用，许多人家里的包衫布、头饰布、床单布、被夹里布也都是老布。

夜晚的油灯下，侉奶奶在织布机上忙碌。"唧唧——唧唧""轧织——轧织"响个不停，织出来的不仅是老布，也是侉奶奶自身的过往岁月。外面埂坡篱墙上，有许多虫子应和着叫，一片如潮声响，夹在汤汤的河水里流走。

听人说，侉奶奶是从很远很远的北边过来的，十七岁那年就过来了，剪掉两条漆黑大辫子，改成俊俏巴巴髻。可是，男人只给留下一个遗腹子，跟人去挑私盐，从此再也没有回来。她就凭着一架摇车、一架织布机，将儿子养大成人。侉奶奶说话，除了偶或冒出一两声"俺"或"啥"，口音早已随了当地，听起来很软和。要是白天事少，侉奶奶也会坐到小竹椅上摇纱。当天井的日光从西边的墙壁缓缓移下，照到门栏上时，侉奶奶就会站起来，掸掉身上乱絮，说该做饭了。

秋天到了，落了一场冷雨。没过几天，又渐渐沥沥落了一夜，把篱笆和草丛中的虫声差不多都浇灭了。

天转晴，下河沿那里就要搭台唱戏了。第一晚唱的是《董永卖身》，侉奶奶难得歇了摇车赶场瞧回戏。里面许多仙女飘飘荡荡下凡的场景着实好看，还有老槐树开口说话也很有趣……七仙女烧难香,把姐妹们招来"织锦",那个大姐一副滑稽相,画着老阔的嘴巴,脸上还有一点点麻子,拿着一柄破芭蕉叶扇坐着织布。这跟侉奶奶织布完全不像嘛,小孩子们不耐烦了,吵嚷起来:"什么一更天呀,二更天呀,咿咿呀呀唱个没完没了——麻大姐织布,许多的啰唆,老是赖着不下去,把人都烦死了!"

牛贩子的江湖能耐

吴圣基矮矬壮实,眼神沉稳,面膛微紫,隐带笑容。初见之下,很难相信他有六十岁了。

吴圣基早年做过牛贩子,走南闯北,见多识广,积攒下一身故事。传说他会奇门遁甲,看得懂四柱八卦推背图,更有人说他练功练到了踏着草席可以飞行,在一堵墙上画个洞就能穿入……这当然都是胡扯了。

阴曹地府里和马面配对干活的牛头,是副黄牛模样,但我们这里黄牛行不通,"黄牛换黑牡,找钱一百五",黄牛怕水且力气小,只能在山区耕点浮土。圩区是水牛的天下,水牛力大,能在齐肚子深水田里拖着耙耖来回翻耕,卷起连排浊浪。圩区牛贩子打交道的自然全是水牛,低买高卖,长运短贩,全凭眼力赚钱。有时,将病牛和老牛买回,精心医治和调理,毛上色,膘催出,充作壮牛卖给人家,这赚的就是昧心钱了。牛贩子属于江湖上人,能言善辩,精通牛性,深谙世情,更有瞒天过海、死的能讲成活的本领。

中华人民共和国成立后,牛和人都入了集体,牛贩子行当也就不存在了。不过牛市交易还是有的,哪村哪队没有七八头耕牛,有的老牛多壮年牛少,有的牯牛多母牛少,这就少不了各取所需相互调济进行交易。吴圣基常被人请去选牛买牛,有时仅是探个风,看哪里有好牛和合适牛,以为日后图谋留个伏笔。

医牛是牛贩子看家本领,哪里的牛不吃草了,或是这半边水肚子瘪的,那半边草肚子却胀老高直喘气,就来找吴圣基。吴圣基有时用单方,有时会开出处方,熬了药,倒进随身带来的一个斜插口竹筒里,牵起牛鼻绳给灌下去。两天后,就能正常吃草倒沫了。别处骟牛,是在小牛犊时进行,我们这里不同,小牯牛长成大牯牛,再去割那胯后吊着的骚蛋。割完,就把牛赶下水塘止痛。吴圣基每回拉开弓步沉身提气做这事,必搞得惊天动地,引来许多人围观。

老农做了一辈子田,使了一辈子牛,当然最了解牛了。什么样牛温顺好使,什么样牛有耐力。首先,"龙关"(牛背)要宽厚,屁股壮阔,皮毛柔顺,有光泽,有弹性;四条腿粗壮匀称,走路时蹄壳印子不能重叠,后脚要超过前脚。眼睛大的牛讨人喜,聪明,有活力……但是,若让做过牛贩子的吴圣基来现场演示牛经,那真的是开眼界!

那天上午,在下河街渡口,一个戴草帽背人造革包的马脸汉子牵着一条大牯牛下了船,立刻被人围住。汉子说他是出来卖牛的,并掏出一张介绍信自证身份。刚好,蔬菜队想买头牛,队长和会计赶到,见这牛盘筛角,骨膀大,能下力干活,就讨价还价起来。卖方要二百五十元,低了这个价不谈。队长一时吃不准,就派人喊来吴圣基。对方见来的是个方面大耳之人,像个主大事的，先打根烟过来。吴圣基笑眯眯接了，问是几岁口。答说，刚"齐口"，满八岁。

吴圣基把烟夹到耳朵后，走上前，一手拉提牛鼻圈，让牛抬起上唇，另一手从一边嘴角插入，拉住牛舌，众人看清，光秃秃上唇下面，果然是"齐口"半圈白生生八颗牙。吴圣基交还牛鼻绳，走到河边洗过手，甩干水，自兜里另掏一根烟递给红鼻头汉子，然后摸出耳朵后香烟点燃，指指牛说："不止八岁，有十三四岁了吧？"对方闻言一惊，丢下手里扇风的草帽，双手抱拳施礼："佩服，佩服，您老人家好眼力！"随即转身朝队长和会计解释道：自己也是替生产队办事的，大的主做不了，但出门时也给交了底，有二百二就可出手……若是你们诚心买，就这保底价。

队长和会计齐齐望着吴圣基，问刚才看的牙口到底怎样？吴圣基又抓过牛鼻圈，掀起上唇，拉住牛舌让大家仔细看牙。他个头正好齐牛嘴高，一边指点一边解说：牛和人一样换牙，一周岁前未上夹板的小牛都是乳牙；三岁时四颗牙，此前，就能穿鼻绳干活了，叫"开告"；一年后又加两颗牙，到五岁时就是八颗牙，牙缝没有了，就是刚才说的"齐口"，又叫"正口"。八岁往上，牙齿开始磨损，看一眼牙的磨损就知年龄。牛能活到二十多岁，但能干活只有十三四年。眼下这条牛虽说快到十四岁，过了中年，但身架子在，膘在，养护好，起码还能干六七年活。说完，围着牛又转了两圈，按按牛腰，踢踢牛后腿，见都扎实，便点点头说可以成交。

会计回家拿私章去银行取钱，吴圣基叫顺便带根牛绳索过来。有人说这牛绳索现成的，不须换呀……吴圣基摇摇头，说：

"门有门道，行有行规。卖牛不卖索，真心买牛的，都事先带好一根绳索；卖牛的要解下牛索带回，留作纪念。"队长笑起来，说："真要讲规矩，刚才讨价还价就不能出声，都在袖筒里摸手，是吧？""是啰，是啰，我居中传递，一头一个，拉住买卖双方手，就算不在袖筒里摸，也要弄件衣裳搭上遮盖。摸到大指头，是要价一百，摸到二指头二百、三指头三百……若要加价或扣价，再摸每根指头的指骨，每节指骨一个价。如若一方摇头，就是谈不拢；双方都点头，就抽手拍掌相击，表示君子一言驷马难追。付钱也讲规矩，买卖别影响到别人，找一隐蔽处，一手交钱一手交货。规矩讲到底，像我这样居中说和做成，你们双方都要给抽头，还要坐到酒馆里搞两冷盘热炒，喝酒相庆哩，哈哈哈……"

吴圣基的孙子长得细高，对照爷爷，就是个叛离。我们常在一起玩，喊他"空仓"，问为何叫这么出格的名。他说爷爷讲过，姓吴的人取名要反着叫，比如他连名带姓是"吴空仓"，没有空仓，不就是满仓吗？爷爷叫吴圣基，爷爷祖上世代都穷，跟皇上的基业八竿子打不着，带不带姓都一样，有也好无也好，都无所谓……总之，我们姓吴的人名字不好取哩。

公牛叫牪牛，母牛叫沙牛。听吴圣基说过，这个"沙"字《康熙字典》里有，"沙"下面还得垫一"牛"底才对。有一种极少见不生育的母牛，叫"剽沙"，力大，性猛，能把牪牛抵败。对河青滩埂走眼买了一条"剽沙"，虽然干活不错，但不能生育终究是一大损失。暮春的一天，那"剽沙"忽然不怎么吃草了，老是抬头在风里嗅着什么……青滩埂人高兴起来，以为是受了大自然启示终于发情了，赶紧牵去配种。不料这"剽沙"雌威大发，在人家跨背时突然回头一角抵去,直插肚腹,差点闹出牛命!吴圣基被请了过去,"飘沙"正在埂坡埋头吃草,若在平时,无人敢走近,因为护草,谁过来就甩角抵谁。可是吴圣基不仅摸了摸"飘沙"脑门,还走到身后牵起尾巴仔细堪察了生殖器官,半晌,点点头说:"能怀的。"然后,就开了药方,和医治人不孕一样,都是些当归、白芍、鸡血藤等,里面加了路路通、桑寄生和菟丝子。

真是神奇了,隔年,"飘沙"就下出一条活蹦乱跳的小牛!

用一生的光阴守候

此处老屋叫"胡庐",不明究竟的人,怎么也想不通一幢屋子为何要喊成"葫芦"?

但老屋里丁裁缝的故事,可以说无人不晓。他与一个叫小娥的女孩子青梅竹马,两小无猜,但架不住现实摧折,长大了的小娥无奈成了姓胡的大老爷的三姨太太,丁裁缝便成了他们家包衣匠。多少年光阴过去,这三姨太太身后又有了四姨太太、五姨太太,倒也多了些自由。为了方便聚会,三姨太太花光所有私房钱,偷偷换成四根金条顶下来这处屋子……日本人打来,姓胡的大老爷要远去香港。一个雨天,三姨太太撑着油纸伞急匆匆走了来,对丁裁缝说,隔天就要走,非常着急,又无法可想,只叫他好好看守屋子,一定要等她回来!可是她这一走,再也没能回来。繁华落尽,人去楼空……丁裁缝一直守着的这处屋子里,除了几样简单的家具,唯一值点钱的,听说就是一对从宫里流出来的明代青花瓷茶叶罐。

"小娥只喝这茶叶罐里贮的茶……她叫我看着房子,不能说连这点事情也做不好哟!"老人面容清癯,背有点驼,初春季节里,头戴缀有一颗黑珠的青灰色顶子帽,穿得干干净净,眼神清亮,只是有点絮叨。结满青苔的老墙根下,鹅黄色的迎春花,在阴雨的暗沉里显得愈发娇艳。

"唉,树怕结藤干,人怕老来苦……这丁裁缝,要不是死恋着他的小娥,怎么说也有一家子人,都是命呵!"老一辈人对他充满同情。

丁裁缝做衣,那真是做得又快又好。量身子量得尤其准,眼随尺走,嘴里念念有词,数目字都记在脑子里,一点不浪费布料。所谓"生丝熟夏布,做煞老师傅",老师傅不光要量体裁衣,还要看准客人的个性气质、习惯喜好……贫富有别,背景不同,穿衣有着悬殊的差别。按他自己的说法,这一辈子过来,手里做过的团花马褂、布纽本装、中山装、人民装还有旗袍和连衣裙不知有几多?从真丝纺绸到卡其哔叽,从阴丹士林到香云纱烤皮,从土机布到苎麻布,再到生丝夏布,哪样没经过手!

对于手艺人而言,许多秘不可言的绝活,都是通过细细琢磨、领会、顿悟,花上数年、十年甚至一生的光阴方能做得出来。人生,本应有来有回,你安好,我无恙……可是,有一个人,走出去就不再回来!所有时间里的物事,都永远不会回来了,只有季节是个例外。

早些年,丁裁缝做旗袍最出名,立领的、矮领的、绲边的、盘纽扣的……许多都是电影片里才能见着的大上海流行的样式,称作海派旗袍,每一件做出来,被人穿到身上,都是那么有灵性。

木楼梯发出吱吱咯咯的呻吟,踩上去心惊肉跳的……一抬头,面前已经立着一对母女。女孩子十八九岁,身段盈美,相貌俊俏,一对黑白分明的大眼分外惹人怜爱,仿佛惊艳着的时光里的绝唱;母亲四十来岁,白净标致,面容有点消瘦,手里拿着一块布料。

雨天也有生意上门,看得出来丁裁缝很高兴,笑着问:"要做么样子衣裳啊?"

母亲赶紧躬身打了个礼,说:"想做身旗袍。这不是来听听你老人家的吗……"双手把一块浅绿缎子布料递上。

"做旗袍?呵……好是好,但是现在已经不时兴了。"老人接过料子,抖开看了看,又用手抚了抚,抬起头瞄了一眼水灵葱嫩的女孩子,说:"嗯,好马是要配好鞍。是想要做成斜襟、收腰、长摆开衩那种洋学生样式的?"

母亲把这样式在心里过了一遍,道:"就是在家里穿穿,不致太招惹人眼吧……我和她爸爸都喜欢旗袍。她爸爸在外地工作,几年没回了,前天特意写信来,让女儿上照相馆拍张穿旗袍的照片寄给他。"

女孩子小声嘀咕着加了一句:"领子高一点行不行?"

老人侧过身,温和地提醒道:"姑娘,高领子能拉长身段,却不方便日常做事。三厘米高最好喔。"

女孩子像是做错了事,低下头去。老人上下瞅了她两眼,挥挥手说:"行了。过半个月来拿。"

女孩子疑惑地问:"这就走……不量量尺寸啦?"

"已经量过了。姑娘,我眼睛就是皮尺,最精确不过啦。"老人得意起来,眼里有亮光跳动着。"有一个人,呃,正好和你身段是一样,我这眼一掸,心里就有数……我这也是最后一次做旗袍了。"说完这话,那眼里亮光漫漶开来,随之便渗漏一般暗淡下去。

已是惊蛰天气,水分多起来,所有的东西仿佛都浮在了空中。

入夜,天边雷声隆隆,一道道抓天揪地的闪电,不断蹿腾起青紫的蛇状火焰。老屋那头,有个吵夜的婴孩连着吵了多夜,这会子哭吵得更凶了。母亲大约是抱在怀里拍哄:"天灵灵,地灵灵,我家有个吵夜人……"古老的歌谣,被带有绵绵睡意的声音轻哼着,游蛇般划过浓黑的夜色。

图书在版编目（CIP）数据

故园奇人不耕田 / 谈正衡著. -- 北京：北京联合出版公司，2022.12
ISBN 978-7-5596-6394-8

Ⅰ.①故… Ⅱ.①谈… Ⅲ.①纪实文学—作品集—中国—当代 Ⅳ.①I25

中国版本图书馆 CIP 数据核字（2022）第 127089 号

故园奇人不耕田

作　　者：谈正衡
出 品 人：赵红仕
策划监制：小马BOOK
产品经理：小　北
特约编辑：世　绮
责任编辑：牛炜征
封面设计：今亮后声

北京联合出版公司出版
（北京市西城区德外大街83号楼9层　100088）
北京联合天畅文化传播公司发行
定州启航印刷有限公司印刷　新华书店经销
字数220千字　880毫米×1230毫米　1/32　10.5印张
2022年12月第1版　2022年12月第1次印刷
ISBN 978-7-5596-6394-8
定价：52.00元

版权所有，侵权必究
未经许可，不得以任务方式复制或抄袭本书部分或全部内容
本书若有质量问题，请与本公司图书销售中心联系调换。
电话：010-65868687　010-64258472-800